MIA WILLIAMS

PURE DESIRE

Dir nah

BAND 3

Roman

FISCHER Taschenbuch

MIX
Papier aus verantwortungsvollen Quellen
FSC® C083411
FSC www.fsc.org

Erschienen bei FISCHER Taschenbuch
Frankfurt am Main, Juni 2019

Dieses Werk wurde vermittelt durch die
Literarische Agentur Thomas Schlück GmbH, 30827 Garbsen.

Satz: Pinkuin Satz und Datentechnik, Berlin
Druck und Bindung: CPI books GmbH, Leck
Printed in Germany
ISBN 978-3-596-70363-0

Kapitel 1

An den sanft abfallenden, noch immer schneebedeckten Bergen rund um den Lake Tahoe bricht sich das Licht der untergehenden Sonne. Ich angle nach der Sonnenbrille, die auf dem Beifahrersitz herumrutscht. Meine Zwillingsschwester Grace ist den Buick zuletzt gefahren und muss sie dort hingeschmissen haben. Liz, die älteste von uns Carson-Schwestern, oder ich hätten die Brille auf die Mittelkonsole gelegt, wo sie hingehört. Grinsend schüttle ich den Kopf und schiebe die alte Ray-Ban meines Dads auf die Nase, um nicht geblendet zu werden, während ich den Wagen auf die Zufahrt nach Pinewood Meadows lenke. Pinien säumen den gewundenen Schotterweg, der zu unserem Zuhause führt. Zwischen den Baumwipfeln blitzt das Dach des imposanten Blockhauses auf. Als ich näher komme, sehe ich den Steg, der von der Rückseite des Hauses in die Halfmoon Bay führt und das tiefblaue Wasser des Lake Tahoe teilt. Der Winter hat sich vom See zurückgezogen und den Vorboten des Frühlings Platz gemacht.

Ich mag diese Jahreszeit und verfluche sie nicht wie so viele andere. Die Stille der verschneiten Natur erinnert mich immer an Ma, deren liebste Jahreszeit der Winter war. Der Frühling lässt meine Gedanken eher zu Dad treiben, der jedes Frühjahr aufs Neue versuchte, doch noch Handwerker aus uns zu machen, indem er die Reparaturen in Pinewood Meadows selbst bewerkstelligte und uns gnadenlos zwang, ihm zu helfen. Allerdings hatten seine Bemühungen nur wenig Erfolg.

Ich atme tief ein. Noch immer hängt der Geruch nach halb aufgelösten Keksen aus unserer Kindheit in den Polstern. Ein Lächeln huscht über mein Gesicht. In diesem Wagen liegen genauso viele Erinnerungen wie in Pinewood Meadows oder in unserem Familien-Diner.

Ich fahre mir durch die langen blonden Haare und lächle, als in der nächsten Kurve das gewohnte Klappern ertönt. Fiona, die zweitälteste von uns Schwestern, hatte zusammen mit Jake, Liz' bestem Freund, ein Legosteinchen in die hintere Lüftung gesteckt, als sie beide noch klein waren. Dad wollte es immer herausholen, hatte es aber zu Moms Ärger stets für dringendere Projekte hintangestellt. Nach dem Tod der beiden haben wir nie wieder ein Wort über den Stein verloren. Jedes Klappern erinnert uns an sie.

Ich parke den Wagen vor dem Haus, steige aus und halte kurz inne. Immer wenn ich nach Pinewood Meadows zurückkehre, egal ob ich nur für ein paar Stunden fort war oder Tage, überrascht es mich von neuem, wie verlässlich mich die kleine Bucht, das Holzhaus und der See erden und zur Ruhe kommen lassen.

Als ich wenig später die Haustür öffne, dringt lautes Lachen vom Wohnbereich in den Flur, wo ich die Schlüssel auf die Kommode werfe. Vielleicht ist es gar nicht so sehr der Ort, der mir Frieden schenkt, sondern meine wundervoll chaotischen Schwestern.

Ich betrete das Wohnzimmer und platze mitten in ein Carson-Eisgelage. Grace, mein Zwilling, und Amber, unser Küken, sitzen auf dem Boden in Deckenbergen, jede einen riesigen Becher Eis vor sich. Im Kamin brennt ein Feuer.

Selbst Liz ist mit von der Partie. Sie holt sich gerade ein Eis aus dem Gefrierfach, und als sie mich sieht, wirft sie mir auch einen Pott zu. Meine Lieblingssorte *Salted Caramel*.

Wir setzen uns zu unseren Schwestern, während Cole, Liz' große Liebe, die Treppe hinunterkommt und sich seine Jacke anzieht.

Er und sein Bruder wollen heute ausgehen, was vermutlich bedeutet, dass Evan ihn durch die Clubs schleifen und dafür sorgen wird, dass Cole mehr trinkt als sein übliches Glas Wein.

»Okay, Mädels, ich bin weg.« Cole beugt sich zu Liz hinunter und gibt ihr einen sanften Kuss. »Die Nummer vom Krankenhaus hängt an der Pinnwand, sollte eine von euch einen Zuckerschock erleiden.« Er zwinkert uns zu und greift sich den Autoschlüssel von der Arbeitsfläche in der Küche. »Dann werde ich mal Sierra Shores Weinkeller abschließen und hoffen, dass meine Leber den Abend mit Evan unbeschadet übersteht.«

Amber sieht ihn zweifelnd an. »Ich dachte, der ist jetzt gut drauf und schwebt auf Wolke sieben. Oder hat Fiona ihm schon wieder das Herz gebrochen? Hätte gar nicht gedacht, dass der Typ überhaupt ein Herz hat, das brechen kann.«

»Du sprichst hier von meinem Bruder, Ambs«, bemerkt Cole mit sanfter Strenge. »Zwischen ihm und Fiona ist alles in Ordnung. So in Ordnung, dass er heute mit mir *feiern* will.« Cole betont das Wort feiern so, als wäre es in der Lage, ihn zu vergiften. »Wenigstens schläft er wieder, rennt nicht mehr in stinkenden Holzfällerhemden herum und säuft nicht mehr die Alkoholvorräte rund um den Lake Tahoe leer.« Er zuckt die Schultern. »Keine Ahnung, ob er vorhat, das heute zu ändern, um sein Glück zu begießen, aber ich werde es herausfinden.«

Sein Blick zeigt, dass er ernsthaft Angst hat, genau das

könnte passieren. Es ist ungewohnt, dass Evan und er sich verstehen und nicht länger jedes Wort und jeder Schritt zwischen ihnen ein Kampf ist. Und dennoch, was das Durchhaltevermögen am Tresen eines Clubs angeht, hier sind sie nach wie vor so unterschiedlich, wie sie es nur sein könnten.

Cole nickt uns zu, und wir winken ihm hinterher, als er durch den Flur verschwindet und wenig später den Motor seiner Redneckschleuder anschmeißt.

»Wo hast du eigentlich gesteckt, Hazel?«, fragt Liz und stopft sich eine Riesenladung Eis in den Mund.

»Ja, wo warst du?« Grace streckt sich wie eine Katze vor dem Kamin. »Du warst nach deiner Schicht im Diner plötzlich verschwunden. Mit dem Wagen«, fügt sie leicht vorwurfsvoll hinzu.

»Ich habe Cole gefragt, ob er euch nach Feierabend mitnimmt«, verteidige ich mich und umgehe so gekonnt die eigentliche Frage. Aber da habe ich die Rechnung ohne Grace gemacht. Wenn es um Dinge geht, die man nicht unbedingt erzählen will, ist sie wie ein Detective, der sich in einen kniffligen Fall verbissen hat.

»Und wo musstest du so dringend hin?«, fragt sie auch prompt, und ihr Blick ist bohrend.

»Ich war mit Jake in einer Bar.« Das ist nicht gelogen, impliziert aber, dass ich mit ihm aus war. Was so nicht stimmt. Er hat mich lediglich angerufen, weil er zu viel getrunken hatte und nicht mehr selbst fahren konnte. Etwas, das in letzter Zeit häufiger vorgekommen ist. Ich habe ihn also nach Hause gefahren. Mehr nicht.

Grace hebt die Augenbrauen. »Er vergräbt sich seit Monaten auf der Hunter-Werft und redet nicht mal mit Lizzie, und jetzt geht er mit dir aus?«

»Immerhin öffnet er sich irgendwem«, wirft Liz ein und runzelt die Stirn. »Was hat er gesagt? Wie geht es ihm?«

Wir alle machen uns Sorgen, seit sein Dad gestorben ist und Jake damit die Chance genommen wurde, die Dinge zwischen ihm und sich zu klären.

»Er hat nicht besonders viel gesagt«, sage ich. Das entspricht der Wahrheit und degradiert mich zu einer verlässlichen Taxifahrerin. Die ewig hilfsbereite Hazel.

»Immerhin hat er überhaupt mit dir geredet, und er geht aus«, bemerkt Liz einigermaßen zufrieden. »Das ist ein erster Schritt. Ein guter.«

Da bin ich mir nicht so sicher. Wenn sie wüsste, dass Jake bereits seit Wochen die Pubs und Clubs rund um den Lake Tahoe unsicher macht, um sich abzuschießen, und regelmäßig alkoholisiert Streit anfängt, würde sie sich genauso viele Sorgen machen wie ich. Ich rede mir ein, dass ich nur meinen Mund halte, damit sie sich nicht auch noch darüber Gedanken machen muss. Dabei weiß ich sehr genau, dass das nicht der Grund ist.

Seitdem Jake zurück am Lake Tahoe ist, spüre ich die alten Gefühle für ihn, egal wie irre es sein mag, sich auch nach fünf Jahren noch immer zu ihm hingezogen zu fühlen. Dabei hat er mir nie das Gefühl gegeben, mehr zu sein als eine gute Freundin. Ich bin ihm vermutlich nicht einmal aufgefallen. Jedenfalls nicht so, wie ich es mir in meiner Jugend oft ausgemalt habe.

In der Regel mag ich es, nicht im Mittelpunkt zu stehen. Anders als Liz, die die Chefin in unserem verrückten Schwestern-Clan ist. Oder als Fiona, die das Leben laut und wild ganz nach ihren Vorstellungen biegt. Selbst meine Zwillingsschwester Grace ist das komplette Gegenteil von mir. Sie ist witzig, streut über jeden Ärger eine Prise Ironie und erobert das Herz anderer, wie ein stürmischer Labrador es tun würde. Von meiner kleinen Schwester Amber brauchen wir gar nicht erst zu reden. Sie ist wie die explosive Mischung aus einem gothic-schwarz bemalten Tornado und einem Probleme speienden Vulkan.

Ich hingegen bleibe lieber im Hintergrund und habe laut Grace ein totales Helfersyndrom. Sie hält mich für den Ruhepol in unserer Familie und für so ausgeglichen, dass ich ihre verrückt-chaotische Art wieder wettmache. Ich bin gern dieser Mensch. Nur Jake hat mich schon immer dazu gebracht, lieber ein wenig mehr wie Liz, Fiona oder Grace sein zu wollen.

»Wenn Cole gehen darf, hau ich auch ab«, sagt Amber und rappelt sich von den Decken hoch, in die sie sich vor dem Kamin gekuschelt hat. Den fast vollen Eimer *Cookie-Dough*-Eis hält sie dabei fest in der Hand und hat ganz offensichtlich vor, ihn mit in ihr Zimmer zu nehmen. »Will noch ein bisschen Musik hören.« Ambers Bezeichnung für »ich schreibe eigene Songtexte, die mitten ins Herz treffen und die ich trotzdem nur über meine Leiche mit der Welt teile«.

Grace beugt sich blitzschnell vor und erobert einen Löffel *Cookie Dough*. »Das ist nicht fair. Sie hat meine Lieblingssorte und darf einen ganzen Becher allein vertilgen.« Sie sieht zu Amber hoch. »Wer hat das eigentlich erlaubt?«

Amber schert sich kein Stück um den Protest von Grace. »Ich bin im Wachstum. Bei mir setzt das wenigstens nicht an.« Mit dem Stil ihres Löffels piekst sie meiner Zwillingsschwester in eine imaginäre Fettrolle.

»Du Biest!« Mit einem Satz ist Grace aufgesprungen und jagt hinter Amber die Treppe hinauf. »Ich kriege dich und diesen Becher.« Ich höre, wie die beiden in Ambers Zimmer ringen und sich schließlich gemeinsam in einen Lachanfall hineinsteigern.

Es tut gut, nach Sams Tod mal wieder jemanden unbeschwert lachen zu hören.

»Und bei dir?« Liz sieht mich erwartungsvoll an.

»Ich genieße *Salted-Caramel*-Eis mit Brownie-Stückchen«, sage ich und lutsche mit einem genießerischen Augenverdrehen den Löffel ab.

»Du warst in letzter Zeit häufig bei Jake?«

Ich halte inne und nicke dann. Dass mein Herz noch immer an ihm hängt, geht selbst Liz nichts an. »Ich bringe ihm ab und an etwas zu essen vorbei, aber er will nicht reden und ist ziemlich verschlossen.« Diese Abfuhren treffen mich mehr, als sie sollten. »Jake lässt ausrichten, dass ihr es aufgeben sollt, ihn zum Reden zu zwingen.« Ich zucke die Schultern und verdrehe die Augen.

»Als würde ich ihn zum Reden zwingen«, stößt Liz frustriert hervor. »Er lässt mich ja nicht mal so nah an sich heran, dass ich das tun könnte. Er reagiert nicht auf meine Anrufe und öffnet mir nicht mal die Tür, wenn ich auf der Werft vorbeischaue. Und Fiona hat er freundlich gebeten, sein Haus zu verlassen, damit er allein sein kann. Du bist derzeit die Einzige, die er in seine Nähe lässt.«

Ich glaube nicht, dass das irgendetwas zu bedeuten hat. Ich bin lediglich jemand, der da ist und nichts von ihm fordert. »Er weiß, dass du ihn so gut kennst wie niemand sonst und mühelos unter seine Abwehrschichten sehen kannst. Deswegen meidet er dich, und was Fiona angeht: Vielleicht ist er nicht halb so einverstanden mit Fionas Entscheidung für Evan, wie er vorgibt.«

Liz sieht mich eindringlich an. »Dir ist klar, dass das Quatsch ist, oder?«

Jake war immer in Fiona verschossen. Und als sie den Lake Tahoe vor fünf Jahren verlassen hat, ist er ebenfalls gegangen. Nur wenige Wochen nach ihr. Warum also sollte es ihm jetzt egal sein, wenn sie mit Coles Bruder glücklich wird, den er zudem noch auf den Tod nicht ausstehen kann?

Liz legt ihren Kopf schief und schiebt sich einen Löffel Vanilleeis mit Zimtschlieren in den Mund. Sie isst eine Weile schweigend und leckt sich dann etwas Eis vom Finger, bevor sie den Becher beiseitestellt. »Er hatte nie etwas mit Fiona, und das weißt du. Die Sache ist längst verjährt.«

Mein Herz schlägt schneller, dabei sollte es mir egal sein. Ich sehe Liz zweifelnd an. »Und das glaubst du? Er ist damals wegen ihr gegangen.«

»Oder weil er sich mitschuldig an Moms und Dads Unfall fühlte.« Sie hebt die Augenbrauen. Im Obergeschoss beginnt Amber, Gitarre zu spielen, und bald mischt sich ihre Stimme unter die Melodie. Grace singt leise mit und trifft nicht halb so viele Töne wie unsere kleine Schwester. »Jake glaubt, wenn er Fiona an diesem Tag abgeholt hätte, würden Mom und Dad noch leben. Fiona wäre nicht gegangen und würde sich nicht mit solchen Idioten wie Evan abgeben.«

Ich stochere in meinem Eis herum. Vielleicht hat Liz recht. Es würde zu Jake passen, sich die Schuld für etwas zu geben, auf das er keinen Einfluss hatte. Aber ich bezweifle, dass das wirklich alles ist. »Du meinst echt, dass er nichts mehr für Fiona empfindet?«

Liz nickt und klaut sich einen Löffel von meinem Eis. »Bekomm jetzt aber bitte trotzdem kein Glitzern in den Augen.« Sie nimmt mir den Eisbecher aus der Hand und stellt ihn neben ihren. Ein breiter Kondenswasserrand hat sich auf dem niedrigen Wohnzimmertisch gebildet. »Ich weiß, dass du damals in ihn verliebt warst. Er ist mein bester Freund, mein Brudererersatz, aber er ist auch völlig kaputt, Haze!«

Ertappt senke ich den Blick und konzentriere mich auf meine Hände. »Dass ich verrückt nach ihm war, ist in etwa so lange her wie seine Verliebtheit in Fiona«, wiegle ich ab.

Aber Liz geht gar nicht auf meinen Einwand ein. Sie kennt mich zu gut, um mir abzunehmen, dass meine Gefühle für Jake einfach verschwunden wären.

»Er war schon immer kaputt und beziehungsgestört. Das ist kein Wunder, wenn man mit einem Vater wie Sam Hunter aufwächst. Aber irgendwas ist in Afrika passiert. Etwas, das ihn emotional noch unberechenbarer macht. Und der Verlust von Sam hat ihm den Rest gegeben.

Haze, du suchst jemanden, der dich glücklich macht und der sich wie du nach Liebe, Harmonie und der Schönheit des Lebens sehnt. Aber Jake wird dir das nicht geben. Dafür ist er einfach nicht der Typ«, beendet Liz ihr Plädoyer, und ich sehe sie stumm an. Ich weiß, dass jedes ihrer Worte stimmt und dass er außerdem nicht an mir interessiert ist, und doch zieht mich Jake Hunter an wie ein überdimensionaler Magnet.

Kapitel 2

Die Hunter-Werft liegt etwas außerhalb von Cooper Springs am Ende einer langen, gewundenen Auffahrt. Kiefern und Pinien säumen den Schotterweg. Im Sommer blühen hier wilde Blaubeeren, und die angrenzenden Hügel sind mit Taubnesseln bedeckt. Während ich den Buick die Zufahrt hinauflenke, erinnere ich mich, wie meine Schwestern, Jake und ich in unserer Jugend zusammen auf der Wiese neben den Werftgebäuden lagen und die honigähnliche Süße aus den Blüten saugten, während die Sonne vom azurblauen Himmel brannte. Manchmal habe ich meine Hand ausgestreckt, um Jake zu berühren, der neben mir im Gras lag. Ich erinnere mich an sein Lachen und daran, dass ich mich stets zurückzog, bevor er merken konnte, wie sehr ich in ihn verknallt war.

Hinter der letzten Biegung taucht das in die Jahre gekommene Haus der Hunters auf. Ein weißes Gebäude aus Holz mit dunklem Schieferdach, das sich wie eine alternde Diva vor der weitläufigen Werfthalle in den Himmel streckt. Moos bedeckt die Schindeln, und die Farbe ist durch die Witterung verblichen. An einigen Stellen blättert sie großflächig ab.

Sam, Jakes Vater, ist die letzten Jahre weder finanziell noch körperlich in der Lage gewesen, die nötigen Reparaturen zu bewerkstelligen. Ich blicke zur Veranda, die das gesamte Haus umgibt und sich zur Wasserseite hin verbreitert. Ein Holzbohlenweg führt von dort zum Steg, wo im Sommer die Boote vom Verleih liegen. Rechts dahinter erstreckt sich der Hof mit der Werfthalle. Sie steht zum Teil auf Stelzen über dem See, damit die Boote, die dort gebaut werden, direkt zu Wasser gelassen werden können.

Früher hörte man stets Geräusche aus der Halle. Das Kreischen der Sägen, Hämmern und Musik. In den letzten fünf Jahren hat jedoch kein Kiel die Wasseroberfläche der Hunter-Werft berührt, und es war stets gespenstisch still, wenn ich hier war. Ohne Jake hat Sam die Werft dichtgemacht und sich allein mit dem Bootsverleih über Wasser gehalten.

Ich parke den Wagen direkt vor dem Wohnhaus, steige aus und werfe die Wagentür hinter mir zu. Auch heute fehlen die typischen Arbeitsgeräusche. Allerdings hat Jake wohl beschlossen, die Werft trotz des üblen Katers, den er haben dürfte, mit einem wütenden, harten Countrysong aus dem Dornröschenschlaf zu wecken. Musik schwappt in einer ohrenbetäubenden Lautstärke aus dem halbgeöffneten Tor der Werkstatt. Ich überquere den Platz zwischen Haus und Halle und klopfe leise, als ich den Eingang erreiche. Dann versuche ich es etwas lauter, aber es ist illusorisch anzunehmen, Jake könnte mich bei dem Lärm hören. Ich könnte die halbe Halle mit einem Gabelstapler abreißen, und er würde es nicht mitbekommen.

Also betrete ich einfach die Halle und sehe nach, ob ich ihn hier finden kann. Bevor Jake weggegangen ist, war es hier penibel sauber, was mich immer beeindruckt hat, denn es bedarf einiger Anstrengung, bei der Menge an Holz und Staub für Sauberkeit zu sorgen. Heute liegt alles unter einer zentimeterdicken Staubschicht. Die Maschinen sehen aus wie Artefakte aus einer anderen Epoche. Nicht so, als würden sie noch funktionieren. Ich finde Jake im hinteren Teil der weitläufigen Halle. Er sortiert Holz. Ich vermute, in einen Stapel mit noch brauchbarem Material und einen, den er entsorgen muss.

Ich zögere, bleibe stehen und bin unsicher, ob ich das Richtige tue. Aus den richtigen Gründen. Ich bin hier, um für Jake da zu sein, ihm zu helfen, nicht, weil ich mich noch immer an die romantisch verklärte Teenagervorstellung von uns klammere. Die Art, wie ich auf seinen Anblick reagiere, lässt mich jedoch stark daran zweifeln.

Früher war Jake eher schlaksig, und seine hellbraunen Haare waren deutlich kürzer. Jetzt trägt er sie lang. Seine Locken sind verschwunden. Die Sonne Afrikas hatte fünf Jahre Zeit, die Spitzen auszubleichen, so dass sie fast blond erscheinen, und seine Haut ist gebräunt. Seine Schultern sind in dieser Zeit breiter geworden, seine Arme muskulös und sein Körper männlicher. Das sind alles Dinge, die mir nicht einmal auffallen sollten.

Ich versuche, mich zu sammeln und ihn nicht anzustarren wie Fiona den Lovesick-Cup aus dem Diner, den sie regelmäßig futtert, ohne bei der Menge Eis, Schokosauce und Marshmallows einen Zuckerschock zu erleiden.

»Jake«, rufe ich, aber er ist absolut in seine Arbeit vertieft und wuchtet Holzbohle für Holzbohle auf die entsprechenden Stapel. Sein Shirt und das einfache Flanellhemd, das er darüber trägt, sind verschwitzt und staubig. Lediglich sein Hund Big Mac, der ihn aus Afrika hierher begleitet hat, erhebt sich von einem provisorisch für ihn errichteten Lager in der Ecke und kommt mir schwanzwedelnd entgegen. Ich fahre ihm gedankenverloren durch das struppige sandfarbene Fell und kraule ihn hinter den Ohren, was er mit einem Hundekuss quittiert.

Die Musik wechselt, und ich erkenne die Band, deren Song *In Hell I'll be in Good Company* aus den riesigen Boxen unter der Decke dröhnt. Amber ist ein riesen Fan von The deep South. Ich vermute, weil die Musiker auch eine leicht dunkle Ader haben. Allerdings sind die Songs wirklich gut. Und wenn Amber sie auf ihrer Akustikgitarre am Strand der Halfmoon Bay spielt, werde auch ich zum Fan.

Ich näher mich Jake und berühre ihn leicht am Arm, bevor er die nächste Bohle hochwuchten kann. Er zuckt zusammen und dreht sich abrupt um.

»Haze«, sagt er, und Erleichterung schwingt in seiner Stimme mit. Vermutlich ist er dankbar, dass ich weder ein Axtmörder bin noch einer der Harris-Brüder, die sehr hartnäckig daran arbeiten, ihm die Werft abzukaufen. Wahrscheinlich würde Jake den Axtmörder Evan und Cole Harris vorziehen, wenn er die Wahl hätte.

»Der Hund eignet sich definitiv nicht zum Wachhund!«, sagt er, fährt Bic Mac über die Nase und drückt ihn zärtlich von sich weg. »Kumpel, du musst besser aufpassen. Was machst du hier?«, wendet er sich an mich und streicht sich die Haare aus der Stirn.

Sein markantes Kinn wird von einem ordentlich gestutzten Bart bedeckt, der ihn einnehmend verwegen aussehen lässt. Er senkt den Blick und sucht meinen. »Wenn es wegen gestern ist.« Er sieht mich zerknirscht an. »Ich hätte dich nicht anrufen sollen. Schon wieder.«

»Hast du aber. Und ich bin froh, dass du es getan hast.« Er hat mich während meiner Schicht im Diner kontaktiert, damit ich ihn vor dem Southalitos auflese. Seine Bitte war vom Alkohol verwaschen und endete mit einem: »Fuck, vergiss es einfach, war 'ne Scheißidee.« Natürlich habe ich es nicht vergessen, sondern habe früher Schluss gemacht und bin nach Tahoma gefahren, um ihn vor der Bar einzusammeln und nach Hause zu fahren. Er hat die gesamte Fahrt über nichts gesagt, starrte nur aus dem Fenster, anstatt zu reden, obwohl es jede Menge gäbe, über das er dringend reden sollte.

»Du stehst also darauf, wenn dich Freunde betrunken anrufen und dich bitten, um den halben See zu fahren, nur um ihren Hintern nach Hause zu verfrachten?«

»Ich stehe darauf, wenn Freunde um Hilfe bitten.« Es ist klar, dass ich nicht nur von gestern Abend rede, sondern auch von zukünftigen Malen und davon, dass es einen Grund gab, weswegen er so abgestürzt ist. Es ist ein Angebot, dass ich für ihn da bin, sollte er darüber reden wollen.

Jake schüttelt den Kopf. »Ich brauche keine Hilfe. Ich war total besoffen und hatte 'nen schwachen Moment. Passiert, wenn zu viel Alkohol im Spiel ist. Mach dir bitte keine Sorgen, das war nichts. Ich komm klar.« Er lächelt, aber es wirkt gezwungen. »Ich meine das ernst, Haze. Du brauchst dir keine Sorgen zu machen.«

Ich denke doch, und je mehr er versucht, mir klarzumachen, er würde klarkommen, desto weniger glaube ich ihm. »Wie geht es dir?«

»Habe ich dir doch gerade gesagt.« Er strafft die Schultern. »Gut!«

Er gibt sich nicht mal Mühe zu verstecken, dass es eine Lüge ist. Bevor ich noch etwas sagen kann, hebt er eine Holzlatte hoch und wirft sie auf den wirr daliegenden Stapel mit unbrauchbarem Zeug.

Als ich nichts sage und ihm damit den Raum gebe, den Liz und die anderen ihm verweigern, weil sie denken, ihm so helfen zu können, hält er inne.

»Ich habe hier noch fünf Jahre Arbeit nachzuholen«, sagt er offenbar verwirrt. »Ich habe kein Bedürfnis zu reden. Das kannst du gern auch Liz klarmachen. Sie nervt mich nämlich unendlich damit, dass ich mich ihr öffnen soll. Heute Morgen hatte ich schon wieder eine Nachricht von ihr auf dem Handy.« Er schnaubt und sieht mich dann aus zusammengekniffenen Augen an.

»Das sagtest du bereits, und ich habe es ihr ausgerichtet. Aber du kennst Liz. Sie gibt nicht auf, und das ist es auch, was du an ihr liebst.«

Er betrachtet mich nachdenklich, wie ein Rätsel, das er nicht lösen kann, und stößt dann die Luft aus. »Willst du mir nicht auch raten, dass ich mir Zeit nehmen soll, den Tod von Dad zu verarbeiten? Und dass ich aufhören muss, durch die Clubs zu ziehen und mir Ärger einzuhandeln, dass ich mit einem von euch reden sollte? Oder am besten machen wir gleich einen Carson-Hunter-Gesprächskreis auf, in dem jeder sagen kann, was ihm auf der Seele liegt, und dann fassen wir uns alle an den Händen, und die Welt ist wieder in Ordnung?«

Ich gehe nicht auf Jakes Versuch, sich mit mir zu streiten, ein. »Sie machen sich einfach Sorgen, weil du niemanden an dich heranlässt.« Er muss verstehen, dass meine Schwestern das alles tun, weil sie ihn wie einen Bruder lieben. Nicht, weil sie ihm den letzten Nerv rauben wollen.

Er sieht mich unverwandt an und schüttelt dann den Kopf. »Ich habe bis vor kurzem mit deiner Schwester unter einem Dach gelebt. Näher heranlassen kann ich wohl niemanden, oder?«

Es versetzt mir einen Stich, dass er seine Nähe mit Fiona betont, die während ihrer Trennung von Evan einige Wochen auf der Hunter-Werft unterkam. Doch ich versuche, mir nichts anmerken zu lassen. »Aber du hast nicht mit ihr geredet«, sage ich sanft.

»Weil ich nicht reden will, verdammt!« Er sieht mich eindringlich an und wird dann etwas versöhnlicher. »Ich weiß wirklich zu schätzen, dass ihr euch alle um mich sorgt. Aber ich bin nicht der Typ, der redet, um Dinge zu verarbeiten. Ich …« Er macht eine diffuse Handbewegung, die das Chaos um ihn herum einschließt. »… ich arbeite.«

»Das sehe ich.« Ich lächle ihn vorsichtig an. »Allerdings solltest du ab und an auch essen. Deswegen bin ich vorbeigekommen.« Ich reiche ihm eine Lunch-Box mit Hackbraten und Kartoffel-Mash.

Jake greift danach und lacht tonlos. Ich sehe, wie er mit den Emotionen kämpft, weil die Erinnerungen an seinen Dad in diesem Moment übermächtig werden. Das war Sams Lieblingsessen. Genau wie Jakes. Dieser Hackbraten ist nur eines von so vielen Dingen, die die beiden verbunden haben, auch wenn Jake glaubt, es gäbe nichts bis auf Wut, Streit und gegenseitige Vorwürfe, die sich nun nicht mehr beheben lassen.

»Ich muss wirklich arbeiten«, sagt er leise. »Aber danke, Haze. Für gestern und …« – er klopft auf die Box mit dem Essen – »… hierfür. Ich weiß das zu schätzen.« Er stellt die Dose mit dem Essen ab und zieht mich in seine Arme, aber bevor ich die plötzliche Nähe zu ihm erwidern kann, dreht er sich um und verschanzt sich hinter den sprichwörtlichen Bergen an Arbeit.

Es ist mitten in der Nacht, und im Haus ist es still. Ich liege in meinem Bett und versuche krampfhaft, einzuschlafen und nicht an den Moment zu denken, als Jake mich an sich gezogen hat. Natürlich mit dem gegenteiligen Effekt. Das Ganze ist bereits eine Woche her, und dennoch kann ich nicht aufhören, daran zu denken.

Ich liege auf meinem Bett, das direkt unter dem breiten Erkerfenster steht. Die Vorhänge sind offen und geben den Blick auf einen klaren Himmel frei, der Abermillionen Sterne fasst. Grace und ich haben früher anstelle von Schafen immer Sterne gezählt, wenn wir nicht schlafen konnten, und genau das tue ich jetzt wieder. Aber auch dieser Kniff hilft nicht. Ich schließe die Augen und atme tief durch. Ich muss endlich schlafen und aufhören, über einen Mann nachzudenken, der nie mehr sein wird als ein Freund. Immerhin habe ich morgen die Frühschicht im Diner. Molly, die gute Seele des kleinen Bed & Breakfast hier am See, feiert ihren Geburtstag mit den Bridge-Frauen, und es sind für diese Jahreszeit ungewöhnlich viele Touristen am Lake Tahoe. Der Diner ist die letzten Tage bis auf den letzten Platz besetzt gewesen, und das wird morgen vermutlich nicht anders sein.

Ich konzentriere mich auf meinen Atem, das Pochen meines Herzens und das Rauschen der Pinien im leichten Wind, und endlich dämmere ich langsam weg. Allerdings nur so lange, bis mich ein hartnäckiges Brummen im Kopf hochschrecken lässt. Ich brauche einen Moment, bis ich begreife, dass nicht mein Kopf brummt, sondern mein Handy, das unter dem Kissen liegt.

Ich kenne die Nummer nicht, die auf dem Display zu lesen ist, und nehme stirnrunzelnd den Anruf entgegen. Es ist Viertel vor eins, und ich kann mir niemanden vorstellen, der mich um diese Uhrzeit anrufen würde.

»Carson«, melde ich mich und nehme sofort die typischen

Geräusche einer Bar wahr. Das leise Dudeln von Countrymusik, Gläserklirren, Stimmen.

»Brian Olsen, guten Abend.« Der Anrufer seufzt leise. »Sind Sie Hazel Carson?«

Ich nicke und erinnere mich dann daran, dass Brian Olsen mich ja nicht sehen kann. »Ja«, schiebe ich hinterher und setze mich auf. »Darf ich vielleicht erfahren, woher Sie diese Nummer haben? Und wissen Sie eigentlich, wie spät es ist?«, frage ich mehr verwundert als ärgerlich.

Er lacht leise. »Kurz vor Feierabend«, scherzt er, wird aber sofort wieder ernst. »Ihr Freund sitzt in meiner Bar und weigert sich, trotz meiner Aufforderung zu gehen. Im Grunde sind das die lukrativsten Gäste für uns, aber Mr Hunter hat Ärger mit einigen meiner Stammgäste angefangen.«

»Jake?« Plötzlich bin ich hellwach.

»Ja, genau der. Er ist total hinüber, und ich glaube kaum, dass er noch weiß, was er tut. Er scheint im Grunde ein guter Kerl zu sein. Deswegen habe ich die Cops auch noch nicht gerufen. Aber wenn er sich nicht bald beruhigt oder verschwindet, bin ich gezwungen, das zu ändern, und das will keiner von uns. Sie sollten also herkommen und ihn abholen.«

Ich schlüpfe bereits in ein Paar Jeans und suche im Schrank nach einem Pullover. »Ich bin unterwegs. Könnten Sie mir die Adresse geben, damit es schneller geht ... Und bitte rufen Sie nicht die Polizei!« Jake hatte bereits Ärger mit dem Gesetz. Das ist zwar lange her, und ich bin nicht einmal sicher, ob seine Nacht in der Zelle irgendwo vermerkt wurde, aber ich will kein Risiko eingehen.

Der Barbetreiber versichert mir, dass er mir eine Nachricht mit dem Standort schicken wird, und legt dann auf. Leise und ohne die anderen zu wecken, verlasse ich erst das Haus und dann in Dads altem Buick Pinewood Meadows und folge den Anweisungen des Navigationssystems auf meinem Handy, bis ich die Flamingo-Bar erreiche. Sie liegt etwas außerhalb von Prepper City auf einem platt gewalzten Schotterstück zwischen der Interstate 50 und der 395. Die Bar teilt sich einen langgezogenen Bungalow mit einem 24-Stunden-Waschsalon, der um diese Uhrzeit verlassen, aber hell erleuchtet auf Kunden wartet.

Ich steige aus dem Wagen und schließe gewissenhaft ab. Scheint mir nicht die Gegend zu sein, in der man sein Auto unabgeschlossen auf einem Parkplatz stehen lassen sollte. Ich betrete die Bar durch eine getönte Eingangstür, die beim Öffnen über einen abgewetzten Teppich schabt. Nur noch wenige Gäste sitzen an Resopaltischen aus den Siebzigern. Nippes hängt an den Wänden, und jeder Quadratzentimeter Stellfläche ist mit unnützem Kitsch besetzt. Selbst auf der langen Theke aus dunklem Holz konkurrieren mehrere Flamingos und ein überdimensionaler Sombrero um Aufmerksamkeit.

Jake sitzt an der Bar und streitet sich mit dem Mann hinter dem Tresen, ob er noch etwas zu trinken bekommt. Vor ihm liegt eine ganze Rolle Scheine, und gerade besteht er darauf, dass ein zahlender Gast bewirtet werden muss.

»Kumpel, ich habe es dir schon mehrmals gesagt: Wenn du dich nicht beruhigst, rufe ich die Cops, und das wollen wir beide nicht.« Der Barkeeper sieht mich, und Erleichterung ist ihm ins Gesicht geschrieben. »Wir alle drei wollen das nicht.« Er deutet auf mich, und Jake dreht sich in einer verwaschenen Bewegung zu mir um.

»Haze«, bringt er brüchig hervor, und für einen Moment gelingt es ihm nicht, die Emotionen zu verbergen, die mein

Auftauchen hervorrufen. Sie brechen sich auf seinem Gesicht. Seine ansonsten so gut funktionierende Schutzmauer ist durch den Alkohol aufgeweicht, und er wendet den Blick ab, als ich näher komme.

»Deine Kleine ist da. Steck dein Geld ein, und fahr mit ihr nach Hause. Du hattest genug.« Der junge Mann beugt sich über den Tresen, berührt Jake an der Schulter und nickt ihm aufmunternd zu.

»Ich bin Hazel«, stelle ich mich vor und gebe dem Mann die Hand, während ich mit der anderen Jakes Arm berühre. Eine kleine Wunde zieht sich von seiner Stirn bis zum Haaransatz.

»Er hat sich nicht gerade Freunde gemacht«, sagt der Barkeeper und deutet auf die Verletzung.

»Wir hatten telefoniert?«, frage ich und versuche, mich auf den jungen Mann zu konzentrieren und nicht auf Jake, der noch immer zusammengesunken vor dem Tresen hängt und umständlich versucht, sein Geld zu verstauen.

Brian Olsen nickt und reicht mir ein Handy. »Ich habe ihm das Telefon abgenommen. Er hat irgendwas davon gefaselt, dass er nach Afrika telefonieren will, und ich dachte mir, das wäre in seinem Zustand keine gute Idee. Die Rechnung dürfte hoch ausfallen, und er ist kaum in der Lage, das zu überblicken.«

»Ich kann euch hören. Das ist mein fucking Telefon«, stößt Jake durch seine Hände gedämpft hervor, und der ganze Satz hört sich wie ein schwingendes Wort an, das über einem dunklen Abgrund balanciert.

Ich nicke und lasse das Telefon in meine Tasche gleiten. »Danke, Brian. Auch dafür, dass Sie Schlimmeres verhindert und die Cops aus dem Spiel gelassen haben.« Dann wende ich mich Jake zu. Noch immer liegt meine Hand auf seinem Oberarm. Ich übe leichten Druck aus und lasse sie dann sinken. »Lass uns gehen, ja!«, fordere ich ihn leise auf.

»Ich will nicht gehen.« Jake hebt sein Gesicht und sieht mich an. Sein Blick ist nicht fokussiert. »Du solltest nicht in dieser Klitsche sein.« Er schlägt mit der Faust auf den Tisch, und ich zucke zusammen. »Ich will etwas zu trinken, und sie sollte verdammt nochmal nicht hier sein«, zischt er dem Barkeeper zu.

»Du wolltest, dass genau sie herkommt«, erinnert Brian Olsen ihn sanft. »Nur sie.«

Ich versuche, dieser Information nicht allzu viel Beachtung zu schenken. Jake ist vollkommen betrunken, und keine seiner Entscheidungen ist zu diesem Zeitpunkt durchdacht, sinnvoll oder hat etwas zu bedeuten. Auch nicht sein Wunsch, mich zu sehen. »Komm«, flehe ich ihn an. »Mein Wagen steht direkt vor der Tür. Ich fahre dich nach Hause.«

Zu meinem Erstaunen nickt Jake und versucht aufzustehen. Seine Bewegungen sind unkoordiniert, und um ein Haar fällt er bei dem Versuch, sich zwischen Hocker und Bar herauszuwinden. Ich halte ihn, und Jake stützt sich schwer auf mich, während wir zur Ausgangstür taumeln.

»Du hättest nicht kommen sollen«, murmelt Jake, als er sich gegen die Karosserie des Wagens lehnt und ich die Tür aufschließe. Er beugt sich vor, und ich spüre seinen Atem an meinem Hals. Ein Prickeln durchläuft meinen Körper, während seine Finger eine meiner Haarsträhnen umschließen. Ich versuche, meinen Atem zu kontrollieren und Abstand zwischen uns zu bringen. Aber Jake lehnt seine Stirn gegen meine und atmet tief durch. »Ich habe noch nicht genug getrunken, damit es aufhört«, flüstert er. Seine Augen sind geschlossen. Seine Kiefer mahlen, und plötzlich sind seine Lippen nur Zentimeter von meinen entfernt.

Der Kuss schwebt zwischen uns, und mein Herz schlägt unnatürlich schnell. Ich wünschte, das hier wäre echt. Es ist genau das, was ich mir so viele Jahre gewünscht habe, aber Jake ist betrunken. Was immer hier gerade passiert, ist seinem Alkoholpegel geschuldet und bedeutet nichts. Also schiebe ich ihn von mir und trete einen Schritt zurück, obwohl es mir unendlich schwerfällt. »Was soll aufhören, Jake?«, frage ich sanft.

Er schwankt leicht. Sein Blick bohrt sich in meinen und löst ein Flattern in meiner Magengegend aus. Aber dann schüttelt er den Kopf, öffnet die Autotür und klettert auf den Beifahrersitz.

Der Moment ist vorbei. Und auch wenn es mir leidtut, ist es besser so.

Schweigend fahren wir zur Hunter-Werft. Der Himmel ist nicht mehr tiefschwarz, und dennoch ist die Morgendämmerung noch Stunden entfernt. Jake lehnt an der Scheibe des Buicks und hat die Augen geschlossen. Ich stelle das Radio an und warte, bis der Sendersuchlauf KBNC findet. Die rauchige Stimme von Dolly Parton gibt *Jolene* zum Besten.

Ich stimme leise in den Gesang ein, während der Buick über den nächtlichen Asphalt gleitet, und plötzlich schiebt Jake seine Hand über meine. Ich verstumme und sehe von seiner Hand auf die Straße und zurück zu ihm. Mein Herz klopft so schnell wie früher, wenn wir gemeinsam vom Diner bis zur Hunter-Werft gerannt sind und uns, dort angekommen, atemlos ins Gras schmissen.

Noch immer hat Jake die Augen geschlossen. »Deine Stimme macht, dass es weniger weh tut«, murmelt er und verändert seine Position an der Scheibe minimal.

Ich will etwas sagen, aber dann lasse ich es. Stattdessen beginne ich wieder zu singen und sehe ein verwaschenes Lächeln auf Jakes Gesicht. Sein Atem wird regelmäßig und seine Hand auf meiner schwerer, als sich seine Muskeln im Schlaf entspannen. Vermutlich hört er mich längst nicht mehr, und trotzdem singe ich weiter. So lange, bis wir die Hunter-Werft erreichen und ich Jake wecke, um ihn ins Haus zu schaffen.

Wir haben nicht über den Abend in der Flamingo-Bar geredet. Nicht darüber, dass Jake mir so nah war, dass wir beide den Kuss, der zwischen uns stand, bereits erahnen konnten. Nicht einmal darüber, dass es etwas gibt, dem entweder meine Stimme oder jede Menge Alkohol die Wucht nehmen muss, weil Jake sonst nicht damit klarkommt.

Er war betrunken, und ich belasse es dabei. Auch wenn dieser Moment etwas mit mir gemacht hat. Mit meinem Herzen, das verdammt nochmal nicht involviert sein sollte, wenn es um Jake Hunter geht.

Und trotz des Gefühlswirrwarrs in meinem Inneren oder gerade deswegen fahre ich regelmäßig zur Hunter-Werft raus und sehe nach ihm. Wir reden ein wenig über den Klatsch und Tratsch von Cooper Springs, oder wir schweigen gemeinsam. Dann nimmt Jake mein mitgebrachtes Essen entgegen und arbeitet weiter. Mir gefallen diese Treffen, und Jake scheint es ähnlich zu gehen.

Auch heute bin ich nach meiner Schicht im Diner zu ihm gefahren. Ich schalte den Motor aus und schnappe mir die zwei Muffins, die Fiona während ihrer Liebeskummerzeit gebacken hat und die ich schon am Morgen vor der Arbeit aus unserer Gefriertruhe befreit, aufgetaut und mitgebracht habe. Blaubeer-Muffins mit Schokoladensplittern – Jakes Lieblingssorte. Die Törtchen auf der Handfläche balancierend, gehe ich zu den Hallen hinüber. Heute ist die Musik leiser, und als ich eintrete, sehe ich, dass der Haufen mit dem Ausschuss, der in den letzten Wochen stetig angewachsen ist, verschwunden ist. Genau wie Jake. Ich durchquere die Halle und folge dabei den Reifenspuren seines Pick-ups, die sich in den Staub gegraben haben, durch ein weit geöffnetes Tor wieder nach draußen. Neben der Bootshalle, in der die Verleihboote und eine Handvoll fremder Yachten überwintern, werde ich fündig. Jake hat die Holzreste auf der freien Fläche zwischen den Gebäuden abgeladen und verbrennt sie. Der Wind weht den Rauch über den See, weswegen ich ihn erst wahrnehme, als ich aus der Halle trete. Es ist ein beachtliches Feuer, das durch die kühle Frühlingsluft züngelt, und es bekommt ständig Nachschub, den Jake von der Ladefläche in die Flammen wirft.

Ich nähere mich ihm und schließe die Augen, als mich die Wärme des Feuers einhüllt. Für einen Moment genieße ich einfach nur die Hitze, die die Kälte an diesem Frühlingstag vertreibt.

»Haze?«

Erst Jakes tiefe Stimme bringt mich dazu, die Augen zu öffnen und mich ihm zuzuwenden. Er sieht mich eindringlich an. Wahrscheinlich fragt er sich, ob ich noch alle Tassen im Schrank habe. Dabei genieße ich nur die Wärme. Den Geruch von brennendem Holz, der jetzt ganz nah am Feuer intensiv ist, bevor er sich über dem See verliert. Das Knacken der Scheite. Und Jakes Nähe. Letzteres ist nicht besonders klug, also schiebe ich diese Empfindung als einzige beiseite.

Ich reiche ihm einen Muffin, den er mir aber nicht abnimmt. »Deine Lieblingssorte«, bemerke ich überflüssigerweise, weil er das sicher schon gesehen hat. Mac stromert etwas entfernt durch die Büsche und löst mit seinem Schwanz winzige Tauwasserlawinen aus, die von den Ästen der Pinien in sein Fell fallen.

»Fi ist ein wandelndes Liebeskummer-Klischee«, bemerkt Jake trocken, und ein leises Lächeln huscht über seine Lippen. »Wenn dieser Harris-Idiot das nicht wieder geradegebogen hätte, hättet ihr eine Bäckerei neben dem Diner aufmachen müssen.«

Noch immer halte ich den Muffin zwischen uns hoch, bis Jake ihn mir schließlich abnimmt. Zufrieden setze ich mich auf die fast leere Ladefläche des alten Dodge und beiße in mein eigenes kleines Törtchen. Es schmeckt himmlisch, und ich seufze leise. Die Frische der Früchte mischt sich perfekt mit dem schweren, süßen Geschmack der Schokolade.

Jake hat seinen Muffin noch immer nicht angerührt. Er stellt ihn neben sich auf die Stoßstange des Wagens, anstatt zu probieren, und wirft ein weiteres Holzbrett in die Flammen. Mit dem Schuh scharrt er die feuchte Erde beiseite. »Warum kommst du immer wieder her, Haze?«, fragt er schließlich.

Ich starre auf seinen braungebrannten Nacken und ziehe die Beine an meinen Körper. Ich sollte nicht auf ihn reagieren. Zumal er mir gerade durch die Blume sagt, dass er Abstand will. »Einfach so«, sage ich leise.

»Hat Liz dich geschickt?« Er wirkt angespannt. »Ich will nicht reden, das habe ich ihr schon tausendmal gesagt.«

»Liz hat nichts damit zu tun.«

Jake geht gar nicht auf meinen Einwand ein. »Ich brauche niemanden, der mir erzählt, dass ich essen soll.« Er hebt den

Muffin auf und wirft ihn achtlos auf die Ladefläche, so dass er in einem Halbkreis auf den Abgrund zukullert und in den Matsch fällt. »Oder dass ich mehr schlafen und weniger trinken muss. Oder dass diese Scheiße hier besser wird, wenn ich darüber spreche.«

Ich sage nichts, sondern sehe ihn nur an, und schließlich verstummt Jake und fährt sich resigniert durch die Haare. Seine Hand liegt in seinem Nacken, als er mir endlich in die Augen sieht. »Es tut mir leid, Haze. Ich weiß, du meinst es nur gut, aber Liz hat heute angerufen, und sie ist echt unerbittlich, wenn sie der Meinung ist, sie müsste einen therapieren. Das macht mich wahnsinnig. Ich brauche einfach nur ein bisschen mehr Zeit. Das ist alles.«

Ich nicke und reiche ihm meinen Muffin. Zu meinem Erstaunen nimmt er ihn und beißt ein großes Stück ab. Er will nicht reden, aber meine Stimme tut ihm gut. Das hat er selbst gesagt, also suche ich nach etwas, was ich ihm erzählen könnte. Etwas, das ihm vielleicht hilft. Ich atme tief durch. »Dein Dad war nicht nur dieser Granitblock, gegen den du immer angerannt bist und der halb Cooper Springs gegen sich aufgebracht hat. Ich war in den letzten Jahren oft hier und habe ihn anders kennengelernt, habe ihn liebgewonnen.« Ich blinzle gegen das Sonnenlicht an und lächle vorsichtig.

Jake sagt eine Weile nichts, bevor er kaum merklich nickt. »Wir reden aber schon noch von dem Sam Hunter, der so stur wie ein Rammbock war und Gefühle für eine ansteckende Krankheit hielt?«

Ich nicke. »Wir waren so etwas wie Freunde, denke ich. Natürlich in Sam-Parametern gemessen.« Ich kann Jakes Reaktion auf diese Tatsache nicht deuten. Er starrt mich an, und sein Gesicht ist so ausdruckslos, als müsste er mir beweisen, dass ihn die Erwähnung seines Dads und die Tatsache, dass er zu Gefühlen fähig war, die er Jake sein Leben lang verwehrt hat, nicht berührt. »Er war sehr einsam, nachdem du weg warst«, setze ich leise nach.

Jake stößt die Luft aus den Lungen. Ein sarkastisches Prusten. »Es war ihm egal. Er war gern allein, und das weißt du. Ich war ihm scheißegal. Es hätte keinen Unterschied gemacht, ob ich in Afrika geblieben oder früher zurückgekommen wäre.«

Ich schüttle nur den Kopf und warte, bis Jake sich neben mich setzt.

»Okay, du warst also oft hier«, sagt er versöhnlich und fordert mich damit auf, weiterzusprechen.

»Ich war hier, weil er Gesellschaft brauchte. Er hat dich vermisst. Ich denke, dass solltest du wissen.« Ich lächle ihm zu. »Aber ich gebe dir recht. Ihr seid euch ähnlich darin, das unter keinen Umständen zu zeigen.«

»Was erwartest du von mir?«, fragt Jake, und seine Stimme ist tonlos. »Soll ich dir jetzt glauben, dass er auf seine alten Tage gefühlsduselig geworden ist? Du weißt, an ihm war absolut nichts Rührseliges.«

Ich streiche mir die Haare aus dem Gesicht und blinzle ihm vorsichtig zu. »Er hat Fehler gemacht. Fehler in der Größenordnung eines Mount Everest, aber er hat dich geliebt, Jake.«

Sein Blick zeigt deutlich, dass er mir kein Wort glaubt, aber er fordert mich auch nicht auf, zu gehen oder still zu sein. Also greife ich hinter mich, nehme eines der Bretter und werfe es in die Flammen. Es fängt zischend und knackend Feuer.

»Kurz nachdem du weggegangen bist, ist er schwer gestürzt. Er hat es dir nicht erzählt, oder?«

Jake stemmt sich auf die Ladefläche und sitzt jetzt direkt

neben mir. »Nein, hat er nicht«, sagt er und fährt sich erneut durch die Haare.

»Ich bin hergekommen, um nachzudenken. Der Steg zu Hause ist Fionas Platz. Und auch wenn sie nicht mehr da war, fühlte es sich falsch an, ihr diesen Ort streitig zu machen. Also bin ich hierhergekommen, um meine Gedanken zu sortieren.« Ich zucke mit den Schultern, als wäre es keine große Sache, dabei ist es kein Zufall, dass mein Rückzugsort ausgerechnet auf der Hunter-Werft liegt. »Ich habe hier gesessen und versucht, all die Veränderungen für mich klarzukriegen. Mom und Dad waren gerade erst gestorben. Fiona weg. Und dann bist du gegangen.« Ich verscheuche die Gedanken an diese dunkle Zeit. Ich bin kein Typ, der sich an Tiefpunkte klammert. »Es war Zufall. Ich saß hier und habe mitbekommen, wie ihn ein Krankentransport nach Hause brachte. Er war in der Klinik, weil er sich den Oberschenkelhals gebrochen hatte. Er ist wirklich nicht besonders gut im Umgang mit Menschen. Deswegen ist es niemandem aufgefallen, dass er drei Wochen lang weg war. Wir haben zwar bemerkt, dass er nicht in den Diner kam, haben uns aber nichts dabei gedacht. Er hatte ja immer mal wieder eigenbrötlerische Phasen und ließ sich dann wochenlang nicht blicken.«

Jake nickt nur, aber ich kann sehen, wie es in ihm arbeitet. In jener Zeit hatten er und sein Dad lange keinen Kontakt. Und ich bin mir sicher, Jake hat bis jetzt andere Gründe dafür verantwortlich gemacht. »Ich habe mich von da an um ihn gekümmert, soweit er das zuließ.«

»Du meinst, er war in etwa so offen dafür wie ich, sich helfen zu lassen.« Jake lacht leise und atmet dann tief durch. »Er hat es nie erwähnt.«

»Er hatte es vor«, widerspreche ich.

Jake sieht mich zweifelnd an, und ich weiß warum. »Ich war dabei, als er deine Nummer gewählt hat, aber dann hat er aufgelegt, bevor du rangehen konntest«, erkläre ich.

Jake springt von der Ladefläche und schüttelt den Kopf. »Das ergibt keinen Sinn. Er hätte es mir erzählen müssen.«

»Als würdet ihr Hunter je Sinn ergeben«, sage ich sanft und räume ebenfalls meinen Platz auf der Ladefläche. »Er wollte nicht, dass du nur wegen ihm zurückkommst. Er sagte, das ist dein Weg, und den würde er dir nicht nehmen wollen.«

Jake sieht mich nachdenklich an und greift dann wortlos nach einem der restlichen Holzbretter. Gemeinsam leeren wir die Ladefläche, bevor Jake die Heckklappe verschließt. Ich erwarte, dass er mich stehen lassen wird, um weiterzuarbeiten, aber stattdessen macht er einen Schritt auf mich zu.

»Was hältst du von einem Kaffee in der Küche. Dort ist es wärmer ... Ich würde gern mehr über diese Version von Dad hören, auch wenn es sich anhört, als wäre er von Aliens entführt worden oder so was in der Art.«

Das Kaffeepulver, das Jake in einer alten Blechdose aus dem Hängeschrank zieht, ist dieselbe herbe Röstung, die auch wir im Diner verwenden. Das weiß ich, ohne sie probiert zu haben. Ich selbst habe Sam die verschweißte Tüte mitgebracht. Drei Kilo besten Kaffees direkt vom Großhändler.

Jake kocht Wasser auf und platziert einen verformten Filter über einer Kanne.

»Ich glaube, du bist der einzige Mensch, den ich kenne, der keine Kaffeemaschine besitzt«, sage ich grinsend.

Er lacht leise. »Das ist Dads Küche. Aber ich mag es irgendwie. Der Alte war ziemlich retro.«

Ich trete neben Jake und atme den nach Kaffee duftenden Dampf ein, der aufsteigt, als er Wasser über das Pulver gießt. »Riecht perfekt«, sage ich und schließe meine Augen, um mich ganz auf die intensive Note zu konzentrieren. Als ich meine Augen wieder öffne, starrt Jake mich zum zweiten Mal an diesem Tag an, als sei ich verrückt geworden.

Ich streiche mir die Haare aus dem Gesicht, so dass sie auf einer Seite liegen, und erwidere seinen Blick. »Was?«

Es ist, als würde ihn meine Frage aus seiner Erstarrung lösen. »Nichts.« Er gießt Wasser nach, und eine Weile stehen wir schweigend nebeneinander und brühen Kaffee auf. Aber dann bricht Jake die Stille. »Du konntest dich schon immer so für Kleinigkeiten begeistern. Bereits als wir noch Kinder waren.« Er wendet sich mir zu und sieht mich ernst an. »Ich fand, das hat dich besonders gemacht.«

»Du meinst besonders im Sinne von irre?« Ich weiß, dass sich die Kinder in der Schule den Mund über mich zerrissen haben. Sie fanden mich merkwürdig, und ich würde lügen, wenn ich behaupten würde, es hätte mir nichts ausgemacht. Aber ich hatte immer Grace, meine anderen Schwestern und Jake, die mich verteidigten. Und auf dem College war ich dann urplötzlich nicht mehr die schräge Außenseiterin, sondern die kreative, sensible Hazel, die jeder mochte. Das war merkwürdig, hat mich aber mit den schweren Zeiten auf der Highschool versöhnt.

»Ich meine besonders im Sinne von besonders«, sagt Jake schlicht. Er räuspert sich, nimmt den Filter von der Kanne und wendet sich ab, um ihn zu leeren und abzuspülen.

Ich setze mich an den Tisch, der aus einem einzigen Stück Holz gefertigt ist. Jake und sein Vater haben ihn aus einer Pinie gebaut, die sie auf dem Grundstück fällen mussten. Soweit ich weiß, ist er das einzige Projekt, das sie jemals gemeinsam fertiggestellt haben.

Jake hat mir noch immer den Rücken zugedreht, als er weiterspricht: »Es ist nicht einfach, sich diese Sichtweise zu erhalten. Deine Welt ist bunt. Du siehst in allem ein Wunder und Abenteuer. Selbst jetzt noch, in unserem Alter. Wahrscheinlich würdest du dich auch heute noch auf jede Pfütze stürzen und darin herumspringen, einfach, weil es dir Freude macht.« Er stützt sich auf die Arbeitsplatte und sieht aus dem Fenster, wo inzwischen dichter Regen fällt. »Ich neige eher dazu, die Welt so zu sehen«, sagt er und zeigt auf die weißgraue Wetterwand.

»Das tut jeder von Zeit zu Zeit.«

Er dreht sich zu mir um und grinst schief. Seine Augen zeigen jedoch, dass seine Welt im Moment dauerhaft schwarz und nicht nur zeitweise grau ist.

»Vielleicht hast du recht«, sagt er wenig überzeugt und gießt den Kaffee in zwei Becher. Er stellt einen vor mir ab und setzt sich mit dem anderen mir gegenüber auf die Sitzbank, die eigens für die Küche angepasst wurde und sich perfekt an die Wand schmiegt.

Ich nehme einen tiefen Schluck und spüre Wärme und Koffein meinen Körper fluten. Dann erzähle ich ihm von Sam und unseren Gesprächen an genau diesem Tisch. Von gemeinsamen Essen und wie Sam versucht hat, mir das Bauen von Booten zu erklären, und dabei genau wie Dad an meinem handwerklichen Ungeschick gescheitert ist. Jake unterbricht mich nicht ein Mal. Er schenkt uns Kaffee nach und hört schweigend zu, bis ich schließlich verstumme. Eine Weile sitzen wir nur da, bis ich ihn leise frage: »Erzählst du mir von Afrika?«

Jake sieht mich stumm an, und ich sehe, wie sich seine

Muskeln anspannen, als würden ihm die Erinnerungen körperliche Schmerzen bereiten. Ich erinnere mich an seine Worte, als er betrunken war. Dass es weh tut. Mir war da schon klar, dass er nicht ausschließlich von Sam sprach, sondern von etwas, das in Afrika passiert sein musste.

»Es ist in Ordnung, wenn du nicht willst ...«, beginne ich, aber Jake unterbricht mich.

»Doch. Ich will es.« Er nimmt sich Zeit, ehe er stockend zu erzählen beginnt. »Ich bin damals in Angola angekommen und hatte erwartet, einen Kulturschock zu erleiden. Ich meine, man informiert sich über das Land, in das man als Entwicklungshelfer geht. Aber ich hatte nur Bilder aus der Provinz vor Augen, wo Armut und die Nachwirkungen des jahrzehntelangen Bürgerkriegs zu spüren sind. Die Hauptstadt Luanda ist jedoch völlig modern und eine der teuersten Städte der Welt. Sie liegt direkt an der Südatlantikküste. Wolkenkratzer aus Glas und Stahl prägen die Skyline. Es gibt überall schöne Hotels, gutes Essen, superleckeren Palmwein. Im Hafen liegen teure Yachten. Die Strände sind weiß, und alles hat mehr oder weniger westlichen Standard.«

Ich halte den Becher in den Händen und lehne meine Wange gegen die warme Keramik, während ich Jake zuhöre. »Hört sich paradiesisch an.«

»Luanda ist wunderschön. Die Märkte sind bunt und laut. Dort bekommt man die köstlichsten Dinge zu essen. Das Chicken Muamba ist eine echte Geschmacksexplosion. Vielleicht versuche ich mal, es für dich nachzukochen.« Jake verstummt, als wäre er mit diesem Angebot zu weit gegangen, aber ich sehe ihn nur an und nicke.

»Ich würde mich freuen und könnte dir dabei helfen. Im Schnippeln bin ich laut Fi einsame Spitze.«

Er grinst. »Okay«, sagt er mit einem Lächeln, wird dann aber wieder ernst. »Das ist aber nicht alles, was Afrika ausmacht. Ich kenne keinen Kontinent, in dessen Ländern Reichtum und Armut so nah beieinanderliegen. Ich habe mich ziemlich schnell mit ein paar Journalisten angefreundet, die im selben Hotel untergebracht waren. Sie haben mich mitgenommen. So konnte ich etwas von der Gegend sehen, anstatt nur auf meinem Zimmer rumzusitzen, bis wir an unseren eigentlichen Einsatzort gebracht wurden.

An meinem ersten Tag mit ihnen sind wir nur fünf Kilometer Richtung Süden an der Küste entlanggefahren. Und trotzdem war plötzlich alles anders. Wir befanden uns mitten in einem Viertel, das komplett auf Müll erbaut war. Die Häuser waren aus Verpackungsmaterial zusammengeflickt. Das Meer hat man vor lauter Dreck nicht gesehen, und mitten zwischen kaputten Blechteilen, Öl und vergammelnden Essensresten spielten Kinder. Das war ...« – er schüttelt den Kopf, als würde er die Erinnerungen abstreifen wollen – »... so, wie die Welt nicht sein sollte. Danach, es war eine Woche nach meiner Ankunft, hat mich die Hilfsorganisation nach Ost-Angola gebracht. Diese Gegend ist wunderschön, abwechslungsreich, artenreich, aber leider auch tödlich. Wir sind eine halbe Ewigkeit gefahren, und immer wieder haben wir ausgebrannte Panzer, zerbombte Autos und verlassene Dörfer zu Gesicht bekommen. Und dazwischen Minenfelder. Alle paar Kilometer irgendein Warnhinweis, dass die komplette Erde Angolas mit diesen tückischen Sprengkörpern verseucht ist. Schätzungsweise liegen noch heute rund eine Million davon in der Erde.« Er sieht mich fragend an »Hast du gewusst, dass sich der Halo-Trust seit mehr als zwei Jahrzehnten vor Ort um die Entschärfung kümmert, es aber noch Jahre dauern wird, bis das Land wieder bewirtschaftet werden kann, ohne dass Menschen dabei sterben?«

»Nein, das wusste ich nicht«, antworte ich und füge hinzu: »Ich weiß so gut wie nichts über deinen Einsatz. Was habt ihr denn getan, als ihr euer Ziel erreicht hattet?«

Er schwenkt den Rest Kaffee am Boden seines Bechers. »Im Grunde haben wir Brunnen und Gebäude in der gesamten Region gebaut. Vorwiegend in Flüchtlingscamps, die entlang der Grenze zum Ostkongo errichtet wurden. Es waren provisorische Schulen, Kindergärten, Wohnhäuser oder Krankenstationen. Das meiste Material, das wir dafür brauchten, wurde durch die Hilfsorganisation gestellt. Beim Rest war Einfallsreichtum gefragt. Wir haben verbaut, was uns unter die Finger kam.« Er lächelt schief und wird dann wieder ernst. »Es war nicht genug!«

Er verstummt und redet auch nicht weiter. Stattdessen nimmt er mir den Becher aus der Hand und beginnt, das Geschirr abzuwaschen, als müsste er seinen Händen eine Aufgabe geben, um sich zu sammeln.

Ich würde ihm gern widersprechen. Auch wenn es sich für ihn nicht so anfühlt, hat seine Arbeit mit Sicherheit einen Unterschied für die Menschen gemacht, die dort leben. Aber ich habe Sorge, ihn zu verschrecken, wenn ich die Grenze missachte, die er durch sein Schweigen gezogen hat. Also stehe ich nur auf und schnappe mir das Geschirrhandtuch. Ich nehme ihm die Becher ab und trockne sie.

Draußen wird es langsam dunkel. Es ist spät geworden, und ich sollte dringend aufbrechen, aber alles in mir sträubt sich dagegen zu fahren.

Big Mac liegt völlig entspannt auf der Seite vor dem Herd und blinzelt nur schläfrig, als die Küche sauber ist und Jake und ich unschlüssig voreinander stehen. Meine Hände umkrampfen das Geschirrtuch. Ich lege es auf die Arbeitsfläche. So habe ich wenigstens sekundenlang etwas zu tun.

»Ich sollte vielleicht gehen«, sage ich, als sich der Moment in die Länge zieht.

»Vielleicht.« Er lächelt, doch er macht keine Anstalten, mich hinauszubegleiten. »Danke für heute.«

Mein Atem beschleunigt sich, als Jake das letzte bisschen Distanz zwischen uns eliminiert und mich umarmt. Ich spüre seine Muskeln. Sein Atem streift meinen Hals, als er mir zuflüstert: »Bleib noch.« Nicht mehr. Und dann geht er ins Wohnzimmer und lässt sich auf die Couch fallen. Er lehnt den Kopf nach hinten und schließt die Augen.

Ich weiß nicht, wieso Jake möchte, dass ich bleibe. Alles, was ich weiß, ist, dass ich dasselbe will. Also folge ich ihm ins Wohnzimmer und streiche mit den Fingern an den langen, mit Büchern vollgestopften Regalbrettern entlang, die bis zum gemauerten Kamin reichen.

»Darf ich?« Ich deute auf das aufgeschichtete Holz davor und entzünde ein Feuer, als Jake nickt.

Sobald das Feuer knackend auf alle Holzscheite überspringt, richte ich mich auf und kehre zu den Regalen zurück. Die meisten Bücher sind Ratgeber über das Jagen und Fischen und Fotobände über die Gegend rund um den See. Einige Exemplare handeln vom Bootsbau; Kurzgeschichtenbände und historische Romane vervollständigen die Sammlung. Keines dieser Bücher ist von Jake. Dieses Haus ist von Sam geprägt. Von meinen Besuchen in unserer Jugend weiß ich, dass nur Jakes ehemaliges Zimmer im ersten Stock seine Persönlichkeit und Vorlieben widerspiegelt. Dort steht seine Gitarre neben einer Fotowand. Der Football, mit dem seine

Mannschaft die Landesmeisterschaft gewonnen hat, liegt auf der Kommode. Und eine komplette Wand wird von einem Bücherregal eingenommen, das diesem zwar ähnelt, aber einem komplett anderen Geschmack geschuldet ist. Thriller stehen dort neben zeitgenössischer Literatur und Klassikern. Liz hat Jake damit angesteckt, Salinger, Austen und Co. zu lesen. Ich erinnere mich, wie die beiden zusammen auf dem Steg lagen und lasen, während ich zeichnete. Natürlich nicht sie. Das wäre wirklich schräg gewesen.

Schnell schiebe ich beiseite, dass ich Jake sehr wohl porträtiert habe. Allerdings aus meiner Erinnerung heraus. Die Bilder habe ich nie jemandem gezeigt. Sie sind in meinem alten Tagebuch verschlossen. Ein Traum aus Rosa, den Mom mir geschenkt hat und den ich nie mit Worten, sondern ausschließlich mit Zeichnungen füllte.

Hier unten gibt es nur einen Gegenstand, der Jake gehört, und auf diesen gehe ich nun zu. Sam hatte nie Sinn für Musik, und doch hat er zugestimmt, dass sein Sohn den Plattenspieler, ein wuchtiges, altes Ding, das wir auf einem Flohmarkt erstanden, im Wohnzimmer aufstellte. In seinem Zimmer war schlichtweg kein Platz dafür.

Fünf Jahre nahm das Monstrum hier Platz weg, ohne je gespielt zu werden, und trotzdem hat Sam ihn nie entsorgt. Er steht noch immer an seinem alten Platz neben dem Bücherregal. Daneben ist die Plattensammlung, die Jake mit uns auf Flohmärkten zusammengetragen hat. Es sind viele Indie-Rock-Platten, alternative Musik und einige Klassiker.

Ich gehe vor den Platten in die Hocke und finde zielsicher die graue Hülle meines Lieblingssongs. Die Frau auf dem Cover drückt in einer einprägsamen Schlichtheit den Schmerz und die Verzweiflung einer unerwiderten Liebe aus.

Ich stehe auf, ziehe die Vinylplatte heraus und schalte den Plattenspieler an. Aus den Augenwinkeln sehe ich, wie Jake sich auf der Couch aufrichtet. Vermutlich, um zu sehen, was ich treibe.

Ich setze die Nadel auf die Platte, und das typische Kratzen begleitet die ersten Töne von *Love will tear us apart*. Ich lege den Kopf in den Nacken und lache leise, während ich beginne, meinen Körper zu dem hypnotischen Rhythmus des Liedes zu bewegen. Erinnerungen fluten mein Hirn.

Bevor alles auseinanderbrach, waren wir alle gemeinsam auf einem Open-Air-Festival in Truckee. Es war so verdammt heiß und schwül an diesem Tag. Ich erinnere mich an die dampfend schwitzende Menge und den frenetischen Jubel, als später der langersehnte Regen einsetzte. Innerhalb kürzester Zeit verwandelte sich das Festivalgelände in eine wahre Schlammwüste. Der aufgeweichte Boden klammerte sich saugend und schmatzend um unsere Knöchel und sorgte mehr als einmal dafür, dass wir um ein Haar gefallen wären. Ich erinnere mich an Liz' Gejammere, an Grace' Schimpfen und wie sie dem Wettergott Schläge androhte.

Am klarsten jedoch erinnere ich mich an die Tatsache, dass mir all das nichts ausmachte. Liz, Grace und Fiona wollten irgendwann aus dem Schlamm raus und zogen sich an einen der Getränkestände im Hintergrund zurück. Fi hauptsächlich, um Party mit einer Meute Typen zu machen, die sie auf dem Festival kennengelernt hatte.

Aber ich wollte nicht. Ich arbeitete mich mitten ins Gedränge vor der Bühne vor und tanzte tropfnass und über und über mit Schlamm beschmiert zu einer Coverversion von dem Lied, das jetzt das Hunter-Wohnzimmer erfüllt.

Ich tanze wie damals. Und wie damals taucht Jake plötzlich

hinter mir auf. Er musste mir vor all den Jahren bis vor die Bühne gefolgt sein, zog mich lachend an sich und tanzte mit mir, als gäbe es nur diesen einen Abend. Als würde uns niemand zusehen. Als der Song endete, presste er mich an sich, und wir lachten, hielten einander und gaben schließlich dem Springen und Toben der Menge nach, als das nächste Lied einsetzte. Vielleicht war das der Moment, in dem ich mich in Jake verliebt habe. Ohne dass er je dasselbe empfunden hat. Ich weiß es nicht. Alles, was ich weiß, ist, ich werde diesen Abend nie vergessen.

Heute berührt mich Jake nicht. Er steht einfach nur hinter mir, während der Song Erinnerungen zwischen uns streut. Ich wünschte, er würde wie an jenem Tag seine Arme um mich schlingen, und wir könnten all das, was seine Seele vergiftet, einfach hinaustanzen und hinausschreien. Aber das ist nicht mehr so leicht wie früher.

Ich drehe die Musik lauter, so dass der Raum zu klein für die Wucht der Töne erscheint. Dann drehe ich mich um und lächle Jake an, aber er bemerkt es nicht einmal. Seine Augen sind geschlossen. Seine Lippen bewegen sich und formen den Text des Songs, aber sein Körper lässt nicht los.

Er ist mir so nah, dass ich ihn berühren könnte, würde ich mich nur ein Stück vorbeugen. Ich kann seinen ganz eigenen Geruch wahrnehmen, der von dem nach Holz, Staub und harter Arbeit überlagert wird, und mein Herz schlägt schneller. Ich mache einen vorsichtigen Schritt in Richtung Tür und knipse das Licht aus. Nur der Schein des Kamins erhellt jetzt noch unsere Umrisse und macht es leichter, mutig zu sein.

Ich ergreife Jakes Hand, und er zieht sie nicht zurück. Stattdessen dreht er mich langsam in einem Bogen von sich weg und wieder zu sich heran. Ich schließe meine Arme um seinen Körper und halte für einen Moment inne.

Er fühlt sich gut an. Anders als früher, aber er hat definitiv noch dieselbe Anziehungskraft auf mich. Ein Prickeln schießt durch meine Adern. Mein Mund wird trocken, und mein Herz flattert. Es ist idiotisch, zu viel in diese Umarmung hineinzuinterpretieren, und sicher nicht das, was Jake jetzt braucht.

Ich atme tief durch und frage: »Bereit?«

Er öffnet die Augen und nickt, und in dem Moment, in dem der Refrain einsetzt, springen wir. Auf und ab wie damals. Nur dass jetzt Holzbohlen und nicht Schlamm unsere Füße berührt. Mir entfährt ein atemloses Lachen, als Jake seinen Kopf ruckartig hin und her wirft, als würde er headbangen. Seine Haare stehen wirr vom Kopf ab, und ein halbes Lachen löst sich aus seiner Brust. Es ist nicht unbeschwert wie früher, aber es ist ein Lachen. Eines, das mein Innerstes trifft und das in sich zusammenstürzt, als die Musik am Ende des Songs urplötzlich erstirbt.

Jake hebt den Arm des Plattenspielers hoch und schaltet ihn aus. Von einem Moment zum nächsten ist er wieder so unnahbar wie immer. Als hätte es den Moment der Nähe nie gegeben. »Ich muss noch duschen«, sagt er knapp und zupft an seinem dreckigen Oberteil. »Wir sehen uns?«

Sekundenlang hält er inne, als wollte er noch etwas sagen, aber dann verschwindet er mit langen Schritten über die Treppe ins Obergeschoss, während ich versuche, zurück ins Hier und Jetzt zu finden.

Kapitel 3

Es ist kurz vor Mitternacht, als ich endlich von der Hauptstraße auf den Schotterweg nach Pinewood Meadows einbiege. Es hat angefangen zu regnen, und die unbefestigte Straße zu unserem Haus ist bei dem Wetter ein echter Albtraum, der mich dazu zwingt, langsam zu fahren.

Ich parke den Buick neben Coles Redneckschleuder, wie sein roter Pick-up liebevoll genannt wird, und wundere mich, dass er hier ist. Er wollte eigentlich mit Evan zu einem geschäftlichen Essen nach South Lake Tahoe.

Ich betrete unser gemütliches Zuhause und werfe den Schlüssel in die Tonschüssel, die auf der Kommode neben der Tür steht. Dann hänge ich Jacke, Mütze und Schal auf, bevor ich die Stiefel von den Füßen streife. Das Regenwasser bildet sogleich eine Pfütze auf den Holzdielen, die ich mit dem Handtuch aufwische, das zu dieser Jahreszeit immer neben der Haustür liegt.

Ein Geräusch lässt mich mitten in der Bewegung innehalten: Liz weint. Und Cole redet beruhigend auf sie ein.

Nicht noch ein Paar mit Beziehungsproblemen! Ich seufze. Nach Evan jetzt auch noch der andere Harris-Bruder im Liebeskummermodus. Und nach Fi Liz am Boden zerstört – das dürfte eine Herausforderung werden.

»Hi«, sage ich leise, als ich das Wohnzimmer betrete. Cole scheint dankbar, dass ich da bin, nicht so, als würde er lieber allein mit Liz sprechen. Nur deswegen durchquere ich das Zimmer und setze mich neben Liz auf das Sofa und frage: »Was ist denn los?«

»Es ist nichts Schlimmes«, kommt es von Cole, aber ich bezweifle, dass seine Einschätzung richtig ist. Liz ist niemand, der ohne Grund in Tränen ausbricht.

»Liz?«

Doch sie regiert nicht auf mich, sondern runzelt nur ihre Stirn. Wieder laufen ihr Tränen über die Wangen, und ein Schluchzen brandet durch ihren Körper. »Wie kannst du sagen, es wäre nichts Schlimmes?« Sie steht auf und schüttelt Coles Hände ab. »Ich will jetzt zu ihr, und ich lasse mir von dir nicht sagen, dass ich nicht fahren soll!«

»Was ist los?«, wiederhole ich meine Frage. Dieses Mal schärfer, denn ein ungutes Gefühl breitet sich in meinem Inneren aus. Ich kenne das Gefühl. Es war jedes Mal da. Als Mom und Dad starben. Als Fiona ging und wenig später Jake. Ich habe es gespürt, als Sam starb, und ich fühle es jetzt. »Wenn du nicht gleich redest, Cole, wirst du merken, wie ähnlich Grace und ich uns werden können.«

Er lächelt mich an und wird sofort wieder ernst, als er sieht, wie entschlossen ich bin. »Sie haben Ambs verhaftet.«

»Sie haben was?«, bringe ich halb erstickt hervor.

»Sie hat zusammen mit anderen Tierschützern die Rinder von diesem Rancher Vasquez aus den Ställen befreit und dabei seinen halben Betrieb zerlegt.« Er lacht leise, und ich sehe ungläubig zu Liz.

Vasquez ist ein widerlicher Typ, der in der Sierra Nevada einen Rindermastbetrieb von der Größe einer Großstadt unterhält und schon häufig wegen der schlechten Haltung der Tiere in den Schlagzeilen gelandet ist.

Liz deutet resigniert auf Cole. »Er ist aus irgendeinem Grund, der mir nicht einfallen will, sogar stolz auf sie.« Sie lässt zu, dass Cole sie in seine Arme schließt, obwohl sie ganz und gar nicht seiner Meinung ist. »Ich hasse dich«, stellt sie klar, während sie sich an ihn schmiegt.

»Jeder im Umkreis von hundert Meilen weiß, dass Vasquez seine Tiere quält und ein skrupelloser Mistkerl ist. Trotzdem hat niemand den Arsch in der Hose, etwas zu unternehmen. Bis auf eure Schwester. Also ja, ich bin stolz auf sie, und das solltet ihr auch sein, auch wenn ihr Weg, sagen wir mal, zweifelhaft ist.«

»Sie könnte der Schule verwiesen werden«, sagt Liz tonlos. »Ihre berufliche Zukunft ist dadurch gefährdet. Und das Jugendamt wird sie uns wegnehmen, bevor das passieren kann. Das ist ein verdammter Albtraum. Von den Kosten, die da auf uns zukommen, fange ich gar nicht erst an.«

Cole zuckt die Schultern, und ich bin nicht sicher, ob er den Ernst der Lage verstanden hat. Seit wir in sehr jungen Jahren die Vormundschaft für unsere kleine Schwester übernommen haben, kontrolliert das Jugendamt ganz genau, ob wir mit Ambers Erziehung zurechtkommen. Und Amber zeigt der Behörde mit einer solchen Aktion, dass genau das nicht der Fall ist. Sie müssen annehmen, wir sind überfordert. Und Liz hat auch recht damit, dass Vasquez sich den Schaden bezahlen lassen wird. Das könnte uns je nach Größe des Schadens ruinieren.

»Um das Geld braucht ihr euch keine Sorgen zu machen. Ambs hat mich als Ersatz-Dad auserkoren, und ich liebe nicht nur dich, Liz, sondern auch diese pubertäre, wandelnde Katastrophe. Ich stehe dafür gerade«, sagt Cole schlicht.

»Niemals.« Liz will gerade ausholen, warum das auf keinen Fall passieren wird, aber Cole verschließt ihr mit einem Kuss den Mund.

»Du wirst mich nicht davon abhalten«, sagt er dann und streicht ihr die Haare aus der Stirn. »Ich rede auf dem Weg zum Sheriff-Office mit ein paar Leute, die dafür sorgen, dass ihre Strafe hoffentlich nicht in den Akten landet. Vielleicht schaffen wir es, das Jugendamt da rauszuhalten.« Bevor Liz antworten kann, fährt Cole bereits fort. »Du beruhigst dich jetzt erst mal und kommst so weit runter, dass du Ambs nicht umbringst, wenn sie nach Hause kommt. Hazel und ich fahren zu Sheriff Corbin und sehen mal, ob wir den kleinen Quälgeist freibekommen. Und wenn es dir hilft, dann werde ich ein sehr autoritäres Machtwort sprechen.«

»Als wenn sie dir das auch nur eine Minute abnehmen würde«, gebe ich lächelnd zu bedenken und stoße Cole gegen den Oberarm.

Er verzieht das Gesicht zu einer Grimasse. »Mir jetzt in den Rücken zu fallen ist nicht hilfreich, Haze.«

Er drückt Liz auf das Sofa, geht zum Gefrierschrank und bringt ihr eine Packung Eiscreme. »Beruhig dich, okay. Ich kümmere mich zusammen mit Haze darum. Solange du so wütend bist, solltest du nicht auf Ambs treffen.«

»Amber und du, ihr schafft es noch, mich fett und grauhaarig zu kriegen, bevor ich dreißig bin.«

»Und genau dafür liebst du uns«, sagt Cole, gibt ihr einen letzten Kuss, bevor er sich mir zuwendet. »Auf geht es, Haze. Wir sollten sie möglichst schnell da rausholen.«

Nach einer halben Stunde auf unbequemen Plastikstühlen im Warteraum des winzigen Sheriffdepartments in South Lake Tahoe lassen sie uns endlich zu Amber. Cole hat lange allein mit Sheriff Corbin geredet, und obwohl der unsere kleine Schwester zunächst über Nacht auf dem Revier behalten wollte, hat er sich nun anders entschieden. Ich weiß nicht, was Cole dem Polizisten erzählt hat, aber er muss sehr überzeugend gewesen sein, denn im Gegensatz zu den anderen Jugendlichen, die in diese Sache verwickelt sind, darf Amber nach Hause. Ich liebe meinen Schwager in spe für seine überzeugende und deeskalierende Art. Amber ist ein Querkopf, und sie trifft viel zu oft falsche Entscheidungen, aber sie gehört bestimmt nicht in eine Zelle. Nicht einmal zu Erziehungszwecken.

»Wird er das Jugendamt hierüber unterrichten?«, frage ich leise, weil das nach meinen Befürchtungen, Amber könnte eingesperrt werden, die größte Angst ist.

Cole nickt. »Das konnte ich ihm leider nicht ausreden. Aber ich habe meinen Anwalt in San Francisco kontaktiert. Sollte das Amt wirklich Ärger machen, kann er uns helfen.« Er nickt, wie um sich selbst zu überzeugen. »Er ist verdammt gut. Diese Sache dürfte ihm keine Schwierigkeiten bereiten.«

»Ich hoffe, du behältst recht.« Wir sind am Verhörraum angekommen, und ich wende mich Cole zu. »Danke«, sage ich, weil ich das Gefühl habe, wir lassen ihn zu selten wissen, wie dankbar wir für alles sind, das er bereits für uns getan hat.

Er sieht mich irritiert an. »Wofür?«

Ich deute auf die verschlossene Tür, hinter der Amber sitzt, und lasse die Bewegung diffus auslaufen. »Für alles. Für Pinewood Meadows. Dafür, dass du Liz glücklich machst, und vor allem dafür, dass du Ambs liebst, anstatt sie umbringen zu wollen.«

»Ich tue das nicht für dich oder Liz. Nicht mal für Amber. Das ist reiner Egoismus.« Er lacht. »Ich komme einfach nicht klar, wenn deine kleine Schwester mir nicht morgens das Müsli wegfuttert.« Er drückt meine Schulter, klopft an und öffnet die Tür, bevor ich etwas erwidern kann.

Amber sitzt auf einem Plastikstuhl vor einem schlichten Tisch in einem ansonsten leeren Raum. Sie hat die Beine auf die Sitzfläche gezogen und ihre Arme darum geschlungen. Sie sieht aus wie ein Häufchen Elend. Das wird noch dadurch unterstrichen, dass sie unnatürlich blass ist und ihre dunkle Schminke völlig verlaufen.

Cole schiebt sich zwischen Stuhl und Tisch und setzt sich auf die Kante ihr gegenüber. Ich sollte vermutlich etwas sagen. Meiner Schwester die Leviten lesen, aber ich halte mich erst einmal zurück. Cole hat bis hierhin hervorragende Arbeit geleistet, und ich zweifle keine Sekunde daran, dass er in diesem Moment besser zu ihr durchdringen wird als ich. Sie orientiert sich an ihm, während sie bei uns Schwestern grundsätzlich in den Kampfmodus wechselt.

Cole sitzt einfach nur da und sieht Amber an. So lange, bis ihr Tränen die Wangen hinablaufen. Erst dann stößt er sich vom Tisch ab und schließt sie in die Arme. Er drückt sie fest an sich, und als er sie schließlich loslässt, geht er vor ihr in die Hocke.

»Hast du eine Ahnung, was dir alles hätte passieren können?«, fragt er leise.

Ambs schüttelt den Kopf. »Mir ist aber nichts passiert«, sagt sie kleinlaut. »Und wenn schon, wen interessiert es?« Sie presst die Lippen zusammen, aber die Tränen zerstören diese gewollt trotzige Geste.

»Deine Schwestern interessiert es. Und mich«, sagt Cole

ernst. »Und ich halte dich nicht für so doof, dass du das immer noch nicht kapiert hast, also hör auf mit der Scheiße.«

Amber starrt ihn an und nickt zu meiner Verwunderung. »Es tut mir leid«, flüstert sie leise. »Ich wollte den Tieren nur helfen.«

Amber entschuldigt sich nie für Dinge, die sie tut. Dass sie es jetzt tut, lässt sie zerbrechlich wirken und zum ersten Mal seit Jahren wie meine kleine Schwester.

»Und das ist auch etwas Gutes, Ambs. Zu helfen ist nobel, aber du musst dabei nicht auf einer Polizeistation enden. Geh deinen eigenen Weg. Einen, der dich nicht in Schwierigkeiten bringt und stattdessen zeigt, wer hier die wirklich Kriminellen sind. Du bist intelligent. Du kannst schreiben, das sieht man an deinen Songs.«

Ich brauche einen Moment, um zu begreifen, dass er ganz offenbar ihre Songs kennt. Nicht die Coverversionen anderer Lieder, sondern ihre eigenen. Die Texte, die sie niemandem zeigt.

»Du bist in der Lage, den Kern der Dinge so in Worte zu fassen, dass sie die Menschen erreichen. Nutz das.«

Cole zückt ein Taschentuch und wischt Amber vorsichtig Tränen und Schminke ab. »Du bist so viel mehr als Chaos, Ärger und diese Maske hier.« Noch einmal fährt er ihr mit dem Tuch über die Augen und zieht Amber dann erneut in seine Arme.

Sie schluchzt kläglich auf und schmiegt sich an Cole, als hätte sie Dad wiedergefunden. In anderer Form. Jünger. Aber ihr genauso nah, wie Dad es immer war.

»Was meinst du?« Er schiebt Amber ein Stück von sich und sieht sie grinsend an. »Haze fährt uns nach Hause, und wir hindern Liz daran, den gesamten Eisvorrat allein zu essen.«

Amber zögert. »Liz ist nicht gekommen?«, fragt sie leise. »Sie hasst mich, oder?«

Ich durchquere den Raum und streiche Amber die Haare aus dem Gesicht. Ohne Schminke sieht man erst, wie hübsch sie wirklich ist. Selbst nach Stunden auf der Polizeiwache. Mit verweinten Augen und so blass, wie sie ist, ist sie wunderschön. »Liz wollte kommen, aber Cole hat sie abgehalten, damit sie dich nicht umbringt, bevor ihr klar wird, wie sehr sie dich liebt.«

»Sie ist stinkwütend?«, fragt Amber kläglich.

Cole nickt. »Ich habe ihr Eis gegeben. Sie wird also schon im Zuckerkoma sein, wenn wir zu Hause ankommen.« Er sieht Amber an. »Und ja, sie ist wütend. Aber das sollte dich freuen. Du bist ihr nun mal nicht egal.«

»Dir auch nicht, aber du flippst nicht so aus wie sie. Du und Haze seid da viel gechillter.«

Cole legt ihr seine Hand in den Nacken und schiebt sie sanft Richtung Ausgang. »Ich habe lange überlegt, ob ich dich einfach übers Knie legen sollte, habe mich dann aber doch lieber für eine Rede entschieden. Ich dachte, die tut weit mehr weh. Das behauptet zumindest Evan von meinen Vorträgen.«

Er zwinkert Amber und mir zu, und gemeinsam gehen wir in den Eingangsbereich des Sheriffbüros, wo ich als Vormund noch die Papiere für Ambers Entlassung unterschreiben muss. Außer uns ist niemand hier. Den Eltern der anderen Jugendlichen, die mit Amber zusammen verhaftet wurden, liegt anscheinend nicht besonders viel daran, ihnen eine Nacht im Gefängnis zu ersparen. Cole verabschiedet sich mit einem festen Händedruck beim Sheriff, und ich tue dasselbe. Amber hält sich an Coles Seite, sieht den Gesetzeshüter aber nicht an. Auch nicht, als er sie ermahnt, er wolle sie nicht so schnell wieder auf dem Revier sehen.

Dann treten wir in die kühle, sternenklare Nacht. Der Wind hat die Wolken vom Himmel vertrieben, Millionen kleiner Lichtpunkte weisen uns den Weg zum Auto. Ich spüre das kalte Metall, das Leder der Sitze, das sich steif anfühlt, und wie die Lüftung warme Heizungsluft im Inneren verteilt, sobald Cole den Motor startet.

Ich sitze am Fenster. Cole fährt. Und Amber hockt in der Mitte zwischen uns. Ihren Kopf hat sie auf meine Schulter gelegt, und bevor wir South Lake Tahoe hinter uns lassen, ist sie bereits völlig erschöpft eingeschlafen. Ich spüre ihren zarten Atem. Die Schwere ihres Schlafs, die von Tränen erzeugt wird, die ganz tief in uns etwas bewegen. Ich schalte das Radio an, und ein Country-Klassiker begleitet Cole, Ambs und mich durch die Nacht zurück nach Hause.

Kapitel 4

Amber sitzt neben mir auf dem Beifahrersitz des Buick. Ich habe angeboten, sie heute in die Schule zu fahren. Immerhin war der gestrige Abend anstrengend und die Nacht kurz. Außerdem muss ich sowieso in den Diner. Ich habe heute zusammen mit Fi die Vormittagsschicht.

Während Amber schweigend aus dem Seitenfenster blickt, sehe ich immer wieder zu ihr hinüber. Cole hat sie gestern Abend ins Bett gebracht, wie sie war. Mit verlaufener Schminke, erschöpft, kaum wirklich wach. Er hat sie nach oben getragen, und Liz musste bis heute Morgen mit ihrer Standpauke warten, die viel zaghafter ausfiel, als ich vermutet hätte. Wahrscheinlich lag das daran, dass Ambs Anblick beim Frühstück Liz genauso sehr irritierte wie mich. Sie war noch immer genauso ungeschminkt wie in der Nacht, trug eines von Dads karierten Hemden und eine helle Jeans. Grau, aber hell und nicht schwarz wie ihr sonstiger Kleidungsstil, und dazu eines von Gracies hellblauen Tanktops.

Wenn ihre plötzliche Wandlung in einen normalen Teenager dazu gedacht war, die von Liz ausgesprochene lebenslange Höchststrafe auf eine Woche Handyverbot und zwei Wochen Hausarrest zu drücken, war sie ziemlich erfolgreich. Aber irgendwie bezweifle ich, dass Ambs plötzlicher Styling-Wandel etwas mit der zu erwartenden Strafe zu tun hat. Wohl eher mit Coles Worten.

Schon gestern Abend auf dem Revier habe ich gespürt, dass Cole einen Nerv bei Ambs getroffen hat. Wenn Evan wirklich der Meinung ist, sein Bruder könnte keine Reden halten, ist er ein Idiot. Als Ambs den Kopf in meine Richtung dreht, lächle ich ihr zu und zupfe an einer ihrer losen Haarsträhnen. »Sieht hübsch aus«, sage ich und entlocke ihr damit ein Augenverdrehen und ein nachgeahmtes Kotzgeräusch.

Ich lache leise, denn es gefällt mir, dass Amber trotz aller Veränderung immer noch Amber ist. Ich hätte mir Sorgen gemacht, wenn sie nicht so reagiert hätte.

Ich lasse sie vor der Schule raus und sehe ihr hinterher, wie sie über den Pausenhof zum Gebäude läuft, ohne sich um die ein oder andere dumme Bemerkung ihrer Mitschüler zu scheren.

Dann wende ich und fahre zum Diner. Ich setze Kaffee auf und höre den Geräuschen von Fiona aus der Küche zu, während die ersten Gäste des Tages kommen und ich deren Bestellungen aufnehme.

Eine halbe Stunde später kommt Gavin, ein Freund der Familie, und holt die belegten Bagels ab, die er am Tag zuvor bestellt hat und die er für den Geburtstag eines Mitarbeiters seiner Dachdeckerfirma ausgeben will.

Ich begrüße ihn mit einer Umarmung und helfe ihm, die zwei großen Tabletts zu seinem Pick-up hinauszutragen.

»Danke, Haze«, sagt er und drückt mich zum Abschied. »Grüß den Carson-Clan und Greta von mir.« Er hält kurz inne. »Wie geht es ihr und dem Baby eigentlich?« Liz, Greta und Gavin waren in einer Klasse der Cooper Springs Highschool und sind noch heute befreundet. Genau wie wir hat auch Gavin Greta seine Hilfe angeboten, als er erfuhr, dass sie von einem verheirateten Typen aus Santa Barbara schwanger war, der nur ein wenig Spaß auf der Durchreise durch Cooper Springs gesucht hatte. Aber Greta hat unsere und auch Gavins Hilfe abgelehnt und ist unmittelbar vor der Geburt des kleinen Noah zu ihren Eltern gezogen.

»Sie wohnt jetzt bei ihren Eltern«, bringe ich Gavin auf den neuesten Stand. »Noah wächst und gedeiht, was ein echtes Wunder ist, wenn man bedenkt, wie wenig der Kleine schläft.« Ich lache leise. »Greta bekommt die Nicht-Schlafen-Kur nicht ganz so gut, aber sie ist glücklich, denke ich. Wir geben ihr ein wenig Raum, damit sie sich an ihre neue Rolle gewöhnen kann. Lizzie und ich würden sie sonst rund um die Uhr belagern, also …«

Gavin nickt. »Dann grüß alle von mir.« Er steigt in seinen Pick-up und lächelt. »Vor allem Greta, wenn sie irgendwann zwischen Windeln und Schlafentzug auftaucht.« Er versteht, was Greta jetzt durchmacht. Immerhin ist er schon zweifacher Vater, und ich erinnere mich, dass er nach der Geburt von Henry und Mabel genauso gestöhnt hat, wie Greta es jetzt tut.

»Und sag ihr, es wird besser. Spätestens wenn die Kids achtzehn sind, dürfen wir wieder durchschlafen.«

»Ich werde es ausrichten«, sage ich und winke ihm hinterher, als er die Hauptstraße hinauffährt. Dann wende ich mich wieder meiner Arbeit zu. Ich bringe Teller mit Rührei, Toast und vielen weiteren Leckereien an die Tische. Wie erwartet ist es rappelvoll, und ich habe so gut zu tun, dass ich erst gegen Mittag dazu komme, selbst etwas zu essen.

»Guten Appetit«, höre ich eine Stimme hinter mir, und ein Lächeln legt sich auf meine Lippen. Jake.

»Was machst du hier?« Ich drehe mich um, wische mir den Mund ab und schließe ihn kurz in die Arme. »Schön, dass du mal vorbeikommst.« Er ist seit dem Tod seines Dads nicht mehr in den Diner gekommen.

»Ich brauche Kaffee«, erklärt er und hält mir eine Thermoskanne hin.

Gestern war noch genug Kaffeepulver da, um damit eine ganze Football-Mannschaft in den Koffeinrausch zu schicken. Entweder hat Jake sich eine ziemlich schlechte Ausrede einfallen lassen, um seinen Ausflug unter die Lebenden zu rechtfertigen, oder er hat tatsächlich die Vorräte vernichtet, was bedeuten würde, er hat seit gestern ausschließlich Koffein zu sich genommen und nicht geschlafen.

Ich lasse meine Eier stehen und schlüpfe hinter den Tresen, um seine Kanne zu füllen. »Brauchst du auch neues Pulver?«

»Ich wollte eigentlich deswegen in den Grocery Store. Ich wusste nicht, dass ihr auch Kaffeepulver verkauft.«

»Tun wir normalerweise auch nicht.« Ich schraube die Thermoskanne zu und reiche sie ihm über den Tresen. »Aber für Freunde machen wir eine Ausnahme.« Ich ziehe einen Beutel eingeschweißter Kaffeebohnen unter dem Tresen hervor und reiche sie Jake.

»Was macht das?«

»Lass gut sein«, wiegele ich ab.

Jake will widersprechen, aber das Klingeln der Türglocke stoppt ihn. Er dreht sich halb um und erstarrt, als er Evan erblickt.

Ich bin selbst überrascht, den älteren Harris-Bruder hier zu sehen. Seit Fiona und er wieder zusammen sind, sieht man ihn nur noch selten. Die meiste Zeit verbringen die beiden zusammen in Sierra Shores, und heute Morgen hatten er und Cole eigentlich einen Geschäftstermin.

Evan sieht sonst immer aus, als wäre er dem Titelblatt eines Männermagazins entstiegen. Jetzt wirkt er eine Spur zu lässig, aber furchtbar glücklich. Seinen Bart hat er mehrere Tage nicht rasiert, und er trägt Jeans und T-Shirt anstelle seiner sonst schweineteuren Anzughosen und Hemden. Seine Haare vermissen den sonst stets akkuraten Schnitt und fallen ihm wirr in die Stirn, als er mich grinsend begrüßt.

»Evan«, begrüße ich ihn freundlich und sehe über die Schulter zur Küche, wo Fiona arbeitet. »Willst du zu Fi? Sie ist hinten.«

»Ich bin eigentlich hier, um mir einen Kaffee zu holen, und nicht, um Fi von der Arbeit abzuhalten«, sagt er und mustert Jake, der nun direkt neben ihm steht. »Hunter«, stößt er wenig freundlich eine Begrüßung hervor.

»Harris«, erwidert Jake die Begrüßung und gibt sich ebenfalls keine Mühe, seine Ablehnung zu tarnen. Dann legt er einen zwanzig Dollar Schein auf den Tresen, um den Kaffee und das Pulver zu begleichen, und nickt mir, bevor ich protestieren kann, zu. »Stimmt so.«

Er ist schon auf dem Weg zur Tür, als ihn Evans Stimme aufhält.

»Du solltest dir das Wechselgeld geben lassen, Cowboy. Wirst es brauchen, wenn du die Werft wirklich halten willst.« Evan tippt sich an die Stirn. »Und wenn du dich weiter weigerst, mit uns zusammenzuarbeiten, wirst du es erst recht brauchen, denn dann sind wir bald Konkurrenten.«

Offensichtlich sehen sich die Brüder nach einem Alternativobjekt zur Hunter-Werft um, weil Jake nicht nachgeben und dem Verkauf zustimmen will. Jake hat zwar sein Talent als Bootsbauer, mit dem er noch vor seinem Schulabschluss für den Erfolg der Hunter-Werft sorgte, aber ihm fehlen die finanziellen Mittel, um den Harris-Brüdern in diesem Fall wirklich die Stirn zu bieten.

Jake, der stehen geblieben ist, dreht sich nun ganz langsam um. Ich bete, er möge einfach gehen und sich nicht auf einen Streit mit Evan einlassen, aber natürlich verhallen meine Gebete ungehört.

Jake kommt zurück und baut sich vor Evan auf. »Mach dir keine Hoffnungen. Ich komme zurecht. Bedeutet, du wirst die Werft nicht bekommen. Und um ein Konkurrent zu sein, müsstest du schon etwas vom Bootsbau verstehen. Also verpiss dich. Vom Hunter-Anwesen und aus meinem Leben.« Er sieht aus, als wollte er Evan mitten im Diner eine reinhauen, aber dann schaut er zu mir und macht einen Schritt zurück. »Sehen wir uns später, Haze?«

Ich nicke, weil ich ihn sehen will und weil ich das Gefühl habe, meine Zustimmung ist alles, was zwischen ihm und einem Kampf mit Evan steht.

Er nickt ebenfalls und verschwindet endgültig nach draußen, während Evan auf einen der Barhocker rutscht und seinen Kopf schwer auf seine Hände stützt.

»Ich dachte, der Plan wäre, mit Jake zu gegebener Zeit ein sachliches Gespräch wegen der Werft zu führen?«, sage ich spitz und stelle einen To-go-Becher vor Evan hin. Es ist klar, dass ich scheiße finde, wie er mit Jake umgegangen ist. Er kann seinen Kaffee woanders trinken, wenn er so mit einem Freund umgeht. »Er braucht Zeit, und Cole hat gesagt, die würdet ihr ihm geben.«

Cole hat sich in die Werft und die Idee verbissen, Jake zu helfen und Liz damit einen Gefallen zu tun. Evan hingegen sieht zwar das Potential des Namens Hunter und der Werft, aber er trifft seine Entscheidungen weit weniger emotional als sein Bruder. Er würde zur Not auch ein anderes Geschäft aufziehen.

»Er ist euer Freund, aber er führt sich auf wie ein Neandertaler. Seine Art drückt bei mir echt die falschen Knöpfe.« Er fährt sich durch die Haare und sieht zerknirscht aus, weil er die Konfrontation mit Jake gesucht hat. »Cole räumt ihm mehr Geduld und Zeit ein, als üblich ist. Aber ehrlich Haze, wie lange sollen wir warten? Bis ihm das Geld ausgeht? Wahrscheinlich würde er den ganzen Scheiß eher abfackeln, als ihn uns zu verkaufen. Der Name Hunter wäre bei der Geschäftsgründung ein entscheidender Vorteil gewesen, aber es wird auch ohne gehen. Cole und ich wollen investieren, und zwar in ein gemeinsames Projekt, das erfolgversprechend ist und etwas für die Region tut, die wir beide lieben gelernt haben.«

Ich verstehe, was Evan meint. Die Brüder haben sich mit ihrem Vater überworfen und sind aus der gemeinsamen Firma ausgestiegen, als sie Liz, uns und die Halfmoon Bay vor ihrem Dad gerettet haben, der unser Zuhause in den neuesten Standort eines seiner Luxusresorts verwandeln wollte.

Die Brüder wollen etwas Neues schaffen, das sie zusammenschweißt, und im Gegensatz zu früher möchten sie, dass sich ihre Geschäfte positiv auf Land und Leute auswirken. Deswegen und weil Jake Liz' bester Freund ist, haben sie sich bis jetzt bemüht, aber sie können und wollen nicht mehr länger untätig herumsitzen. Entweder das Geschäft kommt mit Jake zustande oder ohne ihn. »Gib ihm noch ein paar Wochen. Ich rede mit ihm.«

Evan blinzelt mir skeptisch zu, nickt dann aber und deutet in Richtung Küche. »Was dagegen, wenn ich die Köchin doch für zwei Minuten ablenke?« Er grinst breit und drückt meine

Schulter, bevor er in der Küche verschwindet. Den Kaffee to go lässt er stehen.

Die untergehende Sonne taucht den Himmel über dem Bootsanleger in ein breites Farbspektrum, als ich nach Feierabend die Hunter-Werft erreiche.

Die Sonnenuntergänge im Frühjahr sind die schönsten. Mit Abstand. Ich bin vor dem Abendgeschäft gegangen. Fiona schmeißt zusammen mit Grace die Küche, und Liz wird mit einer der neuen Aushilfen kellnern. Cole wird mit Sicherheit auch vorbeikommen und sich hinter dem Tresen um die Getränkebestellungen kümmern, wie so oft in letzter Zeit. Es macht ihm Spaß, und er hat die Möglichkeit, Zeit mit Liz zu verbringen, anstatt sich zu langweilen. Er ist niemand, der gut herumsitzen kann. Wohl auch deswegen wollen beide Harris-Brüder Nägel mit Köpfen machen, was die Werft angeht.

Ich habe Burger, Pommes und zwei Pale-Ale-Biere mitgebracht und hoffe, dass Jake mit mir zusammen essen wird.

Mit der Papiertüte in der Hand begebe ich mich auf die Suche nach ihm und werde in der großen Halle fündig, wo er eines der Verleihboote schleift. Harte Rockmusik wummert aus den Lautsprechern. Mac kommt mir freudig mit dem Schwanz wedelnd entgegengelaufen. Allerdings richtet sich seine Begeisterung auf die Tüte mit den Burgern in meiner Hand. Er schnüffelt daran, und ich bringe sie vorsichtshalber in Sicherheit vor seinem dauerhungrigen Magen. Er kommentiert das mit einem enttäuschten Hundeblick und einem Jaulen, das selbst Steinherzen erweichen könnte.

Jake legt den Schleifer beiseite, stellt die Musik ab und sieht sich nach dem Hund und der Ursache für sein klägliches Wimmern um.

»Folterst du meinen Hund«, fragt er belustigt und begrüßt mich, indem er mich kurz in seine Arme zieht. Er riecht angenehm nach Holz und ein wenig nach Lack.

Ich stupse ihn leicht in die Seite, um meine Unsicherheit zu überspielen, und halte die Papiertüte hoch. »Ich verteidige nur unser Essen gegen ihn. Ist dieser Hund eigentlich jemals satt?«

»Nein, nie«, Jake fährt sich über den Nacken. »Was sich gut trifft, denn ich bin mitten bei der Arbeit. Und ich …«

»… und du hast keinen Hunger.« Ich nicke, als wüsste ich das schon. »Aber du hast mich gefragt, ob ich heute Abend vorbeikommen würde. Und ich habe Hunger. Außerdem ist das nichts für Hunde.«

»Dann sollte ich vermutlich ein Gentleman sein und dir beim Essen Gesellschaft leisten«, sagt Jake und rückt sich die Mütze auf seinem Kopf zurecht, bevor er mir in einer höchst altertümlichen Geste zu verstehen gibt, dass er mir den Vortritt überlässt. Beim Hinausgehen löscht er das Licht und greift nach ein paar Decken, die auf einem der Holzstapel liegen. Zuletzt ruft er Mac, der sofort eng um seine Beine kreist. Vermutlich spekuliert er darauf, doch etwas abzubekommen.

Jake deutet zum Steg, als ich zum Wohnhaus abbiegen will. »Du magst doch die kleinen Wunder dieser Welt. Lass uns draußen essen.«

Ich nicke. Der Sonnenuntergang ist wirklich atemberaubend schön. Es gibt nichts, was ich gerade lieber täte, als mit Jake auf dem verwitterten Anleger zu sitzen, Burger zu essen und dem Farbspiel zuzusehen.

Ganz vorne am Anleger der Hunter-Werft legt Jake eine der

Decken auf den Boden, damit uns die Kälte von unten nichts mehr anhaben kann. Die massiven Holzpfähle, die im Wasser stehen, und das Gerüst des Anlegers dienen uns als Rückenlehne. Wir setzen uns, und ich breite eine weitere Decke über unseren Beinen aus. Mac legt sich auf die Holzbohlen und platziert den Kopf zwischen unseren Beinen auf dem weichen Stoff. So entgeht ihm kein Krümel, der herunterfällt.

»Burger mit Cheese und Bacon. Fi-Style«, preise ich das Essen an und erreiche tatsächlich, dass Jake den Burger entgegennimmt. Die Pommes lässt er unbeachtet auf meinem Schoß stehen.

Eine Weile essen wir schweigend. Bis Jake im unnatürlich erscheinenden Violett, das sich über das Wasser ergießt, sagt: »Ich habe Dad nie eine Chance gegeben. Ich habe nie zugelassen, dass er mehr für mich sein konnte als mein Reibungspunkt. Alles, was ich weiß, ist, dass er starrsinnig und hart war.«

»Du bist zurückgekommen, um das zu ändern«, merke ich vorsichtig an.

Jake zuckt mit den Schultern und zieht den Reißverschluss seiner Jacke ein Stück weiter hoch. Je mehr Schatten das verbliebene Sonnenlicht schluckt, desto kühler wird es. Er legt seinen Burger halb aufgegessen auf die Papiertüte, die ich zu einem provisorischen Tisch umfunktioniert habe. »Ich habe zu lange gewartet.« Er fischt eine Zwiebel zwischen den Brötchenhälften hervor und schleudert sie ins Wasser. Macs Blick folgt dem Lebensmittel, aber er bleibt liegen. »Und als ich endlich meinen bekloppten Stolz überwunden hatte und zurückgekommen bin, sind wir direkt wieder aneinandergeraten. Wegen des Verkaufs der Werft.«

»Du hättest nicht gedacht, dass er diesen Schritt geht?«

»Nie«, bricht es inbrünstig aus ihm hervor. »Die Boote waren alles, was uns verbunden hat. Diese Werft war sein Vermächtnis, und er gibt sie lieber diesem Harris-Idioten als mir.«

Ich lege meinen Burger beiseite und drehe mich halb zu Jake um, damit ich ihn ansehen kann. »Sam hat nie darüber gesprochen, aber es ging ihm finanziell nicht gut«, versuche ich, die Beweggründe seines Vaters für den Verkauf zu erklären. »Der Bootsverleih lief nach wie vor ganz gut, aber nachdem du weg warst, hat Sam die Werft dichtgemacht. Ohne dich konnte er die Arbeit nicht machen, und er wollte es auch nicht. Es hat ihm zugesetzt, dich zu verlieren. Die Kosten für das riesige Anwesen liefen jedoch weiter. Ich brauche dir nicht zu sagen, dass einem allein die Instandhaltung die Haare vom Kopf fressen kann.«

Jake schüttelt den Kopf. »Er hat Liz gesagt, er käme über die Runden.«

»Weil er wusste, sie würde dir genau das erzählen.« Ich zerpflücke eine Pommes und lutsche das Innenleben von meinem Zeigefinger. »Er wollte nicht, dass du deinen Weg aufgibst, nur weil er nicht allein zurechtkam. Aber Fakt ist, er konnte die Werft nicht mehr halten.«

»Ich bin zurückgekommen. Spätestens da hätte er sein Vorhaben aufgeben können. Ich habe nicht viel Geld verdient in Afrika, aber ich hatte auch so gut wie keine Ausgaben. Ein bisschen was habe ich gespart. Es hätte gereicht, um den Anfang zu schaffen, und dann wäre wieder etwas hereingekommen. Zusammen hätten wir das schaffen können. Aber stattdessen hat er mir unmissverständlich klargemacht, dass ich raus bin.« Er fährt sich mit den Handflächen über das Gesicht.

Ich ergreife seine Hand und bringe Jake dazu, mich anzusehen. »Er hat bei den Verhandlungen darauf bestanden, dass du eine führende Position erhalten würdest, egal, wann du zurückkommst. Das war einer der Streitpunkte, weswegen sich die Verhandlungen ewig hinzogen.«

Jake entzieht sich mir nicht. Er sieht auf unsere miteinander verschränkten Hände und sagt leise: »Lass mich raten. Evan war dagegen, mich überhaupt jemals wieder in die Nähe der Werft zu lassen?«

Ich zucke mit den Schultern. »Er war eben eifersüchtig.«

»Weshalb?« Jake lacht und löst sich von mir, um die Bierflasche anzuheben und einen tiefen Schluck zu nehmen. »Wegen meines Kontostands oder einer heruntergekommenen Werft, die es vermutlich nie wieder zu altem Glanz schafft?«

»Wegen Fi«, erwidere ich schlicht, und eine Weile sagt keiner von uns etwas. Nur das Licht der Außenbeleuchtung erhellt die eintretende Nacht.

»Wir hatten nie etwas miteinander«, sagt Jake schließlich ruhig, aber bestimmt. »Alles, was je zwischen uns war oder auch nicht, liegt in der Vergangenheit. Wenn Evan darauf eifersüchtig ist, steht es schlimmer um ihn, als ich dachte.«

Ich lache leise, und mein Herz ist seltsam leicht. Jake hat keine Gefühle mehr für Fiona. Es ist das, was ich gehofft habe. Aber es ist etwas anderes, es von ihm zu hören, anstatt es nur zu vermuten. Ich proste Jake zu. Unsere Flaschen stoßen klirrend gegeneinander, und die letzten Sonnenstrahlen brechen sich in dem Glas. »Evan ist eben hoffnungslos in meine Schwester verknallt«, sage ich mit einem schiefen Grinsen. »Er ist kein schlechter Typ. Er liebt sie wirklich.«

Ich sehe, wie Jake sich versteift, weil er da ganz anderer

Meinung ist. »Wusstest du, dass es in Afrika schlagartig dunkel wird, nachdem die Sonne untergegangen ist?«, fragt er.

Ich schüttle den Kopf und lasse zu, dass er damit abrupt das Thema wechselt. Sein Knie stößt gegen meins, als er mir von der Nacht erzählt, in der er Mac gefunden hat.

»Vielleicht hat der verrückte Hund auch mehr mich gefunden als ich ihn.« Er lacht leise. »Wir Helfer saßen zusammen und haben etwas getrunken. Ich bin los, um noch eine Runde Bier zu besorgen. Echter Luxus da unten, aber Will, er war mein bester Freund dort, hatte eine Kiste besorgt, als er Baumaterial geholt hatte. Ich bin zum Versorgungszelt gelaufen, und plötzlich stand er vor mir. Sah ziemlich abgerockt aus, und ich hatte echt Angst, er würde mich beißen, aber er ist mir einfach nur gefolgt.« Er zuckt mit den Schultern. »Und damit hat er auch nie wieder aufgehört.« Er sieht in die Ferne. »Will sagte, wahrscheinlich wäre Macs Appetit allein für den Hunger der Dritten Welt verantwortlich. Er hat uns echt die Haare vom Kopf gefressen.« Er streicht dem Hund liebevoll über den Kopf. »Ich hätte ihn eigentlich nicht behalten dürfen, aber wer kann dir schon widerstehen, hm, Kumpel?«

»Warum bist du zurückgekommen?«, frage ich vorsichtig und beiße mir auf die Lippen, bevor all die anderen Fragen aus mir heraussprudeln können: Wer ist Will? Und warum hat Jake bis jetzt nie über ihn gesprochen? Was ist in Afrika passiert?

Jake führt die Flasche an den Mund und trinkt sie leer. Ich denke schon, er wird mir gar nicht antworten, als er mich durchdringend ansieht und langsam den Kopf schüttelt. »Ich würde lieber nicht darüber sprechen, wenn das okay ist.«

Ich nicke und vergrabe meine Finger in Macs struppigem Fell. Ich habe Jake versprochen, ihn nicht zu drängen, und so erzähle ich ihm von ungewollt komischen Begegnungen mit Touristen, die Sam früher immer durch seine schroffe Art provozierte. Von den Gesprächen, die wir geführt haben, und wie ich ihm geholfen habe. Jake hört zu und lehnt sich entspannt zurück. Manchmal grinst er. Einige Male fragt er nach, weil ihm die Beweggründe seines Dads nicht klar sind. Und ich genieße die Zeit mit ihm auf dem Steg.

Irgendwann verstumme ich und sehe auf mein Handy. Es ist spät geworden. »Ich sollte langsam aufbrechen«, sage ich, und Jake nickt. Er steht auf und klemmt sich wortlos die Decken unter den Arm, während ich die Essensreste und die leeren Flaschen in die Papiertüte packe und sie mit zum Wagen nehme. Jake begleitet mich, und Mac trottet aufgrund seiner miesen Ausbeute beleidigt hinter uns her. Wir halten vor dem Buick, und Jake streicht über die Karosserie.

»Steckt der Legostein immer noch in der Lüftung?«, fragt er unvermittelt und klopft gegen den Kotflügel.

Mit einem Grinsen nicke ich.

»Dieses Auto wird uns alle überleben«, sagt er und lacht leise.

Wärme schwappt durch meine Brust, weil sein Lachen so verdammt selten geworden ist und damit noch wertvoller als früher. »Vermutlich«, stimme ich zu. »Wobei Fis Kiste ihm Konkurrenz machen könnte.«

Jake nickt und wird plötzlich wieder ernst. Er sieht mich an, sagt aber nichts. Und genau diese Stille gibt mir das Gefühl, er würde mich am liebsten nicht gehen lassen. Es ist seltsam, und ich bin nicht sicher, ob nicht meine Zuneigung zu Jake die Realität verwischt, aber trotzdem gehe ich nicht einfach, sondern sage: »Der Abend war wirklich schön.«

Jake nickt und lehnt sich gegen den Wagen. »War er.« Er

zögert. »Danke, Haze.« Er zeigt auf die Tüte mit den Essensresten, aber es geht nicht um ein simples Abendessen. Das wissen wir beide.

»Morgen muss ich arbeiten«, höre ich mich sagen, und mein Herz schlägt hart und viel zu schnell in meiner Brust. »Danach muss ich mit Ambs noch mal zum Sheriff, aber wenn du Lust hast, könnte ich danach vorbeikommen.«

Er nickt und nimmt mir die Tüte ab. »Aber versuch nicht, mich zu füttern.« Er wirft den Müll mit einem perfekten Drei-Punkte-Wurf in die Tonne, die an der Hauswand lehnt. »Komm einfach nur vorbei. Ich brauche kein Essen.« Nur dich.

Er spricht es nicht aus, aber ich sehe es in seinem Blick. Auch wenn ich unsicher bin, ob diese Interpretation nicht bloßes Wunschdenken meinerseits ist. Und selbst wenn er mich tatsächlich braucht, muss dieses Bedürfnis nicht zwangsläufig einen romantischen Ursprung haben. Ich bin die einzige Verbindung zu seinem verstorbenen Dad. Nur durch mich kann er Sam kennenlernen, um ihn irgendwann gehen zu lassen.

Ich öffne den Buick, und das knarzende Geräusch von schlecht geölten Türscharnieren zerreißt die Stille. Jake dreht sich mit einem letzten Nicken um, pfeift Mac zu sich und verschwindet in Richtung der Hallen, während ich tief durchatme und in den Wagen steige.

Kapitel 5

Amber ist direkt nach dem Termin beim Sheriff in ihr Zimmer gegangen. Cole hat tatsächlich seine Beziehungen spielen lassen und erreicht, dass meine kleine Schwester mit einer Verwarnung davongekommen ist, die sie sich heute auf dem Polizeirevier abholen musste, während die anderen Täter teilweise empfindliche Strafen bekommen haben. Über eine Stunde dauerte Sheriff Corbins Ansprache. Aber immerhin wird nichts in ihrer Akte vermerkt, und die Sache wird ihr so zumindest nicht die Zukunft verbauen.

Wer Ambers Anteil an dem Schaden bezahlen wird, der durch die Aktion im Mastbetrieb von Vasquez entstanden ist, darüber streiten sich Cole und Liz noch. Für den Moment haben sie diese Diskussion allerdings beiseitegelegt, denn Cole hat meine Schwester heute Abend nach Lake Tahoe City in die River Ranch Lodge eingeladen. Ein schweineteurer Laden, mit direktem Blick über den See und Kellnern in feiner Livree. Nicht unbedingt meine Art von Restaurant, aber es ist süß, wie Cole versucht, Liz die Welt zu Füßen zu legen.

Grace ist bei einem ihrer Fotoaufträge und wird die Nacht in Truckee verbringen. Offiziell hat sie in einem kleinen, gemütlichen Bed & Breakfast eingecheckt, auch wenn ich bezweifle, dass sie dort schlafen wird, bei all den heißen Männern, die ihr vor die Linse laufen. Grace hatte schon immer eine Schwäche für Sportler jeglicher Art, und ein Shooting für Extremsportler ist für sie wie ein prall gefülltes Bonbonglas.

Ich habe es mir allein auf dem Sofa gemütlich gemacht und zappe durch die Kanäle. Es kommt eher selten vor, dass man in Pinewood Meadows das Wohnzimmer für sich hat. Aber wenn es passiert, kann ich dem seltenen Frieden durchaus etwas abgewinnen. Auch, weil ich so entscheiden kann, welches Programm läuft. Die Auswahl ist ansonsten sehr teenagerlastig.

Ich bleibe an einer Wiederholung von *This is us* hängen, meiner Lieblingsserie. Ich kuschle mich tiefer in die Kissen und lasse mich durch die vertrauten Stimmen der liebgewonnenen Figuren einlullen. Die Müdigkeit gewinnt die Oberhand, und ich drifte gerade weg, als mich der Song *TNT* von AC/DC aufschreckt. Amber hat mir den Song als Klingelton auf dem Handy eingerichtet, weil sie der Meinung war, der Sound müsste bei mir richtig knallen, damit ich das Telefon überhaupt mal höre. Ich suche verzweifelt in den Falten der Decke. Dann unter den Kissen, bis ich auf dem Boden vor dem Sofa fündig werde. Auf dem Display blinkt Jakes Nummer. Sein Bedürfnis zu telefonieren ist noch weniger ausgeprägt, als das zu reden. Augenblicklich schnellt mein Puls in die Höhe, und ich verfluche mich dafür, sofort eine Katastrophe zu wittern.

»Hi Jake, was gibt es?«, melde ich mich, aber er antwortet mir nicht. Ich höre hektisches Atmen, wie er um Worte ringt, die er dann doch nicht ausspricht. Die Anspannung vom anderen Ende der Leitung überträgt sich in Sekundenschnelle auf mich und verstärkt meine Befürchtung, es könnte etwas passiert sein.

»Jake?«, frage ich alarmiert. Und endlich reagiert er.

»Kannst du kommen?«, fragt er gepresst, und seine Stimme hört sich schwer und leicht verwaschen an.

»Natürlich«, sage ich und bin nicht sicher, ob mir sein Tonfall mehr Sorgen bereitet oder die Tatsache, dass er um Hilfe bittet. Ich lege auf und schlüpfe bereits in meine Sneakers, während ich das Handy in meine Hosentasche stopfe. Dann werfe ich mir eine Jacke über das gepunktete Top, das zu meinem Schlafoutfit gehört. Ich hatte eigentlich vorgehabt, direkt von der Couch ins Bett zu wechseln.

Ich schnappe mir die Schlüssel vom Küchentisch und rase zum Buick. Nachdem ich in mehreren Zügen gewendet und dabei die fehlende Servolenkung verflucht habe, beschleunige ich den Wagen. Schotter spritzt auf, und der Wagen schlingert. Trotzdem wähle ich nebenbei Liz' Nummer. Mir ist klar, dass es schlecht um Jake stehen muss.

Liz geht nach dem zweiten Klingeln ran. Auch wenn sie sich gerade mit Cole eine Auszeit von der Familie gönnt, ist sie immer erreichbar für uns.

»Hi Liz«, komme ich direkt zur Sache, bevor sie mich begrüßen kann. »Jake hat mich gerade angerufen und klang nicht gut. Er hat mich gebeten vorbeizukommen.«

Ich höre, wie Liz das Besteck beiseitelegt, und weiß, sie ist schon auf halbem Weg nach Hause. Doch ich will nicht, dass sie ihren freien Abend opfert, und beeile mich zu sagen: »Vermutlich braucht er nur jemanden zum Reden, aber wenn er nach all den Wochen endlich dazu bereit ist, möchte ich ihn nicht hängenlassen. Ich wollte dir nur Bescheid geben, dass Amber deswegen allein zu Hause ist.«

»Er will nie reden und bittet auch nicht um Hilfe. Was ist los, Haze?«

»Ich weiß es nicht.« Ich mache mir ernstliche Sorgen, aber ich will auch nicht Liz' Abend mit Cole verderben.

»Ich komm rum.«

Ich schüttle den Kopf, obwohl Liz das nicht sehen kann. »Auf keinen Fall. Du genießt das Essen mit Cole. Ich regle das. Es wäre aber nett, wenn du Ambs kurz anrufen könntest. Sie war in ihrem Zimmer, und ich habe mich nicht verabschiedet. Sie sollte aber wissen, dass ihr im Bilde seid. Nicht, dass sie das Alleinsein als Freifahrtschein betrachtet, erneut Unsinn anzustellen.«

»Klar.« Liz flüstert Cole etwas zu. »Ich sage ihr Bescheid, und wir lassen es nicht zu spät werden. Dann kannst du dich um Jake kümmern. Aber wenn du Hilfe brauchst, rufst du mich an.« Sie atmet tief durch. »Ich meine das ernst, Haze. Jake ist nicht einfach, wenn er so drauf ist wie im Moment.«

Die ersten Lichter von Cooper Springs tauchen vor mir auf. Ich pfeife auf das City-Limit und fahre mit gleichbleibender Geschwindigkeit durch den Ortskern. Vorbei am heute geschlossenen Diner, dem Grocery Store und dem Pub an der Ecke. Der See schimmert in einem diffusen Mondlicht rechts von mir, als ich Cooper Springs in nördlicher Richtung verlasse und endlich die Abzweigung zur Hunter-Werft erreiche. »Ich melde mich, wenn wir dich brauchen sollten. Versprochen, Liz.« Ich warte, bis sie noch einmal beteuert hat, sie würde jederzeit zu uns kommen, wenn es nötig ist, und verabschiede mich dann. Das Telefon schmeiße ich auf den Beifahrersitz und bremse auf dem Parkplatz scharf ab.

Die Hallen liegen dunkel und verlassen vor dem Panorama des Sees. Nur in der Küche des Wohnhauses brennt Licht. Ich reiße den Schlüssel aus dem Zündschloss und springe aus dem Wagen. Der weiche Boden schluckt meine Schritte, als ich zum Haus laufe. Ohne anzuklopfen, trete ich durch die Tür und streife mir die Jacke vom Körper, während ich den

Flur durchquere. Ich höre, wie sie hinter mir auf die Dielen fällt. Dann stehe ich in der Tür zur Küche.

Mac liegt angespannt vor Jake auf dem Boden und weicht nicht einmal von seiner Seite, um mich zu begrüßen. Jake selbst sitzt inmitten von umgestürzten Stühlen und zerbrochenem Geschirr auf dem Boden. Er hat die Arme um seine angezogenen Beine geschlungen und wiegt sich kaum merklich vor und zurück. Sein Gesicht wirkt ungesund blass. Sein Atem ist angestrengt, und seine Augen zeigen, dass er in einem Albtraum festhängt, der seinen Ursprung meilenweit von diesem Ort hier entfernt hat. Er reagiert nicht, als ich den Raum betrete.

Irgendetwas hat sein Gleichgewicht zerstört und seine Mauern eingerissen, die er sich über die Jahre so erfolgreich aufgebaut hat. Ich vermute, es war Erschöpfung, gepaart mit Alkohol und Erinnerungen an etwas, über das Jake nicht sprechen kann.

Er wirkt verletzlich, einsam. Ich zögere nicht lange, rutsche neben ihn auf den Boden und ziehe ihn in meine Arme. »Was ist passiert?«, flüstere ich leise, aber Jake schüttelt kaum merklich den Kopf. Er kann nicht darüber sprechen und schlingt anstatt einer Antwort seine Arme um mich. Ganz langsam passt sich sein Atem meinem an. Er wird ruhiger, auch wenn er noch weit entfernt von dem normalen Jake ist.

Normal. Vielleicht ist das hier viel mehr er als der beherrschte Mann, der gestern mit mir auf dem Steg gesessen und den Anschein erweckt hat, es ginge ihm den Umständen entsprechend gut.

Ich erinnere mich an Liz' Worte, er wäre kaputt und würde mir nie geben können, was ich suche. Zumindest mit dem ersten Teil hat sie recht.

Allerdings fühlt es sich verdammt nach dem an, was ich mein Leben lang gesucht habe, ihn so wie jetzt in meinen Armen zu halten und von ihm umarmt zu werden. Auch wenn es vielleicht nur geschieht, weil er betrunken und in einem emotionalen Ausnahmezustand ist, der ihn total erschöpft.

Jake atmet tief durch. Es ist ein brüchiges Geräusch, das nicht zu ihm passen will. Er setzt sich etwas auf, löst sich aber nicht von mir. Stattdessen klammert er sich noch fester an mich. Wie ein Ertrinkender. Nur ist sein Wasser finsterer, zäher Erinnerungsschlamm.

Wir sitzen lange einfach nur da. Ich halte Jake und er mich. Ich spüre seinen Atem an meiner Haut. Die Zerrissenheit, die er sonst so gut versteckt, während mein Herz mit jedem Schlag die Nähe zu ihm abspeichert und es unmöglich macht, nicht mehr für ihn zu empfinden. Dabei hatte ich mir vorgenommen, einfach nur für ihn da zu sein. Als Freundin. Nicht mehr.

»Jake?«, zerbreche ich leise die Stille. Ich muss es tun, denn mit jeder Sekunde, die wir gemeinsam auf dem Küchenboden sitzen, wird es schwieriger, gegen meine Gefühle anzukämpfen.

Er hebt den Kopf, sieht mich aber nicht an. Sein Gesicht ist meinem trotzdem so nah, dass ich den Atem anhalte.

Jake löst seine Hand von meiner Taille, streicht über meinen Arm, zögert. Ich sehe, wie er schluckt und wie plötzlich Trotz die Verletzlichkeit in seinem Gesicht vertreibt. Er umfasst mein Gesicht und presst seine Lippen auf meine.

Ich habe diesen Moment tausendmal in meinen Träumen durchlebt. Aber so war es nie. Mein Herz zieht sich zusammen. Lust brandet durch mein Innerstes, und die Rauheit, mit der er seine Lippen auf meine drückt, entfacht ein Feuer in mir.

Atemlos hält Jake inne. Seine Kiefer mahlen, als würde es ihn unendlich viel Kraft kosten, mich nicht zu küssen. »Geh, Haze, bevor ich alles kaputt mache«, stößt er heiser hervor.

Vermutlich sollte ich Abstand suchen. Es würde mich davor bewahren, ihm vollständig zu verfallen. Aber es ist nicht das, was mein Körper fordert und was mein Herz will. Vorsichtig berühre ich seine Wange und streiche über seinen Bart. Die Spannung zwischen uns schnürt mir die Kehle zu, aber gleichzeitig genieße ich das schwere Pochen meines Herzens, das mit jedem Schlag Lust und Adrenalin durch meinen Körper jagt.

Ganz langsam nähere ich mich Jake und lege meine Lippen auf seine. Meine Finger vergraben sich in seinen Haaren, als er nachgibt, meinen Kuss erwidert und zu etwas Hartem, Wildem macht.

Ein atemloser Kuss jagt den nächsten. Es ist, als wollte Jake den Emotionen entfliehen, indem er ein Feuerwerk zwischen uns zündet, das ihnen den Sauerstoff entzieht.

Und ich fliehe mit ihm und vor der Frage nach dem danach. Nach Bedeutung und Zukunft von uns.

Alles, was ich in diesem Moment will, ist, ihn zu spüren. Seine Hände, die mein Gesicht umfassen. Seinen muskulösen Körper, der sich süchtig machend an meinen presst. Seine Lippen. Seine Zunge. Ihn. Ich rutsche auf seinen Schoß, ohne dabei meine Lippen von seinen zu lösen. Er ist hart, und mir entfährt ein Keuchen, als ich seine Erregung an meiner Mitte spüre.

Mit einer Handbewegung gibt Jake Mac zu verstehen, dass er die Küche verlassen soll, und verschließt mit einem achtlosen Fußtritt hinter ihm die Tür. Erst dann konzentriert er sich wieder voll auf mich.

»Haze?«, flüstert er heiser, und ich höre die Frage in seiner Stimme, ob ich sicher bin, dass ich das hier will. Mit ihm.

Ich löse mich kurz von ihm und sehe ihm tief in die Augen. Dann nicke ich und küsse ihn. Langsam, zärtlich und innig.

Sekundenlang lässt Jake die Intimität dieses Kusses zu, bevor er ihn beendet, indem er den Kuss wieder in etwas Stürmisches verwandelt. Die Ungezügeltheit seiner Lippen und die Härte seiner Berührungen lässt ein Verlangen durch meine Adern schießen, das ich so nicht kenne. Es sammelt sich zu einem heißen sehnsüchtigen Ziehen in meinem Unterleib.

Jake steht in einer fließenden Bewegung auf und hebt mich mit hoch. Dann überwindet er die wenigen Schritte bis zum Esstisch. Achtlos schiebt er Gläser und einen Teller mit erkaltetem Essen nach hinten und setzt mich auf der Kante ab, bevor er mir ungeduldig Hose und Slip hinabstreift.

Da ist kein Zögern. Kein Abwarten. Nur rohes Begehren, als er ein Kondom zwischen den Papieren auf der Mikrowelle hervorzieht, seine Jeans öffnet und ungeduldig die Verpackung mit den Zähnen aufreißt.

Ich schiebe meine Hände in seine Hose, so dass diese zusammen mit den Boxershorts an seinen Beinen hinabrutscht, und umfasse dann seinen Hintern.

Meine Schenkel öffnen sich wie von selbst, und ich ziehe Jake an mich. Als er mit einem fordernden Stoß in mich eindringt, habe ich das Gefühl, zu zerspringen. Zärtlich folge ich den Bahnen seiner Muskeln den Rücken hinauf bis zu seinem Nacken, aber Jake beendet abrupt das Spiel meiner Finger, indem er meine Hände packt und sie hinter meinen Rücken zwingt.

Seine harten, ungezügelten Stöße reizen mich auf eine Art, wie ich sie noch nie erlebt habe. In diesem Moment ist nicht von Bedeutung, warum er keine Zärtlichkeit zwischen uns duldet. Warum er Emotionen im Keim erstickt und durch pures Verlangen ersetzt. Ich lege den Kopf in den Nacken und konzentriere mich auf die Hitze seines Körpers. Auf seinen Atem, der meine Haut streift. Auf seinen Schwanz, der tief in mich eindringt. Stöhnend befreie ich meine Hände und schlinge sie um seinen Nacken. Ich beiße ihm in die Schulter und spüre, dass ihn der Schmerz anmacht. Vielleicht, weil er glaubt, ihn mehr zu verdienen als Liebe. Meine Zunge folgt den flachen Vertiefungen meiner Bisse, und mein heißer Atem setzt seine Haut in Brand.

Ein tiefes, kehliges Stöhnen entfährt Jake. Er wird noch härter und kommt schließlich in mir, während ich mich an ihn presse.

Sein Beben überträgt sich auf mich. Wie eine Schockwelle, die mich ergreift und über die Klippe katapultiert. Jake verschließt mir den Mund mit atemlosen Küssen, während er tief in mein abebbendes Verlangen stößt und meinen zitternden Körper bis zum Ende reizt.

Erst dann gibt er meine Lippen frei und gleitet aus mir.

Ein Lächeln stiehlt sich auf meine Lippen. Ich weiß, wir hatten nur deswegen Sex, weil ich für einen kurzen Moment Jakes Zuflucht war. Das hier war kein Versprechen auf mehr, aber trotzdem bin ich glücklich. Es ist ein pures Gefühl, das mich erfüllt.

Meine Hand streicht über seine Wange, seinen Bart, bevor ich ihn küsse. Aber Jake beendet die Nähe. Vorsichtig, aber bestimmt. Ohne mir in die Augen zu sehen, zieht er sich die Hose hoch und entfernt sich von mir.

Ich lasse meine Hand sinken und sehe zu, wie er die Hose schließt und sich schwer gegen die Arbeitsplatte lehnt.

Ich weiß, was jetzt kommt. Unangenehme Stille. Worte, die mehr kaputt machen als helfen. Ein Ende auf jeder Ebene, das ich nicht will. Deswegen rutsche ich vom Tisch, ordne ebenfalls meine Kleidung und beginne als Erste zu reden.

»Es ist okay«, sage ich fest. »Das hier bedeutet nur so viel, wie du willst.«

Jake hat seine Position nicht verändert, und er sieht mich auch nicht an. Nur seine windschiefe Körperhaltung zeigt, dass er sich schuldig fühlt, mich benutzt zu haben. Dabei war ich es, die die Grenze übertreten hat, die er versucht hat zu wahren. Ich würde ihn gern in meine Arme schließen, aber ich denke nicht, dass er das im Moment zulassen kann.

»Ich bin total betrunken«, erwidert er rau, fährt sich mit der Hand über den Nacken und relativiert damit das, was gerade zwischen uns passiert ist. Er sieht mich vorsichtig an, und ich nicke. Es ist okay, wenn das alles ist, was er bereit ist zu geben.

Ich wende mich in Richtung Tür. Es ist besser, wenn ich jetzt gehe, bevor die Stille zwischen uns unerträglich wird oder einer von uns etwas Dummes sagt. Auf dem Weg nach draußen hebe ich meine Jacke auf und streife sie mir über.

Jake folgt mir bis auf die Veranda. Der Buick ist nur noch wenige Schritte entfernt, als er leise meinen Namen sagt. Nicht mehr.

Ich bleibe stehen und drehe mich langsam um. Er hebt seine Hand, als wollte er mich berühren, lässt sie aber unverrichteter Dinge wieder fallen. Er schüttelt kaum merklich den Kopf.

Ich will, dass er versteht, dass ich nicht bereue, was passiert ist. Dass es in Ordnung ist, wenn es nur diesen einen Moment zwischen uns geben wird. Ich berühre seine Wange, streiche ihm durch die Haare und zwinge ihn, mich anzusehen. »Mach dir bitte keine Sorgen wegen dieser Sache. Es ist okay.«

Er nickt, obwohl ich sehen kann, dass er sich trotzdem sorgt. Aber seine Haltung entspannt sich etwas, und ein schiefes Grinsen umspielt seine Lippen. Mac taucht auf und gibt seinen Händen eine Aufgabe, als er ihn streichelt, während ich nicke und mich von ihm losreiße.

Ich klettere in den Wagen, und als ich mich langsam entferne, sehe ich Jake im Rückspiegel, der mir hinterherschaut.

Kapitel 6

Es ist früh am Morgen, als ich meinen Wagen auf dem Parkplatz der Hunter-Werft parke. Nur wenige Stunden liegen zwischen dem Sex mit Jake und meinem erneuten Besuch. Ich rede mir ein, dass ich nur nach ihm sehen will, um mich davon zu überzeugen, dass seine Albträume nicht wiedergekehrt sind und dass mein Auftauchen nichts mit dem zu tun hat, was gestern geschehen ist. Denn das würde sonst bedeuten, dass ich nicht halb so entspannt bin, was unsere Beziehung angeht, wie ich es ihm versprochen und mir eingeredet habe.

Jake ist im Garten neben dem Wohnhaus und zerteilt Holz, als hinge sein Leben davon ab. Er hat vermutlich seit dem Aufstehen keine einzige Pause eingelegt. Jacke und Pullover hat er ausgezogen. Sein Shirt ist am Rücken und Kragen durchgeschwitzt, obwohl es trotz der ersten Frühlingssonnenstrahlen noch kühl ist.

Ich erinnere mich daran, wie sich die sonnengebräunte Haut seines Nackens unter meinen Händen anfühlte. Wie es war, als sich die harten Muskelplatten gegen mich pressten, die jetzt im Takt der Axtbewegungen unter dem feuchten Stoff arbeiten.

Meine Hand umkrampft das Lenkrad, und ich verscheuche wenig erfolgreich die Bilder von Jake und mir, wie er mich auf der Tischplatte genommen hat. Und wie sehr es mir gefallen hat, obwohl ich sonst eher auf sinnlichen, ruhigen Sex stehe.

Mac holt sich zwischen zwei Axtschlägen eine Portion Streicheleinheiten ab und trabt dann mit gesenktem Kopf zurück neben den stetig anwachsenden Holzstapel, ohne jedoch seine Aufmerksamkeit von Jake zu lösen.

Ich versuche das Gegenteil und konzentriere mich, zumindest für den Moment, darauf, meine Gefühle für Jake zu sortieren. Dann steige ich aus. Ich muss mit ihm reden, mich vergewissern, dass sich die Lage entspannt hat und der gestrige Abend nicht zwischen uns steht. Und da ist noch etwas, das ich nicht einmal vor mir selbst zugebe. Ich sehne mich nach seiner Nähe. Auch wenn das wenig hilfreich ist.

Seufzend gehe ich zu ihm. Es sind nur wenige Meter bis zum Holzblock, auf dem Jake die Scheite spaltet. Ich begrüße Mac, der sich eng an mein Bein kuschelt, während ich meine Hand auf den Stiel der Axt lege und Jake dadurch davon abhalte, erneut auszuholen.

»Hi«, sage ich und lächle ihn vorsichtig an.

»Hi«, erwidert er und zieht die Kopfhörer aus seinen Ohren, so dass sie lose um seinen Hals baumeln und einen Hauch harter Rockmusik zwischen uns legen. Jake meidet den Blickkontakt und wartet ungeduldig, dass ich sein Werkzeug wieder freigebe. Als bräuchte er wirklich noch mehr Holz.

»Mit der Menge an Holz kannst du ganz Cooper Springs über die nächsten drei Winter bringen«, stelle ich fest und reagiere gar nicht auf sein Schulterzucken. »Brauchst du wirklich noch mehr?« Anstatt seine Antwort abzuwarten, nehme ich ihm die Axt ab und bin selbst erstaunt darüber, dass ich weder zögere noch unsicher bin. In seiner Nähe ist kein Platz für so etwas.

»Was soll das werden?«, protestiert Jake. »Ich will hier wirklich fertig werden. Du solltest nach Hause fahren, Haze«, sagt er eindringlich, und ich höre die Warnung darin, die er schon gestern Abend ausgesprochen hat: *Geh, bevor ich alles kaputt mache.* »Sonst melden dich deine Schwestern noch als vermisst, wenn du ständig hier bist und nicht im Diner«, fügt er hinzu.

»Liz weiß Bescheid, dass ich hier bin und erst etwas später zur Arbeit komme. Also kein Grund zur Sorge. Ich fahre erst, wenn es nicht mehr so merkwürdig zwischen uns ist.« Ich deute auf den Raum zwischen ihm und mir.

»Ich bin nicht merkwürdig. Ich will nur arbeiten«, brummt Jake und streicht sich die Haare zur Seite.

»Ich habe da eine hervorragende Idee, die die Dinge wieder geraderücken wird«, erwidere ich ungerührt. »Eine, die dir zumindest früher gefallen hätte.« Ich lache leise und ziehe ihn hinter mir her zu den Hallen. Erst als wir uns in deren Sichtschutz befinden, bleibe ich stehen. »Vielleicht kannst du dann aufhören, über gestern nachzugrübeln.« Ich blinzle gegen das Sonnenlicht in seine Richtung.

Jake atmet tief durch und nickt. »Also gut. Was hast du vor?«, fragt er und sieht sich argwöhnisch um.

Große Findlinge und eine dicht bewachsene Landzunge grenzen die Bucht, an der die Hunter-Werft erbaut wurde, vom Rest des Sees ab. Die Halle und der Anleger bieten Sichtschutz zur offenen Seite der Bucht. Ein schmaler Streifen Sandstrand ist sichtbar und markiert den Ort, an dem wir als Kinder immer gebadet haben. Meistens waren wir vom Spielen und Toben genauso verschwitzt wie Jake jetzt. Ich blitze ihn an und deute mit einer Kopfbewegung auf das ruhig daliegende Wasser. Es ist klar und wirkt sanft, fast heimelig. Dabei ist es zu dieser Jahreszeit noch eiskalt.

»Nein!« Jake hebt abwehrend seine Hände, und seine Stimme lässt keinen Zweifel daran, dass er denkt, ich wäre verrückt geworden. »Niemals. Ich habe Afrika nicht überlebt, um hier beim Anbaden draufzugehen.«

Er verstummt und beißt sich auf die Lippen, weil ihm klar ist, dass seine Aussage Grundlage für jede Menge Fragen meinerseits bietet. Aber ich habe nicht vor, ihn zu drängen, mir zu erzählen, was in Angola passiert ist. Allerdings habe ich sehr wohl vor, ihn ins Wasser zu bekommen.

»Hast du etwa Angst?«, necke ich ihn, ziehe mir den Pullover über den Kopf und schleudere ihn Jake gegen die Brust.

Er fängt das Kleidungsstück und hält es so fest, wie er gestern mich gehalten hat. Ich wende mich ab, streife Jeans, Socken und Schuhe ab und hüpfe dann nur in Unterwäsche durch den feuchten Sand zum Ufer. Nicht ohne jede Berührung des Untergrunds mit einem Quietschen zu begleiten. Früher haben wir immer zum Abschluss der Saison im eiskalten Wintersee gebadet, und Monate später, im gerade erst wärmer werdenden April, haben wir die Saison wieder eröffnet. Meistens mit einem Lagerfeuer am See, einer Grillparty, Marshmallows, die über offenem Feuer geröstet wurden, Gitarrenklängen und jeder Menge Spaß mit all unseren Freunden. Aber das ist Jahre her, und ich bin nicht sicher, ob Jake mir folgen wird. Immerhin ist erst März und das Wasser noch viel zu kalt.

Ich werfe einen Blick zurück. Jake steht noch immer unschlüssig mit meinem Pullover am selben Fleck. Ich mache einen Schritt ins Wasser, hole aus und spritze eine Fontäne in seine Richtung, um ihm die Entscheidung zu erleichtern.

»Komm schon, alter Langweiler.« Ich wate bis zu den Knien ins Wasser. Die eisigen Temperaturen sorgen dafür, dass meine Haut augenblicklich taub wird und Adrenalin durch meinen Körper pulsiert. Ein Reflex, der mich vermutlich vor dem plötzlichen Gefriertod retten soll. Es fühlt sich so unverwechselbar nach Leben an, dass mir ein Lachen entschlüpft. Ich laufe weiter in den See hinein und drehe mich um die eigene Achse. Meine Fingerspitzen wirbeln Wasser auf. Tropfen treffen meinen Oberkörper, und jeder einzelne fühlt sich an wie ein kalter Nadelstich. Nach Luft ringend halte ich inne.

Jake steht noch immer unbeweglich am selben Fleck. Dunkle Flecken auf seinem Shirt zeigen, wo ihn das Wasser getroffen hat, das ich in seine Richtung geschleudert habe. Ich sehe ihn an, ziehe die Augenbrauen herausfordern in die Höhe und lasse mich, ohne noch länger auf ihn zu warten, komplett ins Wasser fallen. Die Kälte, die über meinem Kopf zusammenschlägt, presst die Luft aus meinen Lungen, und ich tauche prustend wieder auf.

Jake sieht mich an, während ich mir die nassen Haare aus dem Gesicht streiche und versuche, das Zittern meiner Muskeln zu unterdrücken. Plötzlich legt er den Pullover auf eines der Plastikfässer, die an der Rückwand der Halle gestapelt sind. Ohne den Blick von mir zu lösen, greift er sich zwischen die Schulterblätter und zieht in einer einzigen Bewegung sein Shirt über den Kopf. Er wirft es auf mein Oberteil. Legt Kopfhörer und Handy dazu und überwindet die wenigen Schritte bis zum Wasser. Erst als seine Schuhspitzen bereits den See berühren, streift er sich Socken und Stiefel ab und watet, noch immer in Jeans, ins Wasser. Er zögert nicht. Nur seine Muskeln reagieren auf den plötzlichen Temperaturumschwung, als er sich mir nähert. Die enge graue Jeans saugt sich innerhalb von Sekunden voll Seewasser, aber Jake achtet nicht darauf. Er nähert sich mir, bis er direkt vor mir steht. Ich kann seinen gegen die Kälte ankämpfenden Atem auf meinem Gesicht spüren. Sein intensiver Blick brennt sich in meinen und lässt mich erschaudern. Jede Faser von mir erwartet, dass er mich küssen wird. Lust verwirbelt in meinem ansonsten tauben Körper, aber dann taucht Jake plötzlich unter. Das Wasser an der Oberfläche kräuselt sich, und seine Haare schwingen wie Seegras unter der Oberfläche.

Ganz langsam gleite ich ebenfalls in diese abgeschlossene Welt aus Stille und Schwerelosigkeit. Durch von Wasser gebrochenes Sonnenlicht sehe ich Jake an. Wir treiben im Blau des Lake Tahoe, und alles, was uns in der realen Welt hält, sind unsere Hände, die wir miteinander verschränken.

Mit der freien Hand berührt Jake meine Wange. Eine zerbrechliche, zärtliche Geste, die nur in dieser Parallelwelt Bestand hat. Und ich tue, was ich an der Oberfläche nicht wagen würde, aus Angst, zu viel von mir zu verlieren. Ich schmiege mich in seine Berührung und gebe mich dem Gefühl hin, wie es wäre, Jake zu lieben. Wie es wäre, wenn er mich lieben könnte.

Ich würde am liebsten für immer in diesem Moment verharren, aber die Kälte und der Drang, Sauerstoff in unsere Lungen zu pumpen, beenden ihn bereits Sekunden später.

Wir tauchen auf. Und sofort dringen Geräusche in unseren Kosmos ein. Von Booten weiter draußen auf dem See. Von Mac, der Angst vor dem Wasser hat und verzweifelt am Ufer auf und ab rennt und bellt, weil er meint, er müsste uns vor dem widerlichen Nass retten. Und vom Wind, der durch die Wipfel der Pinien streift und den Geruch nach Frühling in sich trägt.

Ich schlinge meine Arme um mich und versuche, das unkontrollierte Zittern zu verbergen, das meinen Körper schüttelt.

»Wir sollten dringend aus dem Wasser raus, sonst dreht der Hund noch komplett durch.« Jake reibt unbeholfen über meinen Oberarm. »Und du stehst kurz davor, zu erfrieren«, murmelt er und watet vor mir her aus dem See. Am Ufer bückt er sich nach seinen Schuhen und holt die übrigen Kleidungsstücke.

»Komm«, sagt er schlicht und umschließt mit seiner freien Hand meine. Er zieht mich hinter sich her zum Seiteneingang der Werkshalle. »Das ist kürzer«, begründet er seine Entscheidung, das Haus zu meiden und stattdessen in die Halle zu gehen. Ich habe das Gefühl, er will genau wie ich nicht über die Erinnerungen des gestrigen Abends stolpern, die unweigerlich mit dem Wohnhaus verbunden sind.

Jake zieht mich bis zur riesigen Werkbank, auf der die Bandsäge steht und über der verschiedene Hobel und andere Werkzeuge angebracht sind. Hier steht auch der alte Holzofen, mit dem Jake und sein Vater im Winter immer die Halle so weit aufheizten, dass die Lacke und Kleber abbinden konnten. Jake entfacht ein Feuer, um uns vor dem Erfrierungstod zu retten, und sobald der Bollerofen an ist, strahlt eine angenehme Wärme von ihm aus.

»Du musst aus den nassen Sachen raus«, bemerkt Jake leidenschaftslos und deutet auf meine Unterwäsche. Dann dreht er sich um und verschwindet zwischen den meterhohen Holzstapeln. Als er wiederkommt, hat er eine Hanfschnur dabei, die er über den Ofen spannt. Dann schält er sich aus seiner Jeans und hängt sie darüber. »Wirklich, Haze. Zieh die Sachen aus und deinen Pullover an.« Er sieht bewusst weg. Sehr gentlemanlike, auch wenn ich wünschte, er würde hinsehen, und das Blau seiner Augen würde sich vor Begehren verdunkeln wie gestern Abend.

Stattdessen ziehe ich mich wortlos aus. Dann schlüpfe ich in meinen trockenen Pullover und die ebenso trockene Jeans und hocke mich nah an den warmen Ofen.

Jake ist aus seinen restlichen nassen Sachen geschlüpft und hat sich eine der Wolldecken, mit denen wir neulich auf dem Steg saßen, um die Hüften geschlungen. Er setzt sich neben mich. Schweigend wärmen wir uns am Feuer auf. Wassertropfen, die von Jakes Jeans auf den Ofen fallen, verdampfen zischend, bis auch dieses Geräusch endet.

Von Zeit zu Zeit legt Jake Scheite nach, so dass der Ofen die größtmögliche Hitze erzeugt, während wir uns schweigend aufwärmen und die Haare trocknen lassen.

Im Wasser waren wir uns so nah, jetzt scheinen Welten zwischen uns zu liegen. Eine kalte Stille. Ich habe es bis eben ertragen, doch nun berühre ich Jakes Knie, um die Distanz zu überwinden, die er zwischen uns legt. Aber er steht augenblicklich auf, fasst den Stoff seiner Jeans an und nickt. »Das wird gehen.«

Ich nicke, obwohl ich sehe, dass die Hose alles andere als trocken ist. Er möchte keine Nähe zulassen.

Jake dreht mir den Rücken zu und lässt die Wolldecke fallen, um sich die Jeans überzustreifen. Die Boxershorts stopft er in die Gesäßtasche, während ich aus meinem Pullover schlüpfe, um den nach wie vor feuchten BH anzuziehen.

Er dreht sich in dem Moment um, in dem ich, das Oberteil zwischen meine Knie gezwängt, den BH verschließen will, und bleibt wie angewurzelt stehen.

Genau wie ich. Ich kann meinen Blick nicht von dem schmalen Stück muskulöser Leiste losreißen, das seine noch nicht verschlossene Jeans zeigt.

Über die Schulter sehe ich ihn an, und meine Kehle ist

wie ausgetrocknet, als er stumm die Distanz zwischen uns überwindet. Er löst meine Finger vom Verschluss des BHs, als wollte er ihn für mich schließen. Aber das tut er nicht. Stattdessen legt er seine Hand auf den Teil meines Rückens, der zwischen den beiden Verschlussstücken freiliegt.

Ich schließe meine Augen, um die Berührung in all ihrer Intensität in mich aufzunehmen. Er steht so nah hinter mir, dass ich seinen Atem an meinem Hals spüren kann. Dann steigt mir der Geruch nach Seewasser und Jake in die Nase und lässt mein Herz schneller schlagen.

»Du hättest nicht wiederkommen sollen«, knurrt er dicht an meinem Ohr, und die Dunkelheit in seiner Stimme jagt Lust durch meinen Unterleib. Jake verstärkt den Druck seiner Hand auf meinem Rücken und drängt mich sanft gegen die Paletten, die uns eben noch als Rückenlehne gedient haben. »Warum zum Teufel bist du zurückgekommen?« Verzweiflung mischt sich mit Erregung in seiner Stimme.

Ich keuche leise auf, als seine Lippen meine Schulter streifen und er so nah an mich herantritt, dass ich seine Härte an meinem Hintern spüre. Ich ergebe mich sekundenlang der Nähe seiner Lippen, bevor ich mich in seinen Armen umdrehe. Der BH gleitet lautlos zu Boden, und meine bloßen Brüste berühren Jakes muskulösen Oberkörper.

»Wegen dir«, sage ich und küsse ihn sanft. Es ist, als wollte ich den Sturm in seinem Blick mit diesem Kuss beruhigen. Als könnte ich mir damit einreden, dass es nicht gefährlich sein wird, mich auf dieses Spiel einzulassen.

Aber Jake lässt auch diesmal die Zärtlichkeit nicht zu. Er übernimmt die Kontrolle, und der Kuss wird härter. Wild. Zügellos.

Er fixiert mit einer Hand meine Arme an den Paletten,

während er mit seiner anderen Hand meine Brüste reizt. Ich bin in dem Raum zwischen Holz und seinem Körper eingeschlossen, und jede seiner Berührungen setzt mich mehr in Flammen. Meine Brüste sind wie mein ganzer Körper hypersensibel.

»Lass mich los«, fordere ich Jake atemlos auf, aber er denkt gar nicht daran. Er küsst mich so, dass ich vermutlich entsetzt wäre, wenn jemand anderer auch nur den Versuch wagen würde, mich auf dieselbe Art zu erobern. Bei Jake löst diese Behandlung jedoch eine Welle von Begehren aus, die tosend über mich hereinbricht.

»Lass mich los«, stoße ich dicht an seinen Lippen hervor, und endlich gibt er meine Hände frei und hält zögernd inne. Wahrscheinlich denkt er, mich würde die Wucht unserer Anziehung erschrecken, ich würde nicht mehr wollen. Dabei ist Wollen alles, was ich derzeit empfinde.

Ich beiße mir auf die Lippen und greife nach dem Bund seiner Jeans. Die obersten Knöpfe stehen noch immer offen, und als ich auch den Rest öffne, zieht Jake scharf die Luft ein. Sein harter Schwanz liegt direkt unter dem Jeansstoff. Ich berühre ihn, und Jake legt stöhnend den Kopf in den Nacken, als nun ich meinerseits beginne, ihn zu reizen.

Sekundenlang erlaubt er sich, meine Berührungen einfach nur zu genießen, aber dann stürzt er sich in einen harten, fordernden Kuss und dreht den Spieß erneut um, indem er meine Brüste reizt und eine Hand in meine Jeans schiebt. Ich helfe ihm, indem ich den Knopf öffne und die Hose an meinen Beinen hinabstrample. Hastig schiebt er den Slip beiseite und dringt mit seinen Fingern in mich ein. Ich stöhne verzweifelt, als er beginnt, mich in einem rauen Rhythmus mit den Fingern zu nehmen.

Ich klammere mich an seine starken Arme und bin kurz davor zu kommen, als er sich urplötzlich zurückzieht und mich umdreht. Sein Schwanz berührt meinen Po, und eine Welle von Lust erschüttert mich, als er sanft die Furche zwischen meinen Pobacken mit seinem Penis entlangfährt.

Sein Atem geht stoßweise, als er seinen Kopf an meinen Rücken legt und mir leicht zwischen die Schulterblätter beißt. »Ich habe nichts zum Verhüten hier«, murmelt er leise und gleitet statt mit seinem Schwanz erneut mit den Fingern in mich, während er seine Erregung gegen meinen Hintern presst.

»Ich nehme die Pille«, bringe ich atemlos hervor, während die Lust sich bereits in meinem Unterleib zusammenballt. »Jake, bitte!« Ich lege meine Hand an seine Taille und presse ihn enger an mich. Ich bin mir sicher, dass er nicht nachgeben wird, wäre er nicht sicher, gesund zu sein.

Langsam löst er seine Finger aus mir und streicht meine Hüfte entlang, bevor er seine Hand in mein Fleisch krallt und in mich eindringt. Ich stöhne laut auf, als er mich mit festen Stößen von hinten nimmt und meine Brüste dabei gegen das Holz der Paletten drückt. Es braucht nur wenige Sekunden, und mein Körper implodiert. Meine Lust erfasst bebend jede meiner Zellen, während Jake mit jedem harten Stoß mitten in das Zentrum meiner Lust trifft, bis auch er kommt. Ich höre das tiefe, animalische Stöhnen, als er sich in mir ergießt und mir damit eine weitere Welle der Lust schenkt. Seine Hände halten mich, und sein Brustkorb bewegt sich in hektischen Atemzügen an meinem Rücken, als wir sekundenlang eng aneinandergepresst verharren. Erst dann löst Jake sich und zieht sich wortlos zurück. Er reicht mir den BH, meinen Pullover und wartet, bis ich mich angezogen habe. Dann knöpft er seine Jeans zu und setzt sich wieder vor den Ofen, wo er in die schwächer werdenden Flammen starrt, ohne neues Holz nachzulegen.

Ich setze mich neben ihn, berühre vorsichtig seine Haare und streiche sie aus seiner Stirn. Nach hinten, so wie er sie jetzt trägt. Er lässt es geschehen, aber ich sehe, dass ihm die Nähe unangenehm ist, und lasse meine Hand wieder sinken.

»Ich bin nicht gut in so etwas, Hazel«, sagt er leise. »Ich kann mich nicht von dir fernhalten, aber ich kann dir auch nicht geben, was du suchst.«

»Woher weißt du, was ich suche?«, kontere ich und stehe auf.

Im Moment bin ich mir selbst nicht sicher, was ich suche. Was ich hingegen weiß, ist, ich kann nicht ignorieren, wie mein Körper auf das reagiert, was zwischen uns geschieht. Es fühlt sich richtig an. Und gleichzeitig falsch. Es verwirrt mich. Aber das werde ich Jake nicht zeigen.

Er sieht mich an, rührt sich aber nicht. Auch dann nicht, als ich mich zu ihm hinunterbeuge und ihn küsse. Ich löse mich ganz langsam von seinen Lippen und flüstere mit seinem unverwechselbaren Geschmack im Mund: »Du hast keine Ahnung, wer ich überhaupt bin.«

Er kennt die Hazel, die ich früher war. Bevor er gegangen ist. Bevor er wiederkam. Diese Hazel wollte immer den Prinzen auf dem Pferd. Das ganze Paket.

Das will ich immer noch, aber noch mehr will ich den Mann vor mir. Der in einer feuchten Jeans auf dem staubigen Boden hockt und versucht, mich ganz ehrenhaft vor sich selbst zu schützen. Ich will Jake. Wenn es nicht anders geht, zu seinen Bedingungen. Es geht nicht um das Wie. Nicht darum, ob man unsere Beziehung in eine gesellschaftliche Norm pressen kann. Nicht um die Dauer unseres Zusammenseins.

Mom und Dads Tod haben mir eines sehr deutlich vor Augen geführt. Das Leben ist zu kurz, um den perfekten Moment nicht zu packen und ihn verdammt nochmal zu leben, bevor es zu spät ist. Vielleicht bin ich deswegen anders als andere. Vielleicht sogar anders als meine Schwestern.

Ich sehne mich nach Liebe. Nach Zärtlichkeit und einer ehrlichen, tiefen Verbindung. Aber ich habe auf die harte Tour lernen müssen, dass sich Wünsche selten zur Gänze erfüllen. Auf die vollen hundert Prozent zu warten bedeutet, viele winzige Portionen Glück zu verschenken. Und das will ich nicht. Ich versuche lieber, all die kleinen, perfekten Augenblicke einzufangen. Sie einzuatmen. Zu greifen. Sie zu genießen und sie festzuhalten, solange es geht.

Wenn das bedeutet, Jake nur zu seinen Bedingungen lieben zu dürfen, werde ich das tun.

Kapitel 7

Der Geruch nach angebrannten Pancakes steigt mir in die Nase, als ich die Treppe hinunter ins Erdgeschoss laufe. Ich bin gestern erst spät aus dem Diner zurückgekommen. Die Dienstags-Caipirinha-Party meiner Schwestern war schon in vollem Gange, als ich endlich nach Hause kam. Eigentlich hatte ich gehofft, ungesehen nach oben und ins Bett verschwinden zu können, um in Ruhe über Jake und mich nachzudenken, aber Grace hat ein untrügliches Gespür dafür, mich zu orten. Obwohl ich wirklich leise war, passte sie mich im Flur ab und zog mich unbarmherzig auf die Terrasse. Dass es im Grunde viel zu kalt war, um draußen zu feiern, schien niemanden besonders zu stören. Ich glaube, alle brauchten ein bisschen Ausgelassenheit nach den Vorfällen der letzten Wochen.

Fiona sagt immer, Grace hätte statt Fotografin ebenso gut Detective werden können. Sie erfasst Zusammenhänge schnell und präzise, selbst wenn sie betrunken ist, und bohrt nach, bis sie die Wahrheit gefunden hat. Ich bin ihr ausgewichen, so gut es ging, aber ich fürchte, ab einem bestimmten Punkt der Party war ich nicht mehr wirklich in der Lage zu verbergen, was mit mir los ist.

Jetzt schiebe ich mich ächzend auf einen der Barhocker, die an der Kücheninsel stehen, und fahre unwillkürlich über unsere Initialen, die wir zusammen mit Dad in die Holzplatte geritzt haben. Ich sehe zu Cole hinüber, der schon wieder unnatürlich fit ist und das Frühstück zubereitet. Er und Liz haben kaum etwas getrunken, auch weil sie Amber im Blick behalten wollten, die oben in ihrem Zimmer war. Er trägt nur eine Jogginghose. Sein Oberkörper ist nackt, und er läuft vermutlich Gefahr, dass Amber ihn im See ertränkt, würde sie ihn so zu Gesicht bekommen. Ihre Ansage, als er mit Liz zusammenkam, dass er weder auf Dad machen noch halbnackt im Haus herumlaufen dürfte, war eindeutig.

Er bemerkt meinen Blick und grinst schief. »Sorry, hab mich beim Kochen eingesaut.« Er deutet auf das Shirt, das er achtlos auf den Boden geworfen hat. »Ich zieh mir was an, sobald ich die Pancakes fertig habe.« Er zuckt mit den Schultern. »Ich stell dann auch gleich eine Maschine an und rücke dem Mammuthaufen an Schmutzwäsche zu Leibe.«

»Lass mal, ich mach das.« Ich wäre eigentlich diese Woche mit Waschen dran gewesen, wäre ich nicht ständig bei Jake gewesen. Die Sache mit dem Wäschehaufen ist also meine Schuld. Ich massiere meine Schläfen. »Sobald ich nicht mehr das Gefühl habe, mir würde der Schädel zerspringen.«

Auf der Arbeitsfläche stapeln sich schmutzige Schüsseln. Teig ist auf den Herd gekleckert. Die benutzten Gläser vom Abend stehen noch auf der vollen, nicht geleerten Spülmaschine. Sieht aus wie in einer Studentenbude nach einer deftigen Party. »Dann kannst du dich in Ruhe hierum kümmern.« Ich mache eine diffuse Handbewegung, die das Chaos in der Küche umfasst.

»Okay«, sagt er leichthin, obwohl ich denke, er wird Wochen brauchen, um die Küche wieder in ihren Originalzustand zu versetzen. »Pancakes?«, fragt er und stellt einen Teller mit in Ahornsirup getränkten Pfannkuchen vor mir auf der Holzplatte der Kücheninsel ab. Daneben platziert er einen

Orangensaft, in dem sich blubbernd und zischend eine Kopfschmerztablette auflöst. »Die Kombination hilft wahre Wunder gegen Kater.«

»Danke«, sage ich gedehnt und stupse die Tablette mit meinen Fingern an, während ich die Pancakes von mir schiebe. »Wo steckt Liz?«

Ich weiß, dass Grace noch schläft. Wenn es ihr Arbeitsplan zulässt, verschläft sie gern den halben Tag, nur um die zweite Hälfte mit großer, schwer zu ertragender Energie anzugehen. Fiona ist bei Evan, und Amber müsste in der Schule sein.

»Streitet sich mit Ambs herum.« Cole verdreht die Augen. »Deine kleine Schwester hat verschlafen und findet wohl, wenn wir freihaben, steht ihr das genauso zu.«

Das kann nicht Ambers Ernst sein. Sie weiß, dass sie bei ihrer Verhaftung mit einem blauen Auge davongekommen ist, was gleichzeitig bedeutet, sie ist auf Bewährung. Zumindest was Principal Miller und das Jugendamt angeht.

Cole muss mir mein Entsetzen angesehen haben, denn er fügt rasch hinzu: »Ich habe schon versucht zu vermitteln, aber die beiden sind in Hochform.«

Als Liz und Amber in diesem Moment auf der Galerie oberhalb der Treppe auftauchen, zieht er sich an den Herd zurück, was wohl so viel bedeutet wie: Ich mache lieber Pancakes, als mich heute in die Schusslinie zu begeben.

»Du willst mir allen Ernstes erzählen, du hast deinen Wecker nicht gehört?«, sagt Liz und klingt, als würde sie unserer kleinen Schwester gleich an die Gurgel gehen.

Die kontert ebenso gereizt: »Jetzt komm mal wieder runter. Ist ja nicht so, dass ich bei Mr Garson in Geschichte etwas verpassen würde.«

»Und ob du etwas verpasst. Nämlich deinen verdammten

Schulabschluss, wenn du so weitermachst. Principal Miller hat dich eh schon auf der Abschussliste stehen. Er wird dich rausschmeißen, wenn du ihm auch nur einen Funken Anlass dazu gibst.«

»War es das jetzt?« Amber starrt Liz an.

Sekundenlang scheint es, als würde Liz ihrem bohrenden Blick nachgeben, aber dann strafft sie die Schultern. »Nein, ich bin noch lange nicht fertig.« Sie holt Luft, um noch mehr zu sagen, aber Amber dreht sich auf dem Absatz um und sucht ihre Ruhe jetzt in der Flucht nach unten.

»Bleib gefälligst stehen, wenn ich mit dir rede«, fordert Liz und hält Amber am Arm zurück, bevor diese die Treppe komplett hinunterpoltern kann. »Ist dir eigentlich klar, dass du um ein Haar im Knast gelandet wärst?«

»Jugendstrafe«, erwidert Amber ruhig. »Ich hätte eine Jugendstrafe bekommen. Damit ist kein Gefängnis gemeint, Lizzie.« Sie lächelt Liz provozierend an. »Müll sammeln vielleicht oder irgendwas putzen, aber ich komme schon nicht in den Knast, nur weil ich Principal Miller nicht, wie du es immer getan hast, in den Arsch krieche.«

»Könntet ihr mir hier mal helfen?« Liz wirft erst einen Blick zu Cole und mir, dann wendet sie sich wieder an Amber und schmeißt resigniert die Arme in die Luft. »Du darfst dir, Herrgott nochmal, keine Mätzchen mehr erlauben.«

Es klingelt an der Tür, und ich überlasse es Cole, Liz beizustehen, während ich vom Barhocker rutsche und murmle: »Ich mache auf.«

Mein Kopf fühlt sich noch immer an, als würde mein Hirn lose darin herumpoltern, als ich die Tür öffne und versuche, beim Anblick von Evelyn Darcy auf unserer Veranda nicht zu kollabieren.

Die Mitarbeiterin des Jugendamtes betreut uns schon seit Mom und Dads Tod und ist immer fair zu uns gewesen. Wie sie allerdings auf das Chaos hinter mir im Haus reagieren wird, möchte ich lieber nicht wissen. Evelyn Darcy ist wie immer tadellos gekleidet. Nicht spröde und farblos, wie man es von einer Frau in ihrem Job erwarten könnte. Ihr Outfit ist vielmehr modisch, farbenfroh und mit Sicherheit teuer gewesen. Sie lächelt mich freundlich an und wird zunehmend irritierter, als ich sie nicht wie sonst mit der üblichen Carson-Gastfreundschaft hereinbitte.

Stattdessen rufe ich so laut wie möglich, ohne allzu auffällig zu sein: »Guten Morgen, Miss Darcy«, und verdecke mit meinem Körper den Blick ins Haus.

»Ich bin hier, weil uns heute Morgen die Schule kontaktierte. Ihre Schwester fehlt unentschuldigt, und nach dem Vorfall der letzten Woche wollte ich mich davon überzeugen, dass alles in Ordnung ist«, sagt sie. »Sie wissen, ich muss mich nicht anmelden«, fügt sie hinzu und macht damit deutlich, dass sie nicht wieder gehen wird.

Sie wird sich erst davon überzeugen, dass es unserer kleinen Schwester an nichts fehlt. Also öffne ich ergeben die Tür und mache eine einladende Geste. Ich hoffe, ich konnte mit meiner lauten Begrüßung die anderen vorwarnen. Aber ich fürchte, Liz und Amber waren zu sehr mit ihrem Streit beschäftigt. Und so bleibt mir nichts anderes übrig, als Evelyn Darcy zu folgen, die bereits zielstrebig den Flur durchquert und den Wohnbereich betritt.

»Ich könnte dir den Hals umdrehen, du kleine Kröte«, zischt Liz in genau dem Moment, in dem wir den Fuß der Treppe erreichen. Meine älteste Schwester prallt fast mit der Jugendamtsmitarbeiterin zusammen und erstarrt.

Selbst Amber lässt es nicht kalt, Miss Darcy plötzlich in unserem Haus zu sehen. Sie setzt sich auf eine der Treppenstufen und starrt auf den Boden. Es gibt nicht viel, was meine kleine Schwester einschüchtert. Miss Darcy gehört dazu.

»Guten Morgen.« Liz hat sich schnell wieder gefangen. »Wollen wir vielleicht in mein Büro gehen? Dort können wir in Ruhe sprechen.«

Ich bewundere, dass Liz in einer solchen Situation die Nerven hat, auf so einen Vorschlag zu kommen. Aber Evelyn Darcy hat andere Vorstellungen davon, wie ihr Besuch ablaufen wird. Sie schüttelt den Kopf und macht sich stattdessen lieber ein Bild von der vorherrschenden Situation. Zu diesem Bild gehört auch Cole, der sich in der Küche hastig das schmutzige Shirt überwirft.

»Und Sie sind«, fragt sie ohne Umschweife und geht schnurstracks auf ihn zu.

Liz läuft ihr hinterher, nicht ohne mir einen vielsagenden Blick zuzuwerfen, der fragt, wie ich sie einfach so ins Haus lassen konnte.

Ich ziehe die Augenbraue hoch und hätte gerne gesagt, dass ich versucht habe, sie zu warnen. Dennoch ärgere ich mich – wäre ich nicht so verdammt verkatert und überrumpelt gewesen, wäre mir vielleicht eine Ausrede eingefallen. Ich folge Liz in die Küche.

»Das«, beeilt Liz sich zu sagen und stellt sich zwischen Cole und Evelyn Darcy, »das ist Cole Harris.«

Cole kramt sein breitestes Lächeln hervor und schüttelt der Mitarbeiterin des Jugendamtes die Hand. »Freut mich sehr«, sagt er, und man könnte glauben, er meint es ernst.

»Und Sie leben seit neuestem hier?« Evelyn Darcy blickt pikiert auf den Fleck, der mittig auf Coles Brust prangt.

Er legt seine Hand darüber, als könnte er so den ersten Eindruck verbessern, und nickt. »Zumindest den Großteil der Zeit. Ich bin der Lebensgefährte von Elizabeth.«

Evelyn Darcy setzt sich unaufgefordert auf einen der Stühle am Esstisch und kramt ein Notizbuch aus ihrer Handtasche. Ein monströses mintgrünes Teil, in dem mein gesamter Kleiderschrank Platz hätte. »Sie wissen, dass jegliche Änderung Ihrer familiären Situation bei uns angezeigt werden muss.« Sie notiert sich etwas, und Stille senkt sich über den Raum.

»Wie lange sind Sie beide denn schon zusammen?«

Liz sieht hilfesuchend Cole an, der sie in seine Arme zieht. Eine eindeutige Geste, um die Festigkeit ihrer Beziehung zu unterstreichen, ohne dass sie anrüchig wirkt.

»Seit dem Sommer«, sagt er fest.

»Seit dem Sommer also.« Miss Darcy lässt ihren Blick über das Chaos aus schmutzigem Geschirr und leeren Flaschen wandern. Sie zieht die Augenbrauen nach oben, macht sich wieder Notizen und wendet sich dann erneut Cole zu. »Und dann wohnen Sie beide schon zusammen? Das erscheint mir recht übereilt.«

»Ich verbringe viel Zeit in Pinewood Meadows, aber offiziell wohne ich mit meinem Bruder in Sierra Shores, ein paar Meilen die Küste hinauf«, erwidert Cole, und ich merke ihm an, dass es ihn ärgert, wie die Frau vor ihm seine Beziehung zu Liz beurteilt.

»Und was tun Sie beruflich, wenn ich fragen darf?«

»Er hat bis vor kurzem als Teilhaber für Harris & Sons, ein Immobilienunternehmen in San Francisco gearbeitet«, sagt Liz. »Derzeit sieht er sich nach einem neuen Betätigungsfeld um, das ihm erlaubt, hier in unserer Nähe zu arbeiten.«

»Also gehen Sie derzeit keiner Beschäftigung nach?« Wieder kritzelt der Stift über das Papier. Dabei passt die Bezeichnung arbeitslos nun wirklich nicht zu Cole. Er ist vermögend, nicht mittellos. Und er könnte jederzeit eine Anstellung finden, sollte er den Weg in die Selbständigkeit doch verwerfen. Ich sehe sein fleckiges Shirt an, sein leicht ramponiertes Äußeres, und mir ist klar, welches Bild sich in Miss Darcys Kopf formen muss.

»Derzeit hilft er uns im Diner«, sagt Liz matt, aber ihr Gegenüber notiert es sich nicht.

»Wieso ist Amber heute nicht in der Schule?« Sie dreht sich um und wirft einen Blick zur Treppe und damit auf das Häufchen Elend, zu dem meine Schwester mutiert ist, seit Miss Darcys Erscheinen sie daran erinnert hat, dass unsere Vormundschaft nach ihrer Verhaftung auf wackligen Beinen steht.

»Amber ist krank«, beeile ich mich zu sagen. »Fieber.« Ich krame in meinem Kopf und erinnere mich daran, dass Molly neulich im Diner sensationslüstern von einer Grippewelle gesprochen hat. »Sieht nach einem grippalen Infekt aus. Wir haben sie deswegen lieber zu Hause behalten.«

Evelyn Darcy blickt von mir zu Amber und wieder zurück zu mir. »Sie wirkt eher traurig als krank, und Sie haben die Schule auch nicht über eine Erkrankung informiert.« Sie atmet tief durch und wendet sich an Liz. »Ihre Worte Amber gegenüber, als ich kam, waren ziemlich rüde. Ich habe das Gefühl, als wären Sie derzeit mit Ihrer Schwester überfordert.« Sie fixiert Liz. »Ich weiß, dass Teenager einen manchmal in den Wahnsinn treiben können. Das ist nichts, wofür man sich schämen müsste. Sie sind eine junge Frau, Elizabeth. Sie sind frisch verliebt und haben sicher andere Dinge im Kopf, die Sie lieber täten, als sich um Ihre halbwüchsige Schwester zu kümmern. Daneben haben Sie auch noch ein Geschäft zu führen. Das kann einem über den Kopf wachsen.«

»Mir wächst nichts über den Kopf«, stößt Liz tonlos hervor. Ich sehe, wie Cole sie enger an sich drückt.

»Ich bin nicht Ihr Feind, Elizabeth. Ich bin hier, um Ihnen zu helfen. Das habe ich all die Jahre getan.«

Sie setzt ihren Mary-Poppins-Blick auf, der einem das Gefühl gibt, sie wüsste für jedes Problem die Lösung. Aber Liz bleibt distanziert. Sie weiß, dass Miss Darcys Befragung in eine Richtung läuft, die dazu führen könnte, Amber zu verlieren.

»Aber in allererster Linie ist es meine Aufgabe, dafür zu sorgen, dass es Amber an nichts fehlt«, fährt Miss Darcy fort. »Dass sie gut durch die Schule kommt, ihren Abschluss erreicht und ihr Leben so geradlinig verläuft wie möglich.« Sie blättert durch ihre Unterlagen. »Leider häufen sich in letzter Zeit die Zwischenfälle, die dem entgegenstehen. Principal Miller hat mir berichtet, dass Amber nicht das erste Mal unentschuldigt fehlt und häufig zu spät kommt. Dann gab es den Vorfall, als Amber die Schulhasen befreit und damit Eigentum der Schule entwendet hat. Sie und Ihre Schwestern waren nicht in der Lage, ihr klarzumachen, dass sie ein solches Verhalten in große Schwierigkeiten bringen kann. Sonst hätte sie wohl kaum letzte Woche die Rinder eines Ranchers aus dessen Stall freigelassen und damit dieselbe Aktion in größerem Maßstab wiederholt. Und anstatt diese Dinge mit Ihrer Schwester aufzuarbeiten und ihr ein stabiles Umfeld zu bieten, um sich wieder zu fangen, feiern Sie offensichtlich ausufernde Partys.« Sie zieht eine Augenbraue nach oben und deutet auf die Ansammlung an Flaschen. »Und das unter der Woche, so dass Ihre Schwester an einem regulären Schultag schwänzt, weil sie offenbar zu angeschlagen ist, um dem Unterricht zu folgen.«

Liz nickt, anstatt ihrem Gegenüber zu widersprechen. Das übernimmt Cole.

»Sie sehen das vollkommen falsch. Wir haben lediglich den gestrigen Abend mit Freunden verbracht. Es fand keine Party statt. Amber war auf ihrem Zimmer und rechtzeitig im Bett.«

»Natürlich sehe ich alles falsch«, unterbricht ihn die Jugendamtsmitarbeiterin. »Sie glauben gar nicht, wie oft ich das höre. Sie brauchen sich keine Mühe zu geben, mich davon zu überzeugen, wie gut alles läuft. Das tut es nachweisbar nicht. Noch kann ich es verantworten, Amber in der Familie zu belassen, aber ich muss Ihnen dringend raten, Elizabeth, hier grundlegende Dinge zu ändern. Ich werde in den nächsten Wochen öfter unangemeldet vorbeikommen und erwarte, dass alles zu meiner Zufriedenheit ist. Sonst könnte meine Einschätzung beim nächsten Mal anders ausfallen.«

Sie steht auf, geht zu Liz und legt ihr eine Hand auf den Arm. »Sorgen Sie dafür, dass Ihre Schwester zur Schule geht und dass bei meinem nächsten Besuch weder halbnackte Männer noch Alkohol im Haus sind. Schaffen Sie ein gutes Umfeld für die Kleine.« Sie verstaut ihren Notizblock in der Tasche und nickt erst Liz und dann mir zu. »Ich finde allein hinaus.« Damit marschiert sie genauso behände hinaus, wie sie unser Haus nur Minuten zuvor erobert hat.

Erst als die Haustür hinter ihr ins Schloss fällt, atmet Liz geräuschvoll aus. Sie dreht sich in Coles Armen und starrt Amber an. »Du hast die Schule geschwänzt? Mehr als ein Mal?«

Amber sitzt immer noch still auf der Treppenstufe, zuckt jedoch zusammen, als Liz sie anspricht. Aber anstatt einer

Antwort springt sie auf und rast die Treppe hoch. Die Zimmertür knallt hinter ihr zu, und Liz atmet resigniert aus.

Ich will meiner kleinen Schwester folgen, aber Liz hält mich zurück.

»Lass nur, ich mach das schon.«

Ich weiß nicht, wie viele Male Liz schon vor Ambers Zimmertür gesessen hat, um durch das schwere Holz zu ihr durchzudringen, doch diesmal plagt mich das schlechte Gewissen. Hätte ich Evelyn Darcy nicht hineingelassen, wäre das gar nicht nötig. Mir ist klar, dass Amber allein die Verantwortung für ihr Verhalten trägt, aber ich hätte das Schlimmste abwenden können.

Stumm gehe ich in den Flur und nehme meinen Parka vom Haken. Die Angst, wir könnten Amber verlieren, schnürt mir den Brustkorb zu. Ich muss raus. An die frische Luft. Ich stolpere vor die Tür und sauge gierig die kalte Frühlingsluft ein. Aber besser fühle ich mich nicht. Es gibt nur einen Ort, an dem ich mich beruhigen werde. Mein Rückzugsort. Der Anleger der Hunter-Werft.

Ich überquere den Parkplatz und schlüpfe hinter das Lenkrad des Buick. Der Autoschlüssel ist noch immer in meiner Jackentasche. Ich wühle ihn hervor, starte den Motor und jage den Wagen die Auffahrt von Pinewood Meadows hinauf, während ich mich frage, ob ich allein wegen des spröden Anlegers, der Nähe zum Wasser und dem Geruch nach Holz zur Hunter-Werft fahre.

Kapitel 8

Ich erreiche gerade die ersten Ausläufer von Cooper Springs, als ein starker Regen einsetzt und im selben Moment mein Telefon zu klingeln beginnt. Ohne auf das Display zu blicken, nehme ich das Gespräch an. Ein ohrenbetäubend schrilles Brüllen überlagert die Stimme von … Ich kontrolliere das Display und erkenne Gretas Nummer.

»Greta?«, frage ich alarmiert, bin aber unsicher, ob sie mich überhaupt hören kann.

Sie schluchzt und versucht hektisch, das Baby zu beruhigen, das nur noch lauter schreit.

»Ist etwas passiert?« Ich lenke den Wagen an den Straßenrand, um mich auf das Gespräch zu konzentrieren, aber das Prasseln der Regentropfen auf der Scheibe und dem Autodach erschweren es mir zusätzlich zum Schreien des Kleinen. »Ist was mit Noah?«, rufe ich lauter als beabsichtig in das Telefon. Der Kleine ist erst knapp vier Monate alt und so verdammt winzig. Ich mag mir gar nicht ausmalen, ihm könnte etwas passiert sein.

»Ich weiß es nicht«, antwortet Greta endlich in einer kurzen Pause zwischen den Brüllattacken. Sie hört sich völlig fertig an. »Ich weiß es wirklich nicht«, wiederholt sie. »Er schreit die ganze Zeit und hört einfach nicht auf.«

Mir ist klar, dass ich sie jetzt nicht hängenlassen kann, auch wenn ich mich eigentlich auf die Ruhe der Hunter-Werft gefreut hatte. Und auf Jake. Vielleicht ist es nicht verkehrt, mal an etwas anderes als an ihn zu denken. »Bist du zu Hause?«, frage ich und wende bereits den Wagen, um das rote Holzhaus ihrer Eltern anzusteuern. Ich werde sie besuchen und ihr Noah zumindest so lange abnehmen, dass sie duschen und sich ein wenig ausruhen kann. Wobei ich nicht verstehe, wieso ihre Mom das nicht längst angeboten hat. Hilfe war der einzige Grund für Greta, in ihr altes Zuhause zurückzukehren und sich mit ihren Eltern zu arrangieren.

»Ich bin nicht zu Hause, sondern im Molly's«, erwidert Greta kleinlaut.

»Du bist wo?« Wir alle hatten vermutet, dass Greta als Freigeist nicht ewig mit den strengen, abgesteckten Grenzen ihrer Eltern zurechtkommen würde, aber ich hatte gehofft, dass sie zumindest etwas länger als die vier Monate seit Noahs Geburt miteinander auskommen würden.

Greta hätte Liz' Angebot annehmen sollen, zu uns nach Pinewood Meadows zu ziehen, aber sie hat abgelehnt. Weil sie uns nicht zumuten wollte, uns wegen Noah die Nächte um die Ohren zu schlagen oder das sie ständig umgebende Chaos zu ertragen. Dabei hat uns ihre chaotische Art noch nie gestört, und den Kleinen lieben wir, als wäre er ein echter Carson. Außerdem bezweifle ich, dass er schlimmer sein kann als Ambs. Warum sitzt sie also mutterseelenallein und verzweifelt in Mollys Motel, anstatt zu uns zu kommen?

»Bin gleich da«, sage ich knapp, weil diese Frage gerade zweitrangig ist. Erst mal ist wichtig, dass Greta nicht länger allein ist. Ich beschleunige den Buick. Es sind nur einige hundert Yards, bis ich das Motel erreiche. Außerhalb der Saison steigt niemand in dem kleinen Bed & Breakfast ab. Der Parkplatz liegt völlig verwaist im Dunst des Regens. Ich stelle den

Wagen direkt vor dem Haus ab, quer über zwei Parkbuchten hinweg.

Mit wenigen schnellen Schritten erklimme ich die Veranda und betrete den Flur. Noahs Geschrei ist bis in die Lobby zu hören, wo mich Molly mit einem warmen Lächeln empfängt.

»Hazel«, sie drückt mich fest an ihre üppige Brust und hält mich eine Spur zu lange dort gefangen. »Wie gut, dass du da bist. Die kleine Pierson braucht dringend Hilfe. Ich wollte ihr den Kleinen schon abnehmen, aber sie hat ihn mir nicht geben wollen.« Molly verzieht in ehrlicher Enttäuschung das Gesicht. »Sie hat sich mit ihren Eltern überworfen und stand vor drei Tagen einfach vor der Tür«, erklärt sie weiter und hebt entschuldigend die Hände. »Ich durfte euch nicht Bescheid geben.«

Als würde Molly sich sonst an solche Vorgaben halten. Sie verbreitet alles, was sie an Informationen erhält, schneller, als es das Internet je könnte. Aber diese Tatsache hat sie für sich behalten. Ich will gar nicht wissen warum. Und ich will deswegen auch nicht wütend sein.

»Es ist gut, dass du hier bist. So gern ich Greta habe, sobald die Saison startet, muss der kleine Schreihals hier raus sein. Er vergrault mir die anderen Gäste. Und ich komme so auch nicht zum Schlafen.«

Ich nicke und schiebe Molly dann von mir. »Ich nehme sie später mit«, sage ich bestimmt, obwohl ich noch nichts mit Greta besprochen habe. Hierbleiben wird sie nicht. Das lasse ich nicht zu.

»Zimmer zwölf.« Molly verschwindet flinker, als man es ihr aufgrund ihres Körperbaus zutrauen würde, hinter dem Tresen. »Oder du orientierst dich einfach an der Geräuschquelle. Kannst es nicht verfehlen.« Sie reicht mir den Zweitschlüssel. »Falls sie dein Klopfen nicht hört.«

Ich nehme ihr den Schlüssel ab, beuge mich über den Tresen und drücke ihr einen Kuss auf die Wange. Dann springe ich die Stufen in den ersten Stock hinauf. Ich überlege nicht lange und spare mir das Klopfen. Ich öffne die Tür mit dem Schlüssel, den ich von Molly bekommen habe, und bleibe wie angewurzelt stehen. Es ist nicht so sehr die Unordnung, die das Zimmer beherrscht, die mich innehalten lässt, sondern der Anblick unserer Freundin. Greta steht mittig im Raum und schaukelt Noah in einer verzweifelten Intensität, ohne dass er davon Notiz zu nehmen scheint. Sie ist blass, und Augenringe zeichnen sich überdeutlich unter ihren vom Weinen völlig verquollenen Augen ab. Noch immer suchen sich feuchte Spuren ihren Weg über ihre Wangen.

»Greta?« Ich durchquere das Zimmer und schließe sie in meine Arme, auch wenn der Kleine so dermaßen brüllt, dass ich dabei fast taub werde.

»Hey, mein Kleiner«, spreche ich ihn an und streiche ihm sanft über die Wange. »Müsstest du nicht langsam müde sein vom vielen Weinen?« Ich nehme ihn Greta ab, und sie lässt es bereitwillig zu. Sobald sie ihn nicht mehr hält, sinkt sie auf das Fußende des Bettes. Wie ein Ballon, aus dem die Luft entweicht.

»Er hat getrunken. Seine Windel ist frisch. Ich habe ihn gehalten, ihn in Ruhe gelassen. Ihm den Schnuller gegeben, meinen kleinen Finger, aber er hört einfach nicht auf zu schreien. Ich bin seine Mom und weiß nicht, was er hat«, flüstert sie erstickt.

Wie aufs Stichwort geht Noahs Brüllen in ein Wimmern über und erstirbt dann ganz. Er sieht so friedlich aus, als hätte er nie etwas anderes getan, als in meinen Armen den Schlaf der Gerechten zu schlafen.

Greta deutet mit einer müden, verzweifelten Geste auf das Bündel. »Dann ist es jetzt wohl amtlich. Es liegt an mir. Er hasst mich«, sagt sie und schluchzt leise. »Und er hat recht. Ich bin eine beschissene Mutter.«

»Du bist müde, fertig und verzweifelt. Das wäre jeder in deiner Situation. Er hat deine Unruhe gespürt. Ich bin noch unverbraucht. Das ist alles«, sage ich mit einem Zwinkern, aber Greta rollt sich auf dem Bett zusammen, ohne auf meinen Versuch, die Situation aufzulockern, einzugehen. »Warum hast du uns nicht angerufen?« Ich setze mich neben sie und streiche ihr übers Haar.

Sie schließt die Augen und schüttelt den Kopf. »Ich wollte das schaffen. Eine gute Mutter sein und all das. Allein. So wie alle anderen das auch machen. Ich wollte einmal im Leben was hinkriegen.« Ein leises Schluchzen quält sich durch ihren Brustkorb. »Aber ich habe versagt. Ich kann das nicht und werde es auch nie können.«

Ich lege den Kleinen in die Schale des Kinderwagens, die neben dem Bett steht und die Greta als provisorisches Kinderbett nutzt, und decke ihn zu. Erst dann wende ich mich ihr wieder zu. Ich lege mich neben sie, so dass ich ihr ins Gesicht schauen kann, und schlinge meine Arme um ihre Mitte.

»Niemand schafft das allein. Deswegen gibt es zwei Elternteile, um sich diese Mammutaufgabe zu teilen. Und für den Fall, dass der Vater ein Arschloch ist, gibt es Freunde.« Ich sehe sie ernst an. »Wir sind für dich da. Du hättest uns nur anrufen müssen.« Und wir hätten uns mehr um Greta und ihren Sohn kümmern sollen, auch ohne dass uns ein Hilferuf erreicht. »Wir wollten dir ein bisschen Raum lassen, aber wir sind hier«, versichere ich ihr. »Wann immer du uns brauchst. Und ab jetzt werden wir dich nicht mehr allein lassen.«

»Das ist gut zu wissen«, murmelt Greta schläfrig, aber ich rüttle an ihrer Schulter, bevor sie wegdriften kann.

»Erst duschen, dann schlafen«, befehle ich in einem so strengen Ton, wie ich ihn sonst nur bei Amber benutze, wenn sie sich weigert, etwas für die Schule zu tun.

»Ich kann meine Zeit nicht mit Duschen vergeuden«, jammert Greta. »Er schläft, und das allerhöchstens noch fünf Minuten.«

»Du duschst«, bleibe ich unerbittlich und deute in Richtung Badezimmertür. »Und ich ziehe Noah an. Sobald du fertig bist, gehen der kleine Mann und ich an die frische Luft, und du darfst schlafen.« Ich zwinkere ihr zu. »Solange du willst.«

Greta betrachtet mich skeptisch, als wäre ich ein Trugbild, das nur in ihrem vom Schlafentzug malträtierten Hirn existiert.

»Jetzt geh schon.« Ich scheuche sie liebevoll in Richtung Bad. »Und hey, Greta, eins noch.«

Sie hält inne.

»Du bist eine verdammt gute Mutter. Sonst hättest du ihn vermutlich längst ausgesetzt. Als ich hier reinkam, hast du dich nicht um dich gekümmert, obwohl du vollkommen fertig warst, sondern um dein Baby.«

Sie nickt, aber ich sehe ihre Zweifel und hoffe, dass sie nach einer gehörigen Mütze Schlaf vergehen.

Noah wacht nicht einmal dann auf, als ich ihn anziehe, die Tasche mit seinen Sachen packe und mich leise aus dem Hotelzimmer schleiche.

Greta ist mit einem Handtuch um den Kopf und dem Bademantel um den Körper geschlungen mitten auf dem Bett eingeschlafen, als hätte sie jemand niedergestreckt.

Auf dem Parkplatz angekommen, bugsiere ich das Gestell des Kinderwagens aus dem winzigen Kofferraum von Gretas Daihatsu, klappe es auf und befestige die Wanne, in der Noah schläft. Das Wetter hat sich zum Glück gefangen. Es ist kühl, aber trocken. Die Gehwege glänzen noch feucht in der Sonne, die sich zaghaft durch die Wolken schiebt. Ich hoffe, es hält und laufe los, spaziere kreuz und quer durch Cooper Springs und nehme schließlich die Strecke am Ufer entlang zu unserem Diner. Auch wenn heute geschlossen ist, wird Liz sicher dort sein und Bürokram erledigen. Ich muss dringend mit ihr sprechen. Außerdem verdunkelt sich der Himmel erneut, und ich will nicht mit dem Kleinen draußen sein, wenn der nächste Regenschauer niedergeht.

Im Lakeshore Diner brennt wie erwartet kein Licht. Ich schließe die Eingangstür auf und schiebe den Kinderwagen in den Gastraum. »Hi, Liz? Bist du hier?«, rufe ich in Richtung des kleinen Büros, das hinter den Waschräumen liegt. Niemand antwortet. Entweder hat meine Schwester mich nicht gehört, oder sie ist gar nicht hier. Bevor ich nachsehe, gehe ich erst einmal in die Küche und setze Wasser auf. Noah dürfte einen Mordshunger haben, wenn er aufwacht. Wenn ich nicht will, dass er sich wieder in Rage schreit, sollte ich seine Milch fertig haben.

Gerade als ich das Milchpulver anrühre, erscheint Liz im Türrahmen. Ihre Haare sind zerwühlt, ihr Shirt sitzt nicht richtig, und alles an ihr drückt »ertappt« aus. Ich kann mir denken, was sie getan hat, noch bevor Cole hinter ihr auftaucht, seine Sweatshirtjacke überstreift und mich entschuldigend angrinst.

»Habt ihr zwei kein Zuhause«, frage ich mit einem unterdrückten Lachen. Liz ist das alles mehr als unangenehm.

»Doch, sogar zwei«, antwortet Cole an ihrer Stelle und fährt sich über die feinen Bartstoppeln an seinem Kinn. »Eins, das mein Bruder und Fiona besetzen und wo man besser derzeit nicht unangemeldet auftaucht. Und bei euch zu Hause laufen wir Gefahr, einen schwer pubertierenden Teenager zu traumatisieren. Wir sind also quasi obdachlos, was die Liebe betrifft.«

»Du hast mein vollstes Mitgefühl«, erwidere ich glucksend. Dabei finde ich es sehr ehrenwert, dass die beiden versuchen, rücksichtsvoll zu sein. Das macht Liz und Cole aus. Sie denken immer zuerst an andere, auch wenn das bedeutet, sich ihr Liebesnest im Diner einrichten zu müssen.

»Was machst du da?« Cole zeigt auf die Babyflasche.

»Ich habe Noah dabei.« Ich deute auf den Gastraum. »Noch schläft er, aber das wird sich sicher gleich ändern, und ich wollte vorbereitet sein«, sage ich und stelle die Flasche in ein warmes Wasserbad.

»Ich weiß, dass du nach dem Kleinen verrückt bist, aber hatten wir uns nicht darauf geeinigt, dass wir Greta Zeit geben wollten, sich mit dem Baby zurechtzufinden, und zu warten, bis sie auf uns zukommt?«, fragt Cole.

»Haben wir«, bestätige ich. »Und das war ein Fehler.«

Liz drückt sich hoch und setzt sich auf die Arbeitsfläche, während sie darauf wartet, dass ich eine Erklärung nachschiebe.

»Wusstest du, dass sie sich mit ihren Eltern überworfen hat und seit einigen Tagen im Molly's wohnt?« Liz sieht betroffen aus, aber ich gebe ihr keine Gelegenheit, sich zu erklären. Wir haben als Freundinnen kollektiv versagt. Das ist nicht mehr zu ändern, aber wir können ab jetzt für Greta und ihren Sohn da sein. »Sie hat mich vor einer Stunde angerufen, weil sie völlig fertig war. Der Kleine hat ununterbrochen geschrien. Greta hat seit Tagen nicht mehr richtig geschlafen und war total am Ende. Ich denke, wir sollten ihr unsere Hilfe nicht nur anbieten, sondern darauf bestehen, dass sie endlich zu uns zieht, damit wir für sie da sein können.«

Liz nickt. »Sie hat mich vor ein paar Tagen kontaktiert. Wahrscheinlich brauchte sie schon da meine Hilfe, aber ich habe es nicht kapiert.« Sie fährt sich über die Nasenwurzel. »Mir ist aufgefallen, dass sie erschöpft klang, aber dann hat sie mich nach Amber gefragt, und ich habe ihr von der Festnahme erzählt und dass ich fürchte, das Jugendamt könnte einschreiten. Sie muss gedacht haben, sie wäre eine zusätzliche Last für uns, die wir gerade nicht stemmen können.«

Das würde erklären, warum Greta uns nichts von ihren Problemen erzählt hat. Aus dem Gastraum ist ein erstes Wimmern zu hören, das sich sicher schnell steigern wird.

Cole drückt sich von der Arbeitsplatte ab, an der er bis eben gelehnt hat. »Ich hole ihn.« Er verlässt die Küche, und ich wende mich wieder Liz zu, während ich die Flasche aus dem Wasser nehme und abtrockne.

»Ich denke, wir sollten darauf bestehen, dass sie dauerhaft bei uns wohnt.«

»Aber wir haben ihr das bereits angeboten, und sie hat sehr bestimmt abgelehnt.«

Das stimmt, und wenn Greta etwas nicht will, kriegen sie im Normalfall keine zehn Pferde dazu. Allerdings bezweifle ich, dass derzeit ein Normalfall vorliegt. Ich nehme Cole das Baby ab, als er zurück in die Küche kommt. Für einen Moment erfüllt Babygeschrei den Raum, das aber in dem Moment verstummt, als Noah beginnt, an der Flasche zu saugen. »Du hast recht Liz«, sage ich dann. »Wir haben es Greta angeboten, aber wir haben ihr nicht mit Nachdruck versichert, dass es nicht nur ein Angebot ist, um ihr zu helfen, sondern dass wir es wollen. Ich habe ihr versprochen, ihr den Kleinen wiederzubringen, sobald sie sich etwas ausgeschlafen hat. Stattdessen würde ich sie gern mitnehmen und zu uns bringen. Allerdings wollte ich das vorher mit euch besprechen.«

Liz nickt. »Wir finden schon ein Plätzchen für die beiden.«

Ich fahre über den Flaum auf Noahs Köpfchen und sehe ihm in die Augen, mit denen er mich beim Trinken erstaunlich wach mustert. »Wie wäre es mit Moms und Dads Zimmer?« Ich kann nicht glauben, dass ausgerechnet ich das vorschlage. Es ist, als würde ich ein weiteres Stück meiner Eltern einfach aufgeben.

Liz sieht mich eindringlich an, und in ihrem Blick sehe ich, dass sie ähnlich fühlt. Trotzdem nickt sie. »Irgendwann müssen wir die alten Geister eliminieren, nicht wahr?«

Ich nicke tapfer, obwohl ich am liebsten einen Rückzieher machen würde. Es mag sinnvoll sein, den ungenutzten Raum für die beiden herzurichten, und vielleicht brauchen wir genau diesen Schubs, um endlich etwas zu verändern. Egal, wie schwer mir ums Herz ist. »Es wäre eine positive Veränderung, und das Zimmer steht seit Jahren leer«, sage ich fest. Innerlich sträubt sich zwar alles in mir, aber ich ignoriere die feinen Stiche, die mir allein die Vorstellung beschert.

»Also ist es beschlossen«, sagt Liz tonlos. Sie rutscht von der Arbeitsplatte und lächelt verkrampft. Es tut gut zu wissen, dass ihr dieser Schritt ebenso schwerfällt wie mir.

»Beschlossen«, bestätige ich und schließe sie kurz in meine Arme, Noah ist zwischen uns und nuckelt weiter seine Milch.

»Es ist das Richtige. Und Noah und Greta werden das Zimmer bunt und chaotisch machen. Der beste Weg, um den Raum wieder mit Leben zu füllen.«

Liz macht sich lachend von mir los und wischt sich eine Träne aus dem Augenwinkel. »Das mit Sicherheit. Das wird es uns leichter machen.«

Auch wenn es sich noch alles andere als leicht anfühlt. »Genau das werde ich ihr sagen, und ich werde keinen Widerspruch dulden.«

Liz küsst Noah zaghaft auf die Stirn, was dieser mit einem zufriedenen Seufzer quittiert, mit dem er die Flasche freigibt. Ich lege ihn mir auf die Schulter und klopfe ihm sachte auf den Rücken.

»Gut«, sagt Liz und ergreift Coles Hand. »Wir fahren jetzt los und bereiten alles vor. Dann kannst du zum Molly's gehen, Greta einpacken, und ihr kommt nach. Bis dahin sollten wir fertig sein.«

Kapitel 9

Die Aufregung auf Pinewood Meadows ist in jeder Holzfaser des Blockhauses zu spüren. Liz und Cole schleppen gerade die letzten Kartons aus Moms und Dads Zimmer, als ich mit Greta und Noah Pinewood Meadows erreiche. Der Kleine schläft friedlich in seinem Autositz. Ich trage ihn die Treppe hoch, stelle ihn auf dem Flur ab und bleibe auf der Türschwelle zu Moms und Dads Zimmer stehen. Grace hängt gerade einige der Bilder, die ich für Amber gezeichnet habe und die die letzten Jahre auf dem Dachboden standen, auf. Ein Marienkäfer mit übergroßem Körper und niedlichen Augen blickt auf das alte Kinderbett von Amber hinab. Cole hat die Teile vom Dachboden geschleppt und es aufgebaut, während Liz Moms und Dads Kleidung, Accessoires und Andenken in Kisten verstaut und stattdessen ein Bild von uns fünf Schwestern mit Greta am Ufer des Lake Tahoe auf den Nachttisch gestellt hat.

Ich erinnere mich an den Tag, als Jake dieses Bild geschossen hat. Es war heiß, und wir lagen den gesamten Tag nur auf dem Steg von Pinewood Meadows, redeten, lachten und bewegten uns allenfalls, um träge an einem Stück Wassermelone zu knabbern. Wir waren so verdammt glücklich.

Hinter mir im Flur kniet Amber völlig aus dem Häuschen vor Noah. Sie war vom ersten Tag an in den Kleinen verliebt und kann es gar nicht abwarten, endlich auch eine große Schwester zu sein. Wobei ich denke, dass ihre erste Euphorie nachlassen wird, sobald der Kleine ihren heiligen Schlaf raubt.

Unten schleppt Cole das wenige Gepäck ins Haus, während Greta in das Zimmer tritt und andächtig über die Möbel und Bilder streicht. Ich stehe noch immer auf der Türschwelle und verstehe nicht, wieso ich mich nicht mit unserer Freundin freuen kann. Wieso ich nicht den Raum betrete und ihr und Amber helfe, Noah in das Bettchen zu legen. Stattdessen ist mir nach Heulen zumute.

»Er ist so süß«, flüstert Grace dicht an meinem Ohr, und ich nicke, während ich mich an meine Zwillingsschwester kuschle. Das ist er, und es gibt keinen besseren Grund als ihn für die Veränderung, die mein Herz verkantet.

»Ich würde gern noch mal kurz weg«, murmele ich. »Nach Jake sehen. Meinst du, das wäre in Ordnung?« Dabei frage ich nicht, weil ich denke, Jake würde ohne mich nicht klarkommen. Ich will aus rein egoistischen Gründen zu ihm, denn ich weiß, bei ihm zu sein, wird dafür sorgen, dass ich mich besser fühle.

Grace hält inne. Ich kann nichts vor ihr verheimlichen. Auch wenn sie nicht weiß, was zwischen mir und Jake passiert ist, spürt sie, dass ich dabei bin, mich auf etwas einzulassen, das mir das Herz brechen könnte.

Sie drückt mich eine Spur zu fest an sich. »Pass auf dich auf, Schwesterchen.« Sie kichert leise. »Und jetzt verschwinde schon. Ist ja nicht so, dass es irgendjemandem hier auffallen würde, wenn du dich in diesem Moment in rosa Glitzerstaub auflösen würdest. Gegen den kleinen Star kommt niemand von uns an.« Sie wird wieder ernst. »Die anderen werden sicher noch Stunden damit beschäftigt sein, Noah anzuhimmeln.«

Sie gibt mir einen Kuss, und ich umarme sie kurz, bevor ich unbemerkt das Haus verlasse.

Als ich die Hunter-Werft erreiche, bemerke ich als Erstes den aufgewühlten Boden vor dem Haus, in dessen Furchen sich das Regenwasser sammelt. Sieht aus, als hätte Big Mac den gesamten Vorplatz aufgebuddelt. Aber bevor ich mir allzu viele Gedanken machen kann, was den Hund dazu veranlasst haben könnte, springe ich die Verandastufen hinauf und klopfe.

Jake öffnet mir. »Haze«, sagt er, und ich bin nicht sicher, ob Widerwillen oder Freude, mich zu sehen, aus seinem Blick sprechen. Er lehnt sich gegen den Türrahmen. Seine Haare sind feucht und hängen ihm tief in die Stirn. Trotzdem verdecken sie das Pflaster nicht, das über seiner Augenbraue klebt, und auch nicht das Hämatom, das sein linkes Auge dunkel färbt.

»Was ist passiert«, frage ich und berühre seine Schläfe.

Für den Bruchteil einer Sekunde schließt er die Augen und lässt die Zärtlichkeit meiner Geste zu, bevor er den Kopf wegdreht und auf seine Schuhspitzen starrt. »Ich war gestern noch aus, nachdem du weg warst, und habe mich wohl nicht gut benommen.« Er hebt den Blick und sieht mich durchdringend an. »Willst du reinkommen?«

Seine Frage klingt fast wie eine Drohung, dass er für nichts garantieren kann, sollte ich seine Frage bejahen. Trotzdem nicke ich und folge ihm ins Innere. Er führt mich in die Küche, wo er sich auf die Bank sinken lässt und seinen Kopf in die Hände stützt. Ich bin nicht sicher, ob ich mich neben ihn setzen soll, und entscheide mich schließlich für gegenüber. Ich schäle mich aus meiner Jacke und lege sie neben mich auf das andere Ende der Bank. Mac erhebt sich schwanzwedelnd von seinem Platz und kommt zu mir. Gedankenverloren kraule ich ihm durch das struppige sandfarbene Fell. »Was ist passiert?«, wiederhole ich meine Eingangsfrage und warte ab, bis Jake seinen Kopf anhebt und mich ansieht.

»Der Harris-Idiot ist passiert.« Er verdreht die Augen und setzt zu einer Erklärung an. »Er war gestern hier und hat mir gesteckt, dass die Werft zu allem Überfluss auch noch verschuldet ist.« Er lacht tonlos auf. »Hoch verschuldet.«

»Jake, das tut mir leid. Sam hat nie …«, beginne ich, aber Jake winkt müde ab.

»Ich dachte erst, Evan würde ein nettes, kleines Theater aufführen, um den Druck zu erhöhen und mich dazu zu bringen, die Verträge zu unterschreiben. Aber er hat leider recht.« Er deutet auf Berge von Papieren, die rechts neben ihm auf dem Tisch liegen. »Ich habe mir die Bankunterlagen angesehen. Dad hat einen Kredit aufgenommen. Wahrscheinlich, um über die Runden zu kommen, denn investiert hat er seit Jahren nichts mehr. Die Raten sind aufgelaufen. Er hat seit Monaten nicht mehr bezahlt.«

»Hast du die Bank angerufen? Sie müssen dir als Erben doch mitteilen, dass es einen offenen Kredit mit ausstehenden Raten gibt.«

»Müssten sie, ja.« Jake seufzt. »Aber der Nachlass ist noch nicht vollständig abgewickelt. Die Papiere trudeln erst nach und nach bei mir ein. Die Bank ist noch nicht so weit, aber die nette Sachbearbeiterin konnte mir schon mitteilen, dass sie aufgrund der Rückstände die gesamte Summe auf einmal einfordern werden, sobald alle Papiere vorliegen. Wenn ich mir nichts einfallen lasse, werden sie die Werft versteigern, und es ist klar, wer mitbieten wird, oder?«

Eine Weile sitzen wir uns schweigend gegenüber. Ich male Muster auf ein leeres Blatt Papier, das vor mir auf der Tischplatte liegt.

»Ich werde das nicht zahlen können, sollte kein Wunder passieren«, sagt Jake leise. »Ich habe Ersparnisse aus der Zeit in Afrika und davor, aber das übersteigt meine Rücklagen. Und selbst wenn ich es irgendwie hinbekommen sollte, habe ich dann nichts mehr, um wieder ins Geschäft zu kommen. Der Harris-Idiot hat gewonnen.«

»Es wird eine Lösung geben. Es muss.« Ich lege meine Hand auf seine, und für einen kurzen Moment erwidert Jake den Druck, bevor er sie mir entzieht. »Du hast dich aber nicht mit der Sachbearbeiterin geschlagen.« Ich deute auf seine Augenbraue und den Bluterguss.

»Nein, das war irgend so ein Typ im Pub«, sagt Jake schlicht. »Nachdem ich von der Scheiße erfahren habe, wollte ich mich streiten und dachte, jetzt wo Fi mit Evan zusammen ist, tue ich das lieber nicht mit ihm, sondern mit irgendeinem anderen Kerl. Leider war der Typ, an den ich geraten bin, um einiges stärker.« Er grinst schief, und obwohl ich mir Sorgen um ihn mache, bringt er mich dadurch zum Lachen.

»Das letzte Mal, dass mir jemand so einen Haken verpasst hat, war kurz vor meiner Abreise aus Dundo«, sagt Jake mit einem Mal.

Ich sehe nicht auf, als ich leise frage: »Wer hat dich dort geschlagen?«

Jake antwortet nicht sofort, aber als er es tut, ist seine Stimme belegt. »Will. Ich habe dir schon einmal von ihm erzählt. Wir haben uns in Afrika kennengelernt. Er hat bereits seit vier Jahren für die Hilfsorganisation gearbeitet, als ich dort eintraf. Er hat mir alles gezeigt, mich eingearbeitet, und wir haben uns auf Anhieb verstanden. Er war mein Freund. Er und Taio haben mir gezeigt, wie es dort lief. Der Kleine hatte keine Eltern mehr und einen Narren an Will gefressen. Er ist ihm überallhin gefolgt.«

Ich spüre, wie viel ihm diese Menschen bedeuten.

»Wir sollten an diesem Tag wegen einer akuten Gefahrenlage aus Dundo weggebracht werden. Sie haben das Dorf evakuiert. Frauen, Kinder, Alte und die Mitarbeiter der Hilfsorganisation, ausländische Ärzte. Die Männer blieben. Es gab zu wenig Platz auf den Wagen, außerdem wollten sie das Dorf, ihr Hab und Gut schützen.« Er winkt ab, als ich ihn erschrocken ansehe. »Das passiert an der Grenze zum Ostkongo immer mal wieder. Meistens ist es nichts außer übertriebener Vorsicht.«

»Aber an diesem Tag war es anders?«

Jake antwortet nicht darauf, aber ich sehe den Schmerz in seinen Augen.

»Ich hätte gehen sollen. Aber die Wagen waren voll, und es gab da einen Mann, der seine Kinder auf keinen Fall allein fahren lassen wollte. Er hatte gerade erst seine Frau verloren und weigerte sich, den Rest seiner Familie ziehen zu lassen. Die Situation war hektisch und unübersichtlich. Der Konvoi musste los. Ich konnte das nicht mit ansehen und bin ausgestiegen, um dem Vater der Mädchen meinen Platz anzubieten. Will hat auf mich eingeredet, dass ich nicht bleiben dürfte. Wenn sich die Gefahrenlage bewahrheiten würde, hätten die Dorfbewohner eine Chance, wir Ausländer hingegen nicht. Ich habe trotzdem nicht auf ihn gehört. Er dachte wohl, man könnte mir meine Sturheit vielleicht aus dem Kopf schlagen.

Zumindest hat er es probiert. Ich habe ihn ziemlich zur Verzweiflung getrieben.« Jake lacht, aber es liegt keine Fröhlichkeit darin. »Ich hätte auf Will hören sollen.«

»Du bist also geblieben?«, frage ich vorsichtig und spüre, dass ich gefährlich an Jakes Grenze kratze.

»Ich bin geblieben, ja!«

Schärfe begleitet seine Worte und hält mich davon ab, weiter nachzufragen. Aber in seinen Augen sehe ich, dass er sich diese Entscheidung nie vergeben wird. Nur den Bruchteil einer Sekunde lässt er zu, dass ich erkenne, wie sehr ihn das Erlebnis dieses Tages mitnimmt. Dann steht er auf.

»Ich schulde dir noch ein Chicken Muamba«, sagt er und beendet damit das Thema. Das ist seine Grenze. Er stellt das Radio an, und ein fröhlicher Countrysong schiebt die Schwere zwischen uns fort.

»Chicken Muamba«, stimme ich zu und stehe ebenfalls auf.

Ich helfe Jake dabei, die Zutaten kleinzuschneiden, und er verarbeitet sie zu einem betörend duftenden Gericht. Dabei erzählt er mir von Afrika. Von den Gewürzen auf dem Markt, deren Gerüche jetzt seine Küche füllen. Er erzählt mir von den Tieren, den Farben, den Geräuschen, und immer wieder streifen seine Erzählungen Erlebnisse mit Will, aber ich bohre nicht nach. Ich will, dass Jake sich an das Gute erinnert und dass das, was auch immer ihn belastet, wenigstens für einen Moment in den Hintergrund tritt.

»Was ist das?«, fragt Jake plötzlich, und ich spüre, wie er von hinten an mich herantritt. Ich sitze am Esstisch und habe gedankenverloren etwas von dem Afrika aufs Papier gebracht, das Jake durch seine Erzählungen vor meinem inneren Auge hat entstehen lassen. Trotz meines Protestes zieht er das Blatt unter meiner Hand hervor.

Er starrt die feinen Bleistiftlinien an – sie sind sein Gefühl, dem ich ein Gesicht gegeben habe. »Hast du das gerade eben gemalt?«

»Gezeichnet«, verbessere ich ihn und nicke.

Er sieht von mir zu der Zeichnung in seiner Hand und dann zurück zu mir. »Das ist …«, murmelt er und beendet den Satz nicht, aber ich sehe, dass ihn das Bild bewegt wie mich seine Erzählungen. »Das Essen ist fertig«, sagt er dann ruhig und legt das Blatt Papier auf die Mikrowelle. Der Ort, an dem bei den Hunters schon immer die wichtigen Papiere lagerten.

Er hätte meine Zeichnung zurückgeben oder in den Müll werfen können, aber stattdessen liegt das Bild nun neben den Papieren aus Sams Nachlass, die Jake auf dem Küchengerät deponiert hat.

Schweigend verteilt er das Essen auf zwei Teller, stellt sie auf den Tisch und setzt sich neben mich anstatt zurück auf seinen Platz. Überdeutlich spüre ich seine Nähe, wie ruhig sein Atem geht, während ich Mühe habe, meinem einen Rhythmus zu geben. Sein Arm liegt direkt neben meinem auf der Tischkante, und ich muss mich zwingen, ihn nicht zu berühren, während ich den ersten Löffel in den Mund stecke.

»Hmm«, seufze ich, und für einen Moment lässt mich die Geschmacksexplosion aus Süße, Schärfe und fremden Gewürzmischungen vergessen, wo ich bin und vor allem mit wem. Ich verdrehe genießerisch die Augen. »Das ist der Hammer!«

»Danke.« Jake betrachtet mich belustigt. »Ich wusste, du würdest es mögen.«

»Woher?« Ich schaufle einen weiteren Löffel in meinen Mund.

»Weil du allem und jedem eine Chance gibst, sogar meinen dürftigen Kochversuchen«, sagt er leise und streift sanft meine Hand, bevor er selbst zu essen beginnt. Stumm. Weil der Moment keine Worte braucht.

Wir genießen das Essen. Die Nähe des anderen, bevor wir abwaschen und die Küche in ihren Originalzustand versetzen. Als alles erledigt ist, stehen wir sekundenlang unschlüssig voreinander, bis Jake das Licht in der Küche löscht. Nur der schwache Lichtschein aus dem Flur erhellt unsere Gesichter.

»Bleib heute Nacht!«, sagt er plötzlich. Sein Gesichtsausdruck ist unergründlich, aber seine Hand berührt zaghaft meine Taille. »Nicht, weil du denkst, ich bräuchte einen Babysitter.« Er berührt die Wunde an seiner Augenbraue und lässt die Hand wieder sinken. »Wenn du lieber nach Hause willst, verspreche ich, keine Dummheiten zu machen.« Er senkt den Blick, nur um ihn kurz darauf wieder anzuheben und mir ein verwegen verwaschenes Grinsen zu schenken. »Ich will einfach, dass der Abend noch nicht zu Ende ist.« Er nimmt eine meiner Haarsträhnen, die mir ins Gesicht fallen, und lässt sie wieder los. »Wir könnten noch ein wenig reden. Und du kannst später im Gästezimmer schlafen.«

Der Hinweis auf das Gästezimmer macht klar, dass er nicht vorhat, der Anziehung zwischen uns erneut nachzugeben. Mein Herzklopfen hat absolut nichts in dem Raum zwischen uns zu suchen. Ich atme tief durch und schiebe ihn etwas von mir weg.

»Okay.«

»Okay.« Jake pustet sich die Haare aus der Stirn. »Gut.« Er grinst und scheint sich ehrlich zu freuen. Er schlendert zum Kühlschrank, schnappt sich zwei Flaschen Bier und geht voraus ins Wohnzimmer, wo er die Lampe neben der Couch anschaltet und sich gerade durch die Platten wühlt, als ich den Raum betrete. Schließlich entscheidet er sich für The Strokes, während ich mich unter die Patchworkdecke kuschle, die noch von meinem letzten Besuch auf der Couch liegt.

Ich bleibe nicht als Babysitter, obwohl ich sehr wohl denke, dass er einen bräuchte. Und ich bleibe auch nicht, weil ich seiner Anziehungskraft schutzlos ausgeliefert bin. Ich bin noch hier, weil er es schafft, mich abzulenken. Seitdem ich bei Jake bin, habe ich nicht ein Mal an Miss Darcy gedacht, an die Möglichkeit, Amber durch ihre bockige Art zu verlieren, oder an Mom und Dad, die mit dem Einzug von Greta und Noah wieder einen Schritt weiter aus meinem Leben verschwunden sind.

Jake lässt sich neben mich plumpsen, während die Melodie von *Is this it* erklingt, und reicht mir eine der Flaschen. »Alles in Ordnung?«, fragt er, als er mit mir anstößt.

Er kneift dabei ein Auge zu, als könnte er so besser deuten, warum ich so still bin. Ich nicke eilig und nippe an meinem Bier.

»Sieht irgendwie gar nicht danach aus, als wäre alles in Ordnung«, beharrt er. »Was ist los, Haze?« Er mustert mich prüfend und rutscht näher an mich heran. Nicht nah genug, dass ich ihn berühren könnte. Aber so nah, dass ich sehe, wie besorgt er ist.

»Ich würde lieber nicht darüber sprechen, wenn das okay ist«, sage ich leise und verwende dieselben Worte wie er vor ein paar Tagen.

»Das ist nicht okay«, sagt Jake bestimmt und respektiert meine Grenze nicht so, wie ich es bei ihm stets tue. »Du bist immer für mich da.« Er zögert. »Jetzt bin ich mal dran.« Er sieht mich an, und sein Augenzwinkern macht deutlich, dass er nicht aufgeben wird, bevor ich ihm gesagt habe, was mich beschäftigt.

»Es ist nichts.« Immerhin sind meine Sorgen und Ängste rund um Amber, das Jugendamt, Mom und Dads Zimmer, das nun nicht mehr das alte ist, sowie Greta und Noah winzige Dramen im Vergleich zu Jakes Baustellen. Ich werde ihm mit Sicherheit nicht auch noch meine Probleme aufbürden. »Nur die üblichen Dramen, die zwangsläufig entstehen, wenn fünf Schwestern unter einem Dach leben. Sechs«, berichtige ich mich, und Jake zieht eine Augenbraue nach oben.

»Sechs?«

»Greta wohnt seit heute bei uns. Mit dem Baby. Und sie ist im Grunde wie eine Schwester, also ...«

»Da kommt Leben in die Bude.« Jake zupft an einem losen Ende der Knienaht meiner Jeans herum, während die Platte der Strokes mit einem rauchigen Kratzen auf dem Vinyl in die Bridge übergeht. »Wo genau in Pinewood Meadows habt ihr sie untergebracht?«, fragt er nach einer kurzen Pause und dringt damit zum Kern des Problems vor.

Ich verziehe das Gesicht zu einem Lächeln, aber es ist eher kläglich, und ich spüre, wie mir Tränen in die Augen steigen. »In Moms und Dads Zimmer.« Ich zucke die Schultern, beeile mich aber zu sagen: »Es ist richtig. Der Raum kann nicht ewig leer stehen und für immer als Mausoleum mitten in unserem Leben existieren. Greta und Noah werden es mit Leben füllen. Ich habe das Ganze sogar vorgeschlagen.«

Jake ergreift meine Hand. »Und trotzdem tut es weh, deine Eltern dadurch ein weiteres Stück gehen zu lassen.«

Ich starre auf seine Hand, die meine umschließt, und frage mich, wieso er als Einziger genau zu verstehen scheint, was in mir vorgeht. »Das ist lächerlich, ich weiß.«

»Ich würde sagen, es ist absolut nachvollziehbar«, widerspricht er sanft. »Wenn du willst, reden wir darüber.«

Ich schüttle den Kopf, weil ich nicht weiß, ob ich nach dem hinter mir liegenden Tag standhaft genug sein kann, um nicht in seine Arme zu sinken, wenn er mir so nah ist wie jetzt. »Heute ist einfach viel passiert«, sage ich und entziehe ihm meine Hand. »Ich sollte schlafen. Bis morgen früh hat sich hier drin sicher alles wieder zurechtgerückt«, sage ich und presse die Hand, die eben noch in seiner lag, auf meine Brust.

»Okay, wie du meinst.« Er nimmt mir die halbleer getrunkene Flasche ab und zieht mich von der Couch hoch. Ein Prickeln stiehlt sich durch meinen Körper, als ich unmittelbar vor ihm zum Stehen komme und er mir eine Haarsträhne hinter das Ohr streicht. Ich erwarte fast, dass er mich küssen wird, aber stattdessen sagt er nur: »Schlaf gut. Ich hau mich auch hin.«

Mac springt auf und läuft winselnd zur Tür. Jake klopft ihm die Flanke, öffnet die Tür, und der Hund verschwindet augenblicklich in der Dunkelheit. »Er schläft lieber draußen. So ist er es gewohnt.« Er zuckt mit den Schultern. »Ich habe ihm einen Platz auf der Ladefläche des Pick-ups eingerichtet. So hat er es trotzdem gemütlich.« Er zögert. »Wir reden morgen.«

Es ist halb Frage, halb Aussage. Er berührt kurz meinen Arm, durchquert dann den Flur und erklimmt, immer zwei Stufen auf einmal nehmend, die Treppe. Oben rumort er einen Augenblick im Bad. Als Jake sich hingelegt hat und es im Haus still ist, folge ich ihm in den ersten Stock, wo ich mich ins Gästezimmer zurückziehe.

In dem Raum sieht es noch genauso aus wie früher. Ich lege die Zierkissen vom Bett auf den Boden und schlage die

Decke zurück. Dann ziehe ich mich bis auf die Unterwäsche und mein Shirt aus und schlüpfe unter die Decke.

Ein markerschütternder Schrei reißt mich aus dem Schlaf. Im ersten Augenblick glaube ich, es wäre eine meiner Schwestern gewesen, aber sobald ich die Beine über die Bettkante schwinge, um nachzusehen, was passiert ist, wird mir klar, wo ich bin.

Es riecht anders als zu Hause. Die Bettwäsche. Die Vorhänge. Das Holz, das mich umgibt. Und auch die Atmosphäre ist vollkommen anders als in Pinewood Meadows. Selbst bei Nacht spürt man die Lebendigkeit in jedem Winkel unseres Hauses. Das Wohnhaus der Hunter-Werft hingegen ist ruhig. Totenstill. Sogar die Staubkörner scheinen der Schwerkraft trotzend stillzustehen, als ich leise zur Zimmertür laufe und auf Geräusche lausche, die bestätigen, dass ich den Schrei, der mich geweckt hat, nicht nur geträumt habe. Meine Fußsohlen schmiegen sich an den kühlen Holzboden. In Gedanken zähle ich die Sekunden. Als ich bei zehn angekommen bin, entspanne ich mich. Alles scheint friedlich. Vielleicht habe ich wirklich nur geträumt.

Trotzdem verlasse ich mein Zimmer, um sicherzugehen. Zunächst überquere ich den Flur und gehe ins Bad. Es liegt dunkel und verlassen da. Ich lasse mir etwas Wasser über die Handgelenke laufen, um richtig wach zu werden, und trockne mich dann ab. Die Handtücher hat Jake für mich auf den wuchtigen Waschtisch gelegt. Sie riechen nach Weichspüler und ihm. Ich vergrabe mein Gesicht für einen Augenblick in dem festen Stoff, bevor ich zurück auf den Flur trete. Mein

Blick wandert zu der halb geöffneten Tür des Gästezimmers und dann zu der fest verschlossenen von Jake. Auch wenn nichts zu hören ist, will ich mich vergewissern, dass er okay ist. Ich schiebe das Bild von seinen Verletzungen beiseite, das mir in Erinnerung ruft, dass es ihm nicht gutgeht. Egal, ob er hinter dieser Tür friedlich schläft oder nicht.

So geräuschlos wie möglich drehe ich den Knauf. Das Halbdunkel gibt mir das Gefühl, durch ein Zeitloch zurück in unsere Jugend gerutscht zu sein. Alles in diesem Raum sieht noch so aus wie zu Jakes Highschool-Zeiten. Nur er nicht. Er ist größer als früher, muskulöser und nimmt auf eine männliche Art und Weise viel mehr Raum im Bett ein.

Aber das ist nicht, was mich stocksteif stehen bleiben lässt. Es ist die Art, wie Jake sich unruhig im Schlaf hin und her wirft. Seine Muskeln sind verkrampft, es sieht fast aus, als hätte er körperliche Schmerzen. Vorsichtig taste ich mich an den Buchregalen entlang Richtung Bett.

»Nein! Nicht! Nei…«, presst er durch seine zusammengebissenen Zähnen hervor. Seine Stimme bricht mit jeder Silbe, bis er mitten im Wort verstummt und sich mit einem Stöhnen gegen die Matratze stemmt. Als wäre das die einzige Möglichkeit, dem Schrecken in seinem Inneren zu entkommen.

Dabei ist es das nicht: Ich bin hier. Ich kann ihm helfen. Indem ich ihn wecke. Und zwar schnell. Hastig schlängle ich mich zwischen zwei großen Taschen, die er noch immer nicht ausgepackt hat, und seinem Gitarrenkoffer hindurch. Ich mochte es immer, wenn Jake am Strand der Halfmoon Bay leise vor sich hin geklimpert hat und sich von Zeit zu Zeit eine Melodie aus den wirr aneinandergereihten Tönen erhob, zu der wir dann lautstark am Lagerfeuer sangen.

»Bitte nicht, bitte«, fleht Jake, und ich erkenne Tränen in seiner Stimme, während sich seine Faust um das Laken krallt und sich sein Körper krümmt.

Ich habe das Bett erreicht und berühre seine Schulter. Rüttle ihn. Aber Jake reagiert nicht. Ungesund abgehackte Atemzüge liegen zwischen uns. »Jake?« Ich berühre sein Gesicht, rufe ihn noch mal, aber er taucht einfach nicht aus dem zähflüssigen Traum auf, der ihn quält. Ich rutsche neben ihn auf das Bett, schlinge meine Arme um ihn, flüstere immer wieder seinen Namen. Als er auch darauf nicht reagiert, küsse ich ihn.

Seine Lippen sind viel zu kühl. Ich bedecke sie mit meinen und presse meinen Mund so lange auf seinen, bis er schließlich aufwacht. Seine Hand schiebt sich an meiner Wange entlang bis in mein Haar. Es ist eine verzweifelte Berührung, während ihm meine Lippen Ruhe schenken.

»Jake«, flüstere ich zwischen zwei sanften Küssen. Und das bringt ihn endlich ganz zurück zu mir. Da ist Erkennen in seinen Augen. Aber ich sehe auch die Finsternis, die noch immer ihren Raum fordert.

»Haze«, bringt Jake brüchig hervor. Sekundenlang ringt er um Atem. Um Fassung. Um Souveränität, bevor er aufgibt. Ich streiche ihm zärtlich durch das halblange Haar. Berühre seinen Bart, seine Lippen und küsse jeden Zentimeter, den meine Finger zuvor berührt haben.

Jake lässt es zu, auch wenn ich spüre, dass es ihn Überwindung kostet. Seine Muskeln entspannen sich etwas. Sein Atem passt sich meinem an. Er seufzt leise, und ich spüre das Zittern, das darin mitschwingt. Aber dann hält er urplötzlich meine Hand fest.

»Lass mich«, flüstere ich in die Dunkelheit, die zwischen uns liegt. »Lass mich dir helfen.«

Jake zögert, schüttelt aber den Kopf, und ich spüre, wie er sich von mir entfernt. Wahrscheinlich denkt er, er müsse standhaft sein und mich dadurch vor der Scheiße schützen, die ihn verfolgt. Aber es geht hier nicht um mich. Und selbst wenn es das täte, wäre Abstand das Letzte, was ich wollte.

Ich winde mein Handgelenk aus seinem Griff, ohne meinen Blick von ihm zu lösen. Das Dunkel seiner Augen löst ein Prickeln in meinem Innersten aus. Ich rücke noch etwas näher an ihn heran, so dass mein Körper eng an seinen gepresst ist, und küsse ihn. Lang und tief dieses Mal. Sein Widerstand zerrinnt unter meinen Lippen, bis er mich schließlich an sich zieht und seine Zunge mit einer verzweifelten Intensität zwischen meine geöffneten Lippen dringt. Ich könnte eine Ewigkeit in diesem Kuss verbringen. Ich will mir Zeit lassen. Ihn lieben. Aber für Jake ist das hier die einzige Art, um hinauszulassen, was ihn in seinen Träumen heimsucht. Und dieses Etwas ist groß, widerwärtig und lässt keinen Raum für Zärtlichkeit, Ruhe oder Emotionen. Ich bin sein Ventil. Und seine Zuflucht.

Ich schmiege mich an ihn und erwidere seinen Kuss mit derselben Intensität. Er schiebt seine Hände an meinem engen Top hinab, das ich beim Schlafen getragen habe. Außer dem Shirt habe ich nur eine Baumwoll-Panty an, die Jakes Hände streifen, bevor er die nackte Haut meiner Schenkel erreicht. Er stöhnt auf, als er meinen Hintern umfasst und mich so dreht, dass ich unter ihm liege.

Ich liebe es, wie sich seine breiten Schultern gegen das Mondlicht abzeichnen, das durch das Fenster neben dem Bett auf ihn fällt. Als er kurz innehält, taste ich nach dem Saum seines Shirts. Langsam schiebe ich es an seinem Körper nach oben. Dabei streifen meine Fingerkuppen seine Muskeln.

Jake hilft mir, ihm das Oberteil ganz auszuziehen, und verharrt dann sekundenlang über mir. Ich lasse meine Finger den Konturen seines Gesichts folgen und streiche an seinen Schultern entlang, berühre seine Brust und die harten Muskelplatten seines Bauches.

Jake sieht mich fasziniert an, beendet den kurzen Augenblick der Zärtlichkeit aber, indem er sich zu einem harten schweren Kuss auf mich hinabsenkt und seine Erregung gegen meine Mitte presst.

Ich lasse zu, dass sein Kuss, sein ganzer Körper mich dominiert. Jake braucht die Kontrolle. Weil alles andere in seinem Leben aus den Fugen geraten ist. Normalerweise bin ich niemand, der auf Dominanz oder auf Kontrollverlust steht, aber es hat sich auch noch nie so gut angefühlt wie mit Jake.

Ich gebe mich ihm hin, wölbe mich ihm entgegen und keuche auf, als er mein Shirt nach oben schiebt und seine Lippen meine Brüste finden.

Er reizt meine Spitzen, liebkost sie mit seiner Zunge, bis ich glaube, zu zerspringen. Meine Finger habe ich fest in seinem Haar vergraben, als würde ich sonst ins Bodenlose fallen. Ich schließe die Augen, als mir klar wird, dass ich genau das will. Ich will fallen. Mit ihm.

Ich löse meine Hände, und Jake versteht. Er richtet sich auf, und ich schiebe hastig meinen Slip hinab, bis er meine Knöchel berührt. Mit einer knappen Fußbewegung schleudere ich ihn ganz weg.

Dann öffne ich meine Augen und setze mich auf. Ich knie vor Jake, schlinge meine Arme um ihn und stürze mich in einen neuen, noch wilderen Kuss. Ungeduldig gleite ich auf seinen Schoß und bewege mich an seinem harten Schwanz.

Sein Atem beschleunigt sich, und sein Herz schlägt hart

gegen den Brustkorb, als er mich erst an sich zieht und mich dann erneut unter sich dreht. Im selben Moment, in dem unsere Körper auf der Matratze aufkommen, dringt Jake in mich ein. Ich stöhne verzweifelt und dränge mich seinen harten Stößen entgegen, erwidere jede seiner Bewegungen.

Seine Hände graben sich in mein Fleisch, als er meine Schenkel umfasst und anhebt, um noch tiefer in mich zu gleiten. Ich umschlinge seinen Nacken und sehe ihm in die Augen, während er uns schnell, wild und hart in Richtung Höhepunkt treibt.

Unsere Lippen berühren einander, und unser Atem vermischt sich, als ich schließlich zuckend und bebend komme. Jake stöhnt, und ich sehe, wie es ihn anmacht, meine Lust zu spüren. Er folgt mir nur Sekunden später und trifft mit seinem Orgasmus mitten in die zitternden Ausläufer meiner Lust. Ich streiche seinen Rücken hinab, umfasse seinen Hintern und dränge ihn eng an mich, bis seine Erregung nachlässt und er regungslos auf mir liegt. Ich genieße jede Sekunde dieser Nähe zu ihm. Auch weil ich weiß, dass er sie viel zu schnell wieder beenden wird. Noch aber streicht er mir liebevoll durchs Haar, und ich spüre seinen Atem an meinem Ohr.

Wenig später stemmt Jake sich auf seine Unterarme und sieht mich durch das Wirrwarr an Haarsträhnen an, das ihm in die Stirn fällt. Ein Lächeln huscht über seine Lippen, bevor er sich vorsichtig von mir herunterrollt und dicht neben mir liegen bleibt.

Ich sollte aufstehen und in mein Zimmer zurückgehen, aber stattdessen liege ich einfach nur erschöpft neben ihm und wünschte, es wäre okay, in seine Arme zu schlüpfen und das Stück erkaltetes Laken zwischen uns zu überwinden.

Ich sehe zur Decke. Jedes Astloch des Holzes ist mir vertraut. Als Jake das Bett neu bekommen hat, mussten wir zwei geschlagene Wochen unsere Carson-Hunter-Treffen auf die Bettinsel verlegen, weil Jake so dermaßen stolz auf das wuchtige Teil war. Dabei waren es Sommerferien, und der See lockte mit Sonne und jeder Menge Verheißungen. Aber schon damals blieb ich lieber mit ihm hier drinnen, als dass ich irgendwo anders hingehen wollte. Daran haben auch die fünf Jahre nichts geändert, die wir einander nicht gesehen haben.

»Liz wird mir den Kopf abreißen«, sagt Jake in die Stille hinein.

Ich antworte nicht, weil ich weiß, was er meint. Liz hat das dringende Bedürfnis, uns Schwestern zu beschützen. Diese Macke beschränkt sich nicht nur auf Amber, die noch minderjährig ist, sondern auf alle Schwestern. Und sie hat mehr als deutlich gemacht, dass sie Jake für zu kaputt hält, um mich glücklich zu machen.

Er streift meinen Unterarm und legt seine Hand so nah neben meine, dass ich ihn spüre, obwohl seine Finger meine nicht berühren.

Eine Weile ist es still, und ich dämmere bereits dem Schlaf entgegen, als Jake plötzlich leise sagt: »Trotzdem bin ich froh, dass du hier bist. War ein verdammt finsterer Ort, an dem ich war.«

Er atmet tief durch, führt seine Aussage aber nicht weiter aus. Ich höre seinen regelmäßigen Atem und bleibe ebenfalls stumm. Dabei sollte ich fragen, was ihn in seinen Träumen heimgesucht hat. Er muss darüber sprechen, wenn es jemals besser werden soll. Er träumt nicht einfach nur schlecht. Das ist kein Anflug von Unwohlsein, sondern etwas, das er ohne Hilfe nicht mehr loswerden wird. So viel ist klar. Aber mir ist ebenso bewusst, dass er ausweichen und sich zurückziehen wird, sollte ich die Intimität zwischen uns durch Worte zerstören.

Und nach dem heutigen Tag bin ich nicht bereit, die Nähe zu Jake aufzugeben. Das ist wahrscheinlich episch egoistisch, aber trotzdem bleibe ich liegen. Ich spüre seine Hand dicht an meiner, seinen Körper neben mir und schlafe irgendwann mit dem warmen Gefühl in der Brust ein, ihn zu lieben. Das habe ich schon immer getan, aber mir ist klar, die letzten Tage haben nicht nur die Form dieser Liebe verändert, sondern einfach alles.

Kapitel 10

Es ist bereits später Vormittag, als ich wach werde. Das sagt mir nicht nur der Blick auf das Display des Weckers, der neben mir auf dem Holzboden steht, sondern auch die Sonne, die ein warmes, goldgelbes Rechteck auf das Bett wirft. Auf Jakes Bett. Ein Lächeln gleitet über meine Lippen. Wir haben die Nacht zusammen verbracht. Aber dann wird mir bewusst, dass er nicht mehr neben mir liegt. Jakes Bettseite ist verlassen, das Laken längst erkaltet.

Seufzend setze ich mich auf und schwinge die Beine über die Bettkante. Entweder frühstückt er unten, oder er arbeitet bereits. Er war schon immer ein Frühaufsteher, und nach gestern Nacht ist klar, dass Schlafen derzeit nicht zu seinen Lieblingsbeschäftigungen gehört.

Ich laufe über den Flur zum Gästezimmer, schlüpfe eilig in meine Jeans und streife meine weite graue Wolljacke über das Schlaftop. Grace hat sie für mich gestrickt, als sie einer kurzfristigen Obsession fürs Stricken erlegen war. Ich trage sie ständig. Nicht nur, weil meine Zwillingsschwester nicht müde wird, mir zu versichern, wie scheiße anstrengend und schwer das Strickmuster umzusetzen war, sondern vor allem, weil ich die Liebe meiner Schwester zwischen jeder der Maschen spüre. Ich husche ins Bad und putze mir die Zähne mit einer neuen Zahnbürste, die ich nach einigem Suchen in der untersten Schublade des Waschtischs finde. Bevor ich nachher

Spätschicht im Diner habe, muss ich dringend duschen. Ich beäuge den unberechenbaren Boiler und überlege ernsthaft, vor meiner Schicht nach Pinewood Meadows zu fahren, um dort zu duschen. Ich habe nämlich keine Lust, mich mit dem Ding anzulegen.

Ich verschiebe die Entscheidung auf später, weil ich erst einmal etwas gegen den Hunger tun muss. Während ich die Treppe hinunterlaufe, rufe ich ein Guten Morgen, aber mein Gruß verhallt in einer leeren Küche. Auf dem Tisch stehen Toastbrot, eine kleine Auswahl an Aufschnitt und eine Schüssel mit Obst. Jake isst meistens nur ein Croissant oder einen Buttertoast, den er grundsätzlich in seinem Kaffee ertränkt. Das Ensemble auf dem Tisch zeigt, er hat sich Mühe gegeben, damit ich mich auf der Hunter-Werft wohl fühle.

Im Stehen bestreiche ich eine Scheibe Toast mit Butter und Marmelade, gieße mir Kaffee in einen Becher und verlasse so ausgerüstet die Küche. Im Flur schlüpfe ich in meine Boots und trete auf die Veranda.

Es ist kalt, aber die Frühlingssonne wärmt mich, sobald ich ganz auf den Vorplatz hinausgehe. Big Mac kommt über den Steg auf mich zugerannt. Jake hingegen sehe ich nirgends. Ich begrüße den Hund mit so viel Eifer, dass es für drei Hundeleben reichen müsste, und erliege schließlich seinem herzergreifenden Bettelblick. Mit einem Lachen gebe ich ihm den Rest meines Toasts.

Das Stück verschwindet in Lichtgeschwindigkeit in Bic Macs Magen. Dann vergewissert der Hund sich, dass es bei mir nichts mehr zu holen gibt, und zieht wieder ab. Ich folge ihm, und tatsächlich bringt er mich auf direktem Weg zu Jake.

Er schleift in der hinteren Halle den Rumpf eines der Ausflugsboote ab. Ich berühre ihn vorsichtig am Arm, um ihn nicht zu erschrecken, und hebe meine Hand, als er sich zu mir umdreht.

Das Schreien der Maschine verstummt, und Jake entfernt den Hörschutz von seinen Ohren, so dass dieser locker um seinen Hals baumelt. »Hi«, sagt er mit einem Lächeln.

»Hi.« Ich würde ihn gern in die Arme schließen, aber ich bin nicht sicher, ob ich damit zu weit gehen würde. Immerhin macht Jake keine Anstalten, die Distanz zwischen uns zu überwinden.

»Ich hab dir Frühstück stehen lassen.« Er deutet zum Wohnhaus, und ich nicke.

»Ja, danke. Big Mac und ich haben uns schon einen Toast geteilt.« Ich fahre dem Hund durchs Fell und kraule ihn sanft hinter den Ohren. »Jake?«, beginne ich, stocke jedoch. Ich weiß nicht, wie ich die richtigen Worte finden soll, um ihn nach gestern Nacht zu fragen.

»Was?« Er geht bereits in die Defensive. Natürlich ist ihm klar, worüber ich reden will.

Ich schließe die Augen und atme tief durch. »Wegen letzter Nacht. Sollten wir darüber sprechen?«

Er sieht mich an und schüttelt den Kopf.

»Jake, bitte«, versuche ich, ihn umzustimmen, aber alles, was ich damit erreiche, ist, dass sich sein Blick verfinstert. Er legt den Akkuschleifer aus der Hand und baut sich vor mir auf. Dabei kommt er mir so nah, dass es mein Herz auf links dreht.

»Ich will nicht darüber reden. Akzeptier das bitte!«, sagt er eindringlich. »Ich kann nicht.« Seine Hand greift unter meine Jacke und schließt sich auf Höhe der Taille um den Stoff meines Tops, und bevor ich widersprechen kann, zieht er mich an sich und küsst mich.

Ich sollte vermutlich nicht auf sein Ablenkungsmanöver eingehen, aber mein Körper ist da vollkommen anderer Meinung. Ich ergebe mich Jakes Zunge, die meinen Mund erobert, seinen Lippen, die mich reizen, und seinen Händen, die mich halten.

Er dreht mich mit dem Rücken zum Boot und drängt mich gegen das Holz. Der herbe Geruch nach Lack mischt sich mit dem nach Staub und Seewasser. Diese Mischung hat schon immer zu Jake gehört. Ich seufze, als er mich hungrig küsst und damit ein heißes Prickeln in meinen Eingeweiden entfacht.

Als er seinen anbetungswürdigen Körper an meinen presst, stöhne ich leise. Er will mich. Und alles, woran ich denken kann, ist, dass ich ihn mindestens genauso sehr will. Aber ich weiß auch, dass wir nicht von einem Mal Sex zum nächsten stolpern sollten. Weil es weder seine noch meine Probleme löst und weil es mich dazu bringt, mich immer weiter in meine Gefühle für ihn zu verstricken. Außerdem habe ich für heute andere Pläne. Nämlich meiner kleinen Schwester zu helfen, und das hat oberste Priorität.

Ich umschlinge seinen Nacken und bremse seine Leidenschaft, indem ich winzige Küsse auf seiner Schläfe, seiner Stirn und seinem Gesicht platziere. Wie erwartet stoppt Jake mich.

»Ich kann nicht«, wiederholt er die Worte, die schon unser Gespräch beendet haben, und ersetzt die Zärtlichkeit meiner Küsse durch etwas Forderndes, das mir den Atem raubt und meinen Widerstand fast bricht. Aber nur fast.

»Nicht, Jake«, flüstere ich erstickt an seinen Lippen. »Ich muss los.«

Jake hält inne und sieht mich zweifelnd an. »Jetzt?« Seine

Stimme ist belegt, und sein Blick trägt noch immer Leidenschaft in sich. »Ist das dein Ernst?«

Ich muss lachen. »Ja, jetzt«, bestätige ich. »Sonst schaffe ich es nicht mehr vor meiner Schicht im Diner nach Tahoe Heights.«

»Autsch.« Jake tut so, als hätte meine Zurückweisung ihn ehrlich getroffen. Er macht einen Schritt nach hinten und gibt mich dadurch frei, während er gedankenverloren über seine Lippen streicht, die eben noch mit meinen verschmolzen waren. »Was kann denn so dringend sein?« Ich sehe die Hoffnung in seinem Gesicht, ich würde es mir doch noch anders überlegen und unsere Körper das Vergessen erledigen lassen.

»Ich wollte mir den Cold Water Diner ansehen. Die sind ziemlich erfolgreich mit ihrem Konzept eines Familienrestaurants, das zudem Livemusik anbietet. Ich habe es Ambs schon vor einer Ewigkeit versprochen, damit sich ihr Wunsch nach einer Bühne in unserem Diner endlich erfüllt. Und ich denke, es könnte ihr gerade helfen, sich auf etwas Gutes zu konzentrieren – sofern es mir gelingt, Liz mit schlagkräftigen Argumenten zu überreden.«

»Du versuchst, Ambs zu manipulieren, damit sie und Liz dir vergeben, dass du die komische Mary Poppins vom Jugendamt reingelassen hast.« Er grinst und nickt anerkennend. »So viel List hätte ich dir gar nicht zugetraut, Hazel Carson.«

Ich schlage die Augen nieder. »Ich habe es ihr bereits versprochen, *bevor* das alles passiert ist«, rechtfertige ich mich.

Er umfasst mein Kinn und hebt es so weit an, dass ich ihm in die Augen sehen muss. »Das war ein Witz.«

Ich schenke ihm mein grässlichstes Grinsen, und wie gestern bricht dieses alte Lachen aus ihm hervor, das etwas in mir zum Schwingen bringt. »Wie wäre es, wenn du mich begleitest?«, sprudelt es aus mir heraus, und es tut mir kein bisschen leid, dass mein Mund dieses Mal schneller war als mein Kopf. »Die haben dort traditionellen Mountain-Apple-Pie«, ködere ich ihn.

»Verlockend!« Als er das sagt, sieht er mich durchdringend an, schüttelt dann aber den Kopf. »Aber ich muss das Boot zu Ende schleifen und neu versiegeln. Wenn ich nicht weitermache, brauche ich gar nicht mehr anzufangen. Dann schnappt mir die Bank die Boote weg, bevor sie Gewinn einfahren könnten.«

Ich bin ein kleines bisschen enttäuscht. Es wäre schön gewesen, den Tag mit ihm zu verbringen. An einem Ort, an dem ihn nicht jeder Winkel an seinen Dad erinnert. Und wo er nicht jede Nacht von seinen Träumen heimgesucht wird. Trotzdem verstehe ich, dass er in der jetzigen Situation keine Zeit verlieren darf, und lasse mir nichts anmerken.

»Okay, dann fahre ich mal«, sage ich leise und bin unsicher, ob ich ihn küssen, ihn umarmen oder besser einfach gehen soll.

Jake nimmt mir die Entscheidung ab, indem er mich in seine Arme zieht, mich küsst und mich dann wieder freigibt. »Ich bringe dich noch zum Auto.«

»Das musst du nicht«, sage ich, halte ihn aber nicht auf, als er neben mir aus der Halle tritt und wir den Platz zwischen den Gebäuden überqueren.

Der Buick steht direkt neben Jakes Wagen vor dem Wohnhaus. Ich will gerade einsteigen, als Coles Redneckschleuder am Ende der Auffahrt auftaucht.

Jake verdreht die Augen und fährt sich durch die Haare. »Die geben einfach nicht auf«, brummt er und stützt sich auf dem Dach des Buicks auf.

»Kann ich dich mit ihnen allein lassen?« Ich bin unsicher. Immerhin haben Evan und Jake sich schon einmal geschlagen.

»Hi, Jake«, grüßt Cole, als er und sein Bruder aus dem Wagen steigen.

Ich sehe, wie Jake sich versteift. Trotzdem gibt er Cole die Hand. Dann versenkt er sie jedoch in seinen Hosentaschen. Ein klares Statement, dass er Evan nicht begrüßen wird.

»Evan?«, fordert Cole seinen Bruder auf und gibt ihm einen Schubs in Jakes Richtung.

»Tut mir leid«, murmelt Evan. »Also, die Sache mit gestern. Dich unter Druck zu setzen wegen des Kredits. Das war nicht cool.«

Jake hört ihm zumindest zu, verzieht aber keine Miene.

»Okay, war doch gar nicht so schwer«, lobt Cole, als von Evan nichts mehr kommt.

Evan nickt und reicht Jake die Hand. Der erwidert den Händedruck mit zusammengepressten Zähnen.

Cole scheint zufrieden. »Jungs, ich schätze, dass wir alle lernen müssen, anders miteinander umzugehen, wenn wir in Zukunft Geschäftspartner sein wollen.«

»Ich habe wirklich nichts gegen dich, Cole«, unterbricht Jake Cole, und sein Blick ist hart. »Aber egal, was ihr mit meinem Dad abgemacht habt: Er ist tot, und ich als Erbe werde nicht verkaufen.«

Evan lacht ungläubig auf und deutet auf Jake. »Ich habe es dir gesagt, Cole. Er kapiert es nicht.«

»Was kapiere ich nicht?« Jake schüttelt den Kopf. »Dass ihr die Kohle habt, die mir fehlt? Doch Evan, das kapiere ich, aber das heißt nicht, dass ich euch deswegen das Erbe meines Vaters überlasse. Ich finde Mittel und Wege, um diesen Kredit abzubezahlen. Ohne euch.«

Cole versucht, sich einzumischen und die Wogen zu glätten. »Es geht überhaupt nicht darum, dass du uns etwas überlassen sollst.« Er legt Jake die Hand auf die Schulter. »Wir würden das Ganze im Sinne deines Vaters weiterführen, und du hättest volles Mitspracherecht.«

»Gute Idee, wo er doch so hochprofessionell ist, wenn es ums Geschäft geht«, stößt Evan hervor und verstummt, weil Cole ihm einen tödlichen Blick zuwirft.

»Überleg es dir, Jake. Wir brauchen dein Know-how und du unser Geld.«

»Niemals«, sagt Jake leise, aber bestimmt.

»Die Bank wird das nicht mehr lange mitmachen.« Evan wendet sich bereits ab, um ins Auto zu steigen und wieder zu fahren, aber für Cole ist die Sache noch nicht durch.

»Ist das wirklich, was du willst? Wir bieten dir hier eine echte Chance. Wenn all das hier erst einmal in die Versteigerung geht, ist die Hunter-Werft hochoffiziell pleite. Das schadet dem Ansehen der Werft und dir. Die Leute zerreißen sich das Maul und schieben die Pleite auf die Qualität deiner Arbeit, nicht auf die äußeren Umstände.« Cole hält inne. »Und das ist nicht alles. Geduld ist nicht Evans Stärke. Dass er bis jetzt Fiona und mir zuliebe abwartet, wird nicht ewig so bleiben. Aus eigener Erfahrung sage ich dir, dass du meinen Bruder, was das Geschäftliche angeht, nicht als Gegner haben willst.«

Jake nickt, erwidert aber nichts. Stattdessen öffnet er die Beifahrertür meines Wagens, rutscht auf den Sitz und lässt Cole einfach stehen. »Ich habe es mir anders überlegt, Haze. Ich glaub, ich muss dringend hier weg«, sagt er mit einem Blick auf die Harris Brüder und knallt die Wagentür zu. Big Mac steht zunächst unschlüssig vor der Tür. Er ist es gewohnt,

Jake um sich zu haben, aber als dieser keine Anstalten macht, ihn ins Auto zu bitten, verzieht er sich auf die Ladefläche des Pick-ups und kuschelt sich ergeben in seine Decken.

Ich werfe Cole einen entschuldigenden Blick zu und steige dann ebenfalls ein. Ich mag Cole, und ich weiß, dass er nur versucht zu helfen, aber wenn ich zwischen seiner Gesellschaft und der von Jake wählen muss, ist die Entscheidung klar.

»Du hast dich also für Mountain-Apple-Pie entschieden?«, frage ich so leichthin wie möglich und starte den Motor. Ich wende und lasse die Auffahrt der Hunter-Werft schnell hinter uns.

»Ich habe mich gegen den Harris-Idioten und Cole entschieden«, sagt er schroff, aber dann atmet er tief durch und sieht mich an. Seine Stimme wird sanft. »Und für dich und diese Kalorienperversität, wie sie nur eine der Carson-Schwestern auftreiben kann, denke ich.«

Er hat sich für mich entschieden. Ich kann nichts gegen die Glückswelle tun, die durch mein Innerstes schwappt. Und ich will es auch nicht. Ich will die Zeit mit Jake genießen. Also drehe ich das Radio auf und singe leise mit.

Jake sieht zu mir, und das Lächeln, das er mir schenkt, reicht vollkommen aus. Er muss nicht singen oder so tun, als wäre alles in Ordnung. Es reicht, wenn es ihm bessergeht als letzte Nacht.

Kapitel 11

Tahoe Heights begrüßt uns mit einem riesigen Holzschild, auf dem neben dem Ortsnamen auch das Gründungsjahr 1911, jede Menge Pinien und der See eingraviert sind. Es ist wie das Örtchen selbst bunt, wunderschön und bis ins Detail liebevoll hergerichtet. Ich parke den Buick auf dem Parkplatz eines winzigen Grocery Stores, in dem man mehr Campingmaterial erstehen kann als Lebensmittel.

Jake klettert aus dem Auto und streckt sich, bevor er sich umsieht. »Kann mich nicht entsinnen, wann ich das letzte Mal in diesem Nest war.«

Bei ihm hört es sich an, als wäre Cooper Springs im Vergleich dazu eine Metropole. Dabei liegt Tahoe Heights unmittelbar an der Grenze zu Tahoe City und ist damit weit weniger verschlafen als unser Ort.

»Damals sind wir mit der *Pinewood Dreams* hergesegelt.« Ich schlucke. »Kurz bevor …« Ich beende den Satz nicht. Weil man ihn auf so viele Weisen enden lassen könnte. Kurz bevor Mom und Dad starben. Kurz bevor Fiona geflüchtet ist und wir sie für immer verloren glaubten. Kurz bevor Jake auf seinen Einsatz ging, der ihn für immer verändert hat.

Als wir das letzte Mal hier waren, haben wir Eis gegessen, herumgealbert, und Jake hat zusammen mit Dad so getan, als würde er Fiona über Bord schmeißen, weil sie so dermaßen schlechte Laune wegen des Ausflugs hatte. Sie wollte nicht mit, weil es arschkalt war und nur Verrückte sich bei so einem Wetter auf den See wagen würden, wie sie sagte. Aber Dad hat darauf bestanden, dass sie mitkam.

Ich war eifersüchtig, weil Jake mit ihr herumalberte und mich gar nicht wahrnahm. Ich weiß noch, wie ich dachte, dass es besser gewesen wäre, Dad hätte Fi mit ihrer Laune in ihrem Zimmer gelassen. Dann hätte Jake sich vielleicht zu mir in den Bug der *Pinewood Dreams* gelegt und nicht Grace. Gemeinsam haben wir in den klaren, blauen Himmel geschaut, aber nur ich habe immer wieder heimliche Blicke zu Jake geworfen. Er hatte sich zu Dad gesetzt und sprach leise mit ihm. Ich erinnere mich daran, wie sich das Sonnenlicht in seiner Sonnenbrille brach, wie er sich durch die damals kurzen Haare fuhr und wie gern ich ihn in diesem Moment geküsst hätte, egal wie abwegig das zu dem Zeitpunkt erschien.

Jake zieht mich in seine Arme und reißt mich damit aus der Erinnerung. »Ich wollte dich nicht daran erinnern. Tut mir leid«, flüstert er und geht genauso plötzlich wieder auf Abstand, wie er die Nähe gesucht hat.

»Ich erinnere mich gern«, erwidere ich und straffe die Schultern. »So bleiben sie mir nah.« Ich blinzle eine verirrte Träne weg, für die ich mich nicht schäme. Wir alle haben andere Wege, mit dem Verlust von Mom und Dad oder anderen geliebten Menschen umzugehen. Fiona ist nach Europa gegangen, Amber montiert Radmuttern ab, und Jake verdrängt den Schmerz über den Verlust seines Vaters, indem er sich kopfüber in Arbeit stürzt. Oder in eine Affäre mit mir.

Mein Weg war es immer, den Schmerz zuzulassen und mich lieber mit einem lachenden und einem weinenden Auge zu erinnern, als zu vergessen.

Jake nickt und sieht mich nachdenklich an, bevor er die

Luft ausstößt. »Was ist mit der *Pinewood Dreams* passiert? Sie liegt nicht mehr am Anleger, und der Bootsschuppen steht leer.«

Ich verziehe mein Gesicht zu einer Grimasse. »Ambs hat sie beim ersten großen Sturm nach Moms und Dads Tod losgebunden. Sie ist gesunken.« Und mit ihr so viele meiner schönsten Erinnerungen, die erst jetzt durch Jake wiederauftauchen.

Er sieht mich fassungslos an. »Sie hat das Boot versenkt?«

Es hat mich unendlich traurig gemacht, dieses Boot zu verlieren. Ich glaube, es war das einzige Mal, dass ich wirklich stinkwütend auf meine kleine Schwester war. »Und sie beschallt regelmäßig den See mit schrecklicher Musik, natürlich zu Uhrzeiten, wenn andere Menschen schlafen. Sie schraubt Radmuttern von den Autos von Liz' Verehrern, und sie hat sogar versucht, Coles Redneckschleuder mit Steinen in die ewigen Jagdgründe zu befördern.« Ich zucke mit den Schultern. »Es ist ihre verquere Art, mit Dingen umzugehen, die sie von innen heraus vergiften, und sie ist eine echte Plage, aber ich liebe sie trotzdem.« Ich lache leise und verdrehe ergeben die Augen.

Jake streift meinen Arm und fragt: »Also, wo möchtest du als Erstes hingehen?«

»Einfach überall.«

Jake lacht. »Du bist so präzise wie Ambers Launen.« Aber seine Worte klingen nicht hart oder abwertend. Die Wärme darin zeigt, dass er meine kleine Schwester trotz ihrer Macken schätzt und genauso sehr mag wie mich.

Ich hake ihn unter und ziehe ihn mit mir durch die Ausläufer der Blackwood-Ridge-Wälder. Bunte Holzhäuser schmiegen sich zwischen die mächtigen Stämme der Bäume.

Wimpelketten, die über der Straße flattern, Holzdekorationen an den Zufahrten der Häuser und liebevoll ausgesuchte Stoffe auf den Bänken der Verandas erwecken den Anschein einer verwunschenen Stadt. Damit unterscheidet sie sich kaum von Cooper Springs. Ich liebe den Charme all dieser kleinen Städte rund um den See.

Wir schlendern schweigend durch den Ortskern, der sich in der Nähe des breiten Sandstrands von Tahoe Heights befindet. Ein Pier führt weit in den Lake Tahoe hinein und bietet Anglern und Sonnenanbetern gleichermaßen Zuflucht. Wir stoppen erst ganz am Ende des Piers, wo im Sommer die Halbstarken der Stadt ihren Mut zusammenkratzen und vom höchsten Punkt aus in den See springen.

Die Sonne steht bereits tief, wie üblich am frühen Nachmittag zu dieser Jahreszeit, und ich schließe die Augen. Die Strahlen wärmen meine Lider, und ich lächle.

Weiß Gott ist nicht alles, was passiert, perfekt, aber dieser Moment ist es.

Ich blinzle zur Seite und sehe, wie Jake tief durchatmet. Er hat die Augen ebenfalls geschlossen und saugt den Frieden des Augenblicks auf. Er wirkt entspannt, und das Getriebene, das ihn sonst immer umgibt, ist einer spürbaren Ruhe gewichen. Eine Weile stehen wir einfach nur da, bis Jake leise in die Hände klatscht. »Hattest du nicht etwas von einem weltbesten Apfelkuchen gesagt?«

Ich schüttle grinsend den Kopf und sehe ihn an. »Den weltbesten macht Fi, aber der hier soll ganz in Ordnung sein.«

Er zwickt mich in die Seite. »Du meinst, du hast mich hierhergeschleift, obwohl ich nur hätte darauf warten müssen, dass der Harris-Idiot es wieder versaut?«

»Wenn Fi Liebeskummer hat, backt sie Muffins. In allen Varianten. Mountain-Apple-Pie nur, wenn sie glücklich ist, also wünsch dir lieber nicht, dass Evan es noch mal verbockt.«

»Würde ich nie«, sagt Jake ernst. Er haucht warmen Atem in den Raum zwischen seinen Händen. »Fiona sollte endlich glücklich werden, und wenn er dazu nötig ist …« Er zuckt ergeben mit den Schultern. »Ich denke zwar, jeder andere Typ wäre die bessere Wahl gewesen, aber vielleicht hält sie Evan in Zukunft wenigstens so sehr auf Trab, dass er mich nicht mehr wegen der Werft nervt.«

»Klingt nach einem Plan, Mr Hunter.« Ich lächle ihm zu, während wir gemeinsam zum Cold Water Diner gehen, der direkt hinter dem Pier am Strand liegt.

Eine ausladende Holzveranda umgibt das Blockhaus, in dem das Lokal liegt. Filigrane, nostalgisch anmutende Metalltischchen stehen auf den Planken. Windlichter und Kerzen lockern das Bild auf, während mehrere Heizpilze dafür sorgen, dass die Veranda auch zu dieser Jahreszeit gut besucht ist.

Ich speichere alle Eindrücke ab und betrete hinter Jake das Innere des Diners. Auch hier ist viel Wert auf Dekoration im gleichen Stil wie draußen gelegt worden. Vom äußeren Erscheinungsbild unterscheiden sich dieser Diner und unserer nicht allzu sehr. In beiden Lokalitäten fühle ich mich sofort wohl. Den Unterschied macht die Bühne im Cold Water Diner, die zusammen mit der Tanzfläche fast ein Viertel der Gesamtfläche einnimmt. Das bedeutet weniger Platz für Tische und damit weniger Einnahmen. Das wird Liz nicht gefallen.

Wir suchen uns einen freien Tisch direkt am Fenster und setzen uns.

»Was meinst du?«, fragt Jake mich, nachdem auch er sich einen ersten Eindruck verschafft hat.

Ich erkläre Jake die Platzproblematik, und er denkt einen Augenblick darüber nach.

»Wie wäre es, wenn man den Außenbereich ähnlich wie hier auch im Winter nutzbar machen würde? Dann hättet ihr schon mal mehr Platz. Und wenn man dann auch noch den Abstellraum hinzunimmt, sollte eine Bühne mit kleiner Tanzfläche drin sein.«

»Schon«, beginne ich. »Aber so massive Umbauarbeiten kosten einen Haufen Geld. Mehr als wir für diese Sache haben, und es würde bestimmt ewig dauern. Liz ist jetzt schon nicht überzeugt von der Idee …«

»Aber du willst Ambs den Wunsch erfüllen, damit sie eine Aufgabe hat, die sie nicht in den Knast bringt«, beendet Jake meine Überlegungen.

Ich nicke.

»Das Material kostet nicht die Welt, wenn ihr es über Gavin bezieht. Ich könnte mit ihm sprechen. Und wenn er mir hilft, müsstet ihr den Diner nicht mal lange schließen. Wir könnten dienstags loslegen. Den Mittwoch habt ihr sowieso zu. Vielleicht bräuchten wir noch einen weiteren Tag, aber dann sollten Gavin und ich fertig sein.«

Ich denke daran, wie lange es gedauert hat, bis Gavin sich endlich um das Dach von Pinewood Meadows gekümmert hat. »Gavin hat viel zu tun, seit er den Betrieb seines Dads übernommen hat. Ich würde nicht auf ihn wetten«, gebe ich zu bedenken.

»Lass Gavin meine Sorge sein. Er schuldet mir noch einen Gefallen.«

»Und du hast auf der Werft auch genug zu tun«, füge ich hinzu.

Jake bestellt Kaffee für uns und Apfelkuchen mit frischem

Vanilleeis. Als die Kellnerin unseren Tisch verlässt, setzt er das Gespräch fort. »Es wird Ambs helfen, oder nicht?« Er zuckt die Schultern, als wäre es damit beschlossene Sache.

Und es wird mir helfen. Ich lege ihm zum Dank meine Hand auf den Arm und ziehe sie erst zurück, als die Kellnerin die Bestellung bringt. Wir essen, und der herbe Geschmack von Zimt mischt sich mit der Süße der Äpfel, während das Eis einen perfekten Kontrast zu der Wärme des Kuchens bildet.

Wir sollten das unbedingt mit auf die Karte nehmen. Fi hat diesen Kuchen immer mit Mom gebacken, und ich kann mir vorstellen, dass sie ihn genau deswegen bis jetzt nie im Diner angeboten hat. Ich aber glaube, dass es ihr helfen würde, Mom auf diese Weise zu ehren.

»Das ist verdammt gut«, sagt Jake und klaut eine Gabel bei mir.

»Hey«, weise ich ihn zurecht, obwohl ich in erster Linie froh bin, dass er Appetit zeigt.

Jake zuckt nur mit den Schultern und deutet auf seinen leeren Teller. »Ich hatte echt Hunger«, sagt er wenig schuldbewusst.

Ich schiebe meinen Kuchen zwischen uns. »Du darfst klauen, aber nur, wenn du mir dafür noch mehr von Will erzählst.« Ich sehe, wie er zurückzuckt, und beeile mich zu sagen: »Nicht von …« Ich stocke. »… nicht von diesem einen Tag.« Denn mir ist instinktiv klar, dass die dunklen Erinnerungen, die Jake verfolgen, von dem Tag stammen, als sie Dundo verlassen mussten und es zum Streit zwischen den beiden Freunden kam. »Erzähl mir von euch. Wie seid ihr Freunde geworden?«

Jake zögert, aber dann lächelt er. »Du wirst viel mehr brauchen als dieses lächerlich kleine Stück Apfelkuchen, wenn du alles hören willst.«

Aber anstatt weiter zu essen, legt er die Gabel beiseite. »Ich war allein, als ich nach einer Woche in Luanda nach Dundo gebracht wurde, und ich war vollkommen ahnungslos. Ich wusste weder, was ich tun musste, noch, was ich besser lassen sollte. Also hat Will sich um mich gekümmert. Er hatte Ambers Dickschädel, Fionas leichte Verrücktheit, Gracies chaotische Ader, deine selbstlose Hilfsbereitschaft und Liz' Art, Dinge zu zerdenken. Aber er war auch ein Musikliebhaber wie deine kleine Schwester, hat wie Fiona Dinge angepackt und wie Grace die Missstände für die Ewigkeit festgehalten. Er war ein begnadeter Fotograf. Er hatte deine Sanftheit und dieses Herz voller Liebe, die nie versiegte, egal mit wie viel Scheiße er konfrontiert wurde.« Jake atmet tief durch. »Ich habe euch vermisst. Von der Minute an, als ich hier in den Wagen gestiegen bin und die Interstate Richtung Flughafen genommen habe. Und Will, er hat mich an euch erinnert. Er hatte also nicht wirklich eine Chance, mich wieder loszuwerden. Ich habe ihn in den folgenden Wochen quasi gezwungen, mein bester Freund zu werden.« Er lächelt. »Und Will war offen für neue Menschen. Oder er hatte Mitleid mit mir. Auf jeden Fall wurde er der beste Freund, den man sich vorstellen konnte.«

Ich glaube nicht, dass es Zufall ist, dass Jake die Vergangenheitsform benutzt, als er von Will spricht. Meine Brust verengt sich, aber Jake fährt fort. Es ist fast so, als wäre in seinem Inneren ein Damm gebrochen, und die Erinnerungen sprudeln förmlich an die Oberfläche.

»Einige Monate nachdem ich im Flüchtlingscamp angekommen war, hat Will alle Kinder aus dem Camp zusammengetrommelt und ein Fußballturnier organisiert. Er hatte sogar Musik aufgetrieben und meinte, es wäre Zeit für ein wenig Spaß und eine ordentliche Feier nach der Siegerehrung. Wir alle hatten diese winzige Insel Normalität in all dem Elend bitter nötig.« Er zuckt mit den Schultern. »Zumindest an diesem einen Nachmittag haben wir einen Unterschied gemacht und das Leben gefeiert.«

Eine Sängerin ist auf die Bühne getreten, und nachdem sie das Mikro eingestellt hat, erklingen sanfte Gitarrenklänge. Eine sphärische Stimme legt sich über die Töne, während uns die Kellnerin Kaffee nachschenkt.

»Ich wusste gar nicht, dass zu dieser Zeit schon Musiker auftreten«, sage ich zu ihr und freue mich, dass wir offenbar trotz der frühen Stunde einen Auftritt geboten bekommen.

»Die Künstlerin stellt sich heute vor, weil sie im nächsten Monat gern hier auftreten möchte. Normalerweise spielen die Musiker erst ab sechs Uhr abends.«

Ich warte, bis die Kellnerin unseren Tisch verlässt und sich anderen Gästen zuwendet.

Jake lehnt sich auf seinem Stuhl zurück und sieht mich an.

»Wir feiern das Leben viel zu selten«, greife ich unser Gespräch da auf, wo wir unterbrochen wurden, und lächle ihn an. »Dabei ist es schön. Meistens.« Ich male mit dem Löffel Schlieren in die Reste aus Eis auf meinem Teller. »Jetzt«, murmle ich.

Jake sagt nichts, aber ich spüre, wie er mich mustert. »Ja, ist es. Nicht immer, aber jetzt«, bestätigt er sachte und streckt mir seine Hand entgegen. »Feiern wir den Moment.«

Ich schiebe meine Hand in seine, und ein leises Prickeln stiehlt sich in meinen Körper, als er aufsteht und mich zur Tanzfläche führt. Außer uns tanzt zu dieser Zeit niemand.

Normalerweise würde es mich stören, so im Mittelpunkt zu stehen, aber Jake so nah zu sein, blendet diese Empfindung aus.

Er zieht mich in seine Arme, und ich lehne meinen Kopf an seine Brust, als er mich im ruhigen Takt der Musik über die Tanzfläche dirigiert. Ich spüre seine Muskeln. Seinen Herzschlag. Und seine Hände, die mich halten.

Es ist das erste Mal, dass der Kontakt zwischen uns nicht innerhalb weniger Sekunden von Zärtlichkeit in hemmungslose Leidenschaft umschwingt.

Jake schmiegt sein Kinn an meine Schläfe, und wir gleiten über die Tanzfläche, bis der Song verstummt und wenig später ein weiterer ertönt. Es ist, als wären wir in einer Seifenblase gefangen, zu der niemand außer der Musik und uns beiden Zutritt hat. Nicht einmal die Zeit. Eine Blase, die zerplatzt, als plötzlich mein Handy klingelt.

»Haze, verdammt, wo steckst du?«, überfällt mich Grace ohne Begrüßung, als ich rangehe. »Weißt du eigentlich wie spät es ist und was für Sorgen wir uns machen?«

»Tut mir leid«, stammle ich und lasse zu, dass Jake mich von der Tanzfläche zurück an den Tisch führt. Ich weiß nicht, was ich sagen soll. Ein Blick auf das Display meines Handys lässt mich zusammenfahren. Ich habe die Zeit vergessen und den Beginn meiner Schicht im Diner. Vollkommen vergessen, weil ich mit Jake zusammen war. Aber das wird Grace wohl kaum als Ausrede durchgehen lassen. »Grace, ich …« Aber bevor ich zu einer Erklärung ansetzen kann, bei der ich nicht besonders gut wegkäme, nimmt Jake mir das Telefon aus der Hand.

»Hi Grace, ich bin's Jake«, sagt er ruhig. »Das ist alles meine Schuld. Haze wollte euch auf keinen Fall einen Schrecken einjagen. Ich musste dringend mal raus, weg von zu Hause, und sie hat sich bereit erklärt, den Babysitter zu spielen.«

Ich kann nicht hören, was Grace sagt. Das bedeutet, sie muss ihre Stimme mindestens um drei Oktaven gesenkt haben.

»Tut mir echt leid, Gracie, aber sei nicht sauer auf deine Schwester. Das geht allein auf meine Kappe, aber ich verspreche, ich bringe sie schnellstmöglich zurück.« Er nickt und verabschiedet sich knapp, bevor er mir das Handy zurückgibt.

»Das hättest du nicht tun müssen«, flüstere ich.

»Ich weiß.« Er lächelt schief und fährt mit seinem Zeigefinger die Konturen meines Gesichts entlang. »Aber mir als seelischem Krüppel, der gerade seinen Dad verloren hat, vergeben sie eher als dir.« Und dann beugt er sich zu mir herunter und küsst mich. Es ist ein sanfter Kuss, in dem etwas Unverrückbares liegt.

»Danke, dass du mich mit hierher mitgenommen hast«, sagt er und legt einige Dollarnoten auf den Tisch, die unsere Rechnung und ein ordentliches Trinkgeld für die Kellnerin bedeuten, und zeigt dann Richtung Ausgang. »Wir sollten fahren, bevor sie am Ende doch noch beschließen, dich zu lynchen.«

Ich nicke und folge ihm aus dem Diner und durch den Ort zum Wagen. Wir laufen schweigend nebeneinander her, ohne dass Jake mich berührt oder wir sprechen. Es scheint, als hätte dieser Tag nichts verändert, aber ich weiß es besser. Ich spüre es tief in meinem Inneren, wo unser Tanz und Jakes Kuss Spuren hinterlassen haben, die unauslöschlich sind.

Kapitel 12

Liz sieht mich schon so komisch an, seit ich den Diner zwei Stunden nach Schichtbeginn und damit für meine Verhältnisse apokalyptisch verspätet betreten habe. Ich weiß, dass sie auf eine passende Gelegenheit wartet, um mich auszufragen, was zwischen mir und Jake los ist, weshalb ich deswegen den Diner vergesse. Ich kann es meiner Schwester nicht verübeln, bin aber froh, dass der Diner bis auf den letzten Platz besetzt ist und sie bis jetzt keine Gelegenheit hatte, mich auszuquetschen.

Fionas hochrotes Gesicht taucht in der Durchreiche auf, und sie schiebt mir viermal Steak und Salat für Tisch zwölf hinüber. Ein breites Grinsen liegt auf ihrem Gesicht.

»Hör auf, so ein Gesicht zu machen«, flüstere ich ihr zu. »Man sieht dir an, dass du Sex hattest.«

Fi nickt. »Phänomenalen Sex«, schwärmt sie, anstatt das Offensichtliche abzustreiten, und verdreht die Augen. »Und das nicht nur einmal«, fügt sie hinzu, bevor sie wieder in der Küche verschwindet und singend die nächste Bestellung zubereitet.

»Sie ist so glücklich, dass sie total verrückt wirkt.« Liz stellt eine der Wannen, die wir zum Abräumen des schmutzigen Geschirrs benutzen, in die Küche und taucht direkt wieder hinter mir auf. »Und du im Übrigen auch. Und ich will jetzt auf der Stelle wissen, wieso du so grinst, Haze.«

Ich deute entschuldigend auf das Essen. »Ich muss an Tisch zwölf, sorry.« Dann flüchte ich, vier Teller balancierend, in den Gastraum.

»Ich warte hier.« Liz lehnt sich gegen den Tresen, obwohl es genügend zu tun gäbe. Zum Beispiel Gavin und seine Mitarbeiter an der Bar zu bedienen, die offensichtlich etwas zu feiern haben. Auf jeden Fall haben sie schon den vierten Pitcher Bier bestellt.

Als ich an den Tresen zurückkehre, lege ich zunächst die neuen Bestellungen ab, die Fiona der Reihe nach abarbeiten wird. Dann wende ich mich Cole zu, der die Getränke zusammenstellt. »Kannst du Liz ausrichten, dass ich nicht über Jake und mich reden will?«

»Ha, es gibt also ein ›Jake und ich‹!« Liz schlägt sich triumphierend in die Handfläche und zerrt mich kurzerhand in ihr Büro.

»Wir haben alle Hände voll zu tun«, protestiere ich schwach.

»Es gibt also ein ›Jake und ich‹?«, greift meine große Schwester ihre Feststellung wieder auf.

»Ich weiß es nicht.« Es bringt nichts, Liz ewig auszuweichen. Ich weiß, dass sie nicht aufgeben wird, also versuche ich, sie zufriedenzustellen, ohne allzu viel zu verraten. »Ich mag ihn«, sage ich ergeben.

»Das ist nichts Neues«, erwidert Liz.

»Aber jetzt ist es anders.« Ich verschränke die Arme. »Es ist irgendwie, als würde er mich plötzlich sehen.« Besser kann ich es nicht ausdrücken.

»Ich bin nicht sicher, ob ich das gut finde«, kontert Liz. Sie macht sich Sorgen. Um mich. Um Jake.

»Es geht mir gut, Lizzie.« Ich sehe, dass sie nicht überzeugt ist. »Er tut mir gut.« Ich zucke mit den Schultern und puste mir die Haare aus der Stirn. »Und ich helfe ihm, wenn ich bei ihm bin.«

Liz ist noch nicht bereit, aufzugeben. »Alles, was ich sage, ist, dass du vorsichtig sein sollst. Jake ist eben Jake. Er ist in der Lage, dir mit einem Augenzwinkern aus seinen tahoeblauen Augen das Herz zu brechen. Und das wird er, denn er ist kein Beziehungstyp.«

»Wir Carson-Schwestern doch auch nicht«, erwidere ich und grinse sie an. Bisher hatte keine von uns Schwestern Glück oder den nötigen Mumm, sich ernsthaft auf eine Beziehung einzulassen. Dass Liz und Fiona gerade den Gegenbeweis antreten, bedeutet wohl, dass noch Zeichen und Wunder geschehen. Und wer sagt, dass so ein Wunder nicht auch Jake und mir passiert?

Liz nickt. »Versprich mir einfach, dass du auf dich aufpasst, okay?«

Sie schließt mich in die Arme, und ich nicke, obwohl ich nicht weiß, ob das möglich ist.

Kapitel 13

»Guten Morgen, Dornröschen.«

Jakes tiefe, raue Stimme reißt mich aus dem Schlaf. Seine Stimme und der betörende Duft nach Kaffee. Ich bin am Morgen zu ihm auf die Werft gefahren, um mit ihm zu frühstücken. Jake war noch am Schleifen, und so habe ich mich auf das abgewetzte Sofa neben dem Kamin in der Werfthalle gelegt und ihm bei der Arbeit zugesehen. Irgendwann muss ich eingenickt sein.

»Hmm«, mache ich, und meine Nase folgt der Bahn, die der Becher vor dem Sofa beschreibt, bis Jake ihn auf der Werkbank abstellt. Anstelle der bitter nötigen Koffeinration bekomme ich jede Menge Hundeküsse von Mac. Er hört erst auf, mir durch das Gesicht zu schlappen, als ich ihn kraule und mich aufsetze.

»Ist wohl spät geworden gestern«, stellt Jake sachlich fest. »Ich dachte, du könntest etwas Koffein vertragen, bevor wir frühstücken.« Er schiebt sich neben mich auf das Sofa und wartet, bis ich mich vollständig aufgerappelt habe, bevor er mir den Kaffeebecher reicht.

Warmes Sonnenlicht fällt durch die Fenster auf sein Gesicht und erhellt die Grübchen, die sich bilden, als er vorsichtig lächelt.

»Grace hat dich also nicht getötet?«

Ich schüttle den Kopf, nippe an dem heißen Getränk und

atme tief den herben Geruch des Kaffees ein. »Grace war schon weg, als ich im Diner ankam. Sie musste zu einem Termin für ein Fotoshooting, das heute Vormittag stattfinden soll. Liz musste allein klarkommen, aber auch sie hat mich ganz gelassen.« Ich zwinkere ihm zu. »Allerdings hat sie als Gegenleistung darauf bestanden, dass du sie mal wieder in Pinewood Meadows besuchen sollst.«

Jake nickt, und ich sehe, wie sich sein Gesicht verfinstert.

»Wäre es so schlimm, sie zu besuchen?«

»Es ist anders als früher«, beginnt er und stockt dann. »Liz' und meine Freundschaft hat immer ausgemacht, dass wir sofort bemerkten, wenn etwas bei dem anderen nicht stimmte.«

»Und genau das macht es jetzt schwierig zwischen euch.« Ich berühre seine Hand, aber er zieht sie weg.

»Ich weiß, dass es nicht fair ist. Sie kann nichts dafür, dass ich 'ne Macke habe und nicht darüber sprechen kann, aber ich brauche Zeit, bevor ich mich in ihren Ich-spüre-dein-Problem-Dunstkreis begebe.«

Ich verstehe ihn. Auch wenn ich wünschte, er würde sich mehr öffnen. Egal ob Liz oder mir. »Und wenn wir nur ganz kurz zu ihnen fahren würden und ich dir verspreche, dass Liz nicht bohren wird?«

Jake steht auf und schüttelt den Kopf. »Ein kurzer Besuch bei den Carsons ohne Fragen, die mindestens durch fünf Lagen dringen? Du weißt selbst, dass das nicht möglich ist. Ich geh rüber und mache Frühstück. Kommst du?«, fragt er lachend und beendet damit das Thema.

Ich rapple mich auf, folge ihm und nehme mir vor, ihn vom Gegenteil zu überzeugen.

Warmes Sonnenlicht sickert durch die Scheiben von Pinewood Meadows, als Jake und ich vier Tage später zu Besuch bei meinen Schwestern sind.

»Und? Habe ich zu viel versprochen?« Ich stehe neben Jake im Wohnzimmer, und wie vorhergesagt schert sich niemand darum, dass er das erste Mal seit dem Tod seines Vaters wieder hier ist. Zusammen mit Cole und Evan in einem Raum, ohne dass die Fetzen fliegen. Weder Liz noch Grace verschwenden auch nur einen Gedanken daran, ihn mit Fragen zu löchern, für die er nicht bereit wäre. Und niemand würde bemerken, wenn wir uns nach nur drei Minuten wieder aus dem Haus stehlen. Der Grund dafür ist gute zwölf Pfund schwer und liegt derzeit in Ambers Armen. Noah tut der Umzug sichtlich gut. Er sieht zufrieden aus und schreit nur noch selten. Und auch Greta geht es viel besser. Sie hat das gröbste Schlafdefizit ausgeglichen und wirkt endlich glücklich in ihrer neuen Rolle als Mom. Selbst Evan guckt ganz verliebt auf das Bündel in Ambers Armen.

»Wer hätte gedacht, dass Babys sich so gut als Ablenkungsmanöver eignen«, erwidert Jake glucksend und legt seinen Arm um meine Taille. Eine unwillkürliche Geste, die er sofort revidiert.

Offiziell ist das hier das Probeessen für die Gerichte, die neu auf die Karte des Diners kommen sollen. Auf der Kücheninsel stehen zwei herrlich duftende Mountain-Apple-Pies mit Sahne. Eine neue, etwas raffiniertere Variante des ursprünglichen Hackbratens und verschiedenes Fingerfood, das hoffentlich gut bei dem jüngeren Publikum ankommen wird. Angerührt hat noch niemand etwas von den Leckereien, weil alle viel zu sehr damit beschäftigt sind, den Kleinen anzuhimmeln.

»Komm«, flüstere ich Jake plötzlich zu und nehme seine Hand. Ich ziehe ihn hinter mir her in den Flur und lege meine Finger an die Lippen, als er mich fragen will, was zum Henker ich jetzt schon wieder vorhabe. Leise schlüpfen wir in unsere Schuhe und treten dann in die Sonne, die am heutigen Tag von einem azurblauen Himmel brennt und den nahenden Frühling in sich trägt.

»Was machen wir hier«, fragt Jake, sobald ich die Haustür hinter uns geschlossen habe.

»Zuallererst wollte ich dir beweisen, dass niemand mitbekommt, wenn wir einfach gehen. Dieses Baby ist wie ein überdimensionaler Aufmerksamkeitsmagnet.«

Jake sieht mich zweifelnd an. »Du weißt nicht, ob sie sich nicht längst den Kopf darüber zerbrechen, was du hier draußen mit mir anstellst.«

Ich ignoriere seinen Einwand und schlage mich hinter dem Haus ins Gebüsch. Die Äste der Pinien streifen meine Arme und Beine, aber ich laufe unbeirrt weiter.

Jake folgt mir zwar, aber ich spüre seinen Widerwillen. »Haze, ernsthaft, was hast du vor?«

Ich bleibe stehen und drehe mich zu ihm um. »Erinnerst du dich echt nicht mehr?«

Er sieht sich um, biegt die Zweige einer Kiefer beiseite und schüttelt dann den Kopf. »Ich habe keine Ahnung, was das hier soll.«

»Dann wirst du mir folgen müssen. Es geht um gute Erinnerungen. So viel kann ich dir verraten«, sage ich und springe im selben Moment von einem bemoosten Stein und lande ein gutes Stück tiefer auf sandigem Boden.

»Haze?« Jakes besorgtes Gesicht taucht über dem Abgrund auf. »Verdammte Scheiße, ich dachte, du wärst abgestürzt.«

Er rutscht den Abhang hinunter, landet neben mir und mustert mich prüfend, als müsse er sich davon überzeugen, dass ich wirklich nicht verletzt bin.

»Es geht mir gut.« Ich stupse ihn sanft an und spüre, wie er sich wieder entspannt.

»Das war nicht lustig«, brummt er trotzdem. »Du hättest dir den Hals brechen können.«

»Sieh dich um.« Früher sind wir oft hierhergekommen und haben Piraten gespielt oder Räuber und Gendarm. Wir hätten die Strecke zu dem verborgenen Tümpel mit verbundenen Augen gefunden. Ich ziehe Jake mit mir durch die eng stehenden Bäume, bis sich der dichte Bewuchs verliert und unsere Lichtung vor uns erscheint. Pinewood Meadows liegt hinter uns. Rechterhand erstreckt sich das unwegsame Ostufer der Halfmoon Bay, und über uns erhebt sich der Upper Eagle Point.

»Unser Boot«, murmelt Jake, und ich sehe, wie die Erinnerungen langsam zurückkehren. Fassungslos löst er sich von mir und berührt die vermoosten Planken des Ruderboots, das vor uns am Ufer liegt. »Das dürfte eigentlich gar nicht mehr existieren.« Jake tritt gegen die Seite, und das Wasser, das in den Rumpf eingedrungen ist, schwappt träge hin und her.

Die Nussschale ist Jakes allererstes selbstgebautes Boot gewesen. Lange bevor er mit Dad, Fiona und mir die *Pinewood Dreams* gebaut oder je ein Schiff in den Hallen seines Vaters gefertigt hat, hat er mit uns dieses hässliche Boot gebaut. Aus den Ausschussbrettern der Werft. Mit Dads Nägeln aus dem Schuppen von Pinewood Meadows. Und mit jeder Menge kindlichem Eifer.

Jake lacht leise auf. »Unglaublich.« Er fährt an der Seitenwand des Bootes entlang und wischt sich dann die Hand an seiner Hose ab, ohne dem grünen Fleck, der dabei entsteht, irgendeine Beachtung zu schenken.

Sein Blick ist auf das Baumhaus gerichtet, das wir vor mehr als fünfzehn Jahren in die Krone einer toten Pinie gebaut haben, die dicht am Ufer steht. Das Dach ist halb weggeflogen, aber der Unterbau sieht noch einigermaßen stabil aus.

Jake klettert über einen umgestürzten Baumstamm bis auf die Ebene des Baumhauses und schwingt sich dann über die Umrandung der Aussichtsplattform. Vorsichtig springt er auf und ab, um die Festigkeit zu prüfen. »Das hält tatsächlich noch.« Ein Glänzen, das ich so lange vermisst habe, liegt in seinen Augen. »Komm endlich hoch«, ruft er mir ungeduldig zu und erkundet im selben Moment den Innenraum der Hütte, die in gut sechs Fuß Höhe hängt. Ich klettere ebenfalls nach oben und trete unter das halbverfallene Dach.

Triumphierend hält Jake eine alte Patchworkdecke hoch, die früher einmal Fiona gehört hat, dazu vergilbte und im Zerfall befindliche Zigarettenstummel. »Ich glaube, die Hütte ist noch nicht ganz so lange außer Betrieb, wie wir dachten.«

»Und was sagt der Herr Detective, von wem sind die Beweismittel?« Ich muss grinsen, weil es guttut, Jake so ausgelassen zu sehen.

»Ich vermute, Fiona ist die Einzige von euch, die jemals Pot geraucht hat.« Er schnipst die Zigarettenstummel über die Brüstung und setzt sich im Schneidersitz auf die klamme Decke. Ich tue dasselbe, und eine Weile sehen wir auf den Weiher, das Boot und die vielen Verstecke, die unsere Kindheit zu einem Abenteuer gemacht haben.

»Wusstest du, dass ich nie Bootsbauer werden wollte?«, fragt Jake mit einem Mal unvermittelt.

Ich sehe ihn verdutzt an und schüttle den Kopf. »Ich dachte immer, das war alles, was du je tun wolltest.«

Er schüttelt den Kopf und zieht eine Grimasse. »Eigentlich wollte ich Astronaut werden, aber Mr Hallow, unser Physiklehrer, hat diese Idee mit seiner feuchten Aussprache und all den komischen Formeln ziemlich schnell zunichtegemacht. Dann dachte ich, Tierarzt wäre toll. Immerhin rettet man Tiere und kriegt jede Menge Dates mit den Besitzerinnen, aber dann hat sich Molly diesen Pekinesen angeschafft.«

»Ich erinnere mich«, bringe ich prustend hervor. »Der hat jeden gebissen. Sogar Autoreifen. Das hat ihn irgendwann auch das Leben gekostet, den Armen.«

»Und ganz ehrlich, wäre ich Tierarzt geworden, weiß ich nicht, ob ich ein Vieh wie ihn gerettet hätte. Ich bin wohl nicht ehrenhaft genug, um Mediziner zu sein. Danach war mein Wunsch, wie dein Dad ein Restaurant aufzumachen.« Nachdenklich kratzt Jake sich an der Schläfe. »Ich denke, ich wollte einfach alles sein, nur nicht so wie Sam.«

»Aber dann bist du es doch geworden. Bootsbauer, meine ich.«

Er nickt und knispelt an einer Piniennadel herum, als er tief in Gedanken fortfährt: »Wir haben damals dieses blöde Boot gebaut. Fiona war total besessen davon, damit über den ganzen See zu fahren, aber wir anderen hatten viel zu viel Angst, Ärger zu bekommen. Ich habe das Material von der Werft hierhergebracht. Wir wussten, dass uns an dem Tümpel niemand sehen würde und wir unbehelligt arbeiten konnten.«

»Ich erinnere mich daran, wie viele Tage wir gebraucht haben, um es zum Schwimmen zu bringen.« Ich sehe Jake an. »Du wolltest, dass es nicht nur ein Floß wird, sondern ein richtiges Boot.«

»Das war das erste Mal, dass ich etwas mit meinen Händen geschaffen habe. Ich war so stolz darauf, obwohl es echt hässlich ist.« Er wirft einen Tannenzapfen hinab, der in der Pfütze im Heck des Bootes aufklatscht. »Ich glaube, damals habe ich begriffen, dass ich weder in den Weltraum gehörte noch hinter einen Tresen oder in eine Tierarztpraxis. Ich liebe den Geruch nach Bootslack, nach Holz und wenn unter meinen Händen etwas entsteht, das am Ende funktional ist, elegant und das eins mit dem Wasser wird. Ich habe das im Blut, und sosehr es mir gegen den Strich ging, Dad hat mir dieses Talent vererbt.«

»Deswegen willst du die Werft nicht aufgeben.«

»Als ich in Afrika war, habe ich einfach Hütten gebaut, provisorische Krankenhäuser und Schulen. Nichts, wofür man besonders begabt sein muss, aber manchmal habe ich tatsächlich halluziniert. Wie ein Ertrinkender in der Wüste habe ich mir vorgestellt, wie es wäre, über den glänzenden Rumpf eines Bootes zu streichen, ihm die perfekte Linie zu geben und ihn schließlich mit Lack zu versiegeln. In den Camps und unterwegs, wo auch immer wir in der Region Hilfe geleistet haben, gab es nur Staub, zusammengeflicktes Baumaterial, und alles war so verdammt rau.« Seine Hände berühren die Holzbohlen, aber in Gedanken ist Jake weit weg. »Ich habe davon geträumt, wieder das tun zu dürfen, wofür mein Herz schlägt. An dem Ort, an den ich gehöre. Ich habe mir vorgestellt, ich würde die Bluebirds zanken hören und den Nebel über dem See sehen, das Wasser schmecken und das Holz riechen. Ich kann jetzt nicht aufgeben. Egal, was für ein Angebot mir die Harris-Brüder machen. Ich muss es schaffen, die Bank ruhigzustellen, und mir Zeit verschaffen.«

»Aber was, wenn es gar kein Aufgeben wäre? Vielleicht

könntest du mit Cole reden und eine Partnerschaft aushandeln anstatt einer Führungsposition?«

Jake schüttelt den Kopf. »Da würde Evan niemals mitspielen. Ich habe nichts einzubringen außer meinem Talent und einem Haufen Schulden. Das wird nicht reichen. Und ich bin auch nicht bereit, die Werft in die Hände von Fremden zu geben.« Er bricht ab und sagt dann: »Nicht mal in Teilen. Nicht jetzt, wo Dad tot ist.«

Ich nicke, und plötzlich lacht Jake hart.

»Meine Güte, ich werde echt sentimental.« Er klopft gegen den Stamm der Pinie und lässt seine Hand dann so weit sinken, dass sie auf meinem Oberschenkel zum Liegen kommt. Gemeinsam bleiben wir noch eine Weile sitzen und schlagen uns schließlich durch die Büsche zurück zum Haus. Im Inneren dudelt Musik. Wir schleichen uns zu den anderen zurück. Noah ist noch immer wach, und Cole trägt ihn durchs Wohnzimmer, während Greta die Gerichte probiert und den Anschein erweckt, sie hätte seit einem Jahrzehnt nichts mehr zu essen bekommen. Niemand nimmt Notiz davon, dass Jake und ich gemeinsam fort waren und nun wiedergekommen sind.

Jake setzt sich auf das Sofa neben Grace, die in einen Lachanfall ausbricht, weil Fiona ihr von einem Franzosen erzählt, der so schwer verliebt in sie war, dass er bei einem Tabasco-Wettessen mitgemacht hat, um sie zu beeindrucken. Ich geselle mich zu Liz und Cole in die Küche und knabbere an selbstgemachten Tortilla-Chips mit Käsesauce und Guacamole herum, während mich die Fröhlichkeit, die verlässlich in den Mauern von Pinewood Meadows zu Hause ist, mit sich reißt.

Es ist schon spät, und es sind nur noch drei Tische besetzt, als Jake am darauffolgenden Tag den Diner betritt. Liz hat sich ins Büro zurückgezogen, und Grace albert mit Fiona in der Küche herum. Ich höre sie lachen, während ich den Tresen abwische.

Jake durchquert langsam den Gastraum, und sein Blick ruht auf mir. Zum Glück sind meine Schwestern einen Raum weiter, aber die Gäste, allen voran Molly und ihre Freundinnen, kriegen ausnahmslos mit, wie verboten sexy Jake mich ansieht. Und sie müssen bemerken, wie mein Herz fast zerspringt, weil er mich auf genau diese Art mustert.

»Hi«, sagt er, als er unmittelbar vor dem Tresen steht und sich lässig dagegen lehnt.

»Hi.« Ich senke den Blick und starre sekundenlang auf den Lappen in meiner Hand.

»Kann ich dich kurz sprechen?« Es ist klar, dass er damit allein meint, ohne dass wir unter Beobachtung von Cooper Springs größten Tratschtanten stehen.

»Klar«, sage ich so leichthin wie möglich und werfe das Tuch in die Spüle. »Ich sage nur eben Grace Bescheid.« Ich verschwinde kurz in der Küche und winke Jake dann zu mir. Schweigend gehen wir den Flur zur Tür entlang, die in den Hinterhof führt. Wahrscheinlich wäre es angemessen, in der Nähe der Tür stehen zu bleiben und damit ein klares Zeichen zu setzen, aber stattdessen gehe ich die drei Stufen in den Garten hinab, wo die Dunkelheit nur von den zerfaserten Licht-Vierecken durchbrochen wird, die die Fenster auf den Hof werfen.

Jake sieht sich um und lacht. »Sieht noch genauso aus wie früher.« Er geht zu der Plastikpalme hinüber, unter der im Sommer Gretas Planschbecken und ihr Liegestuhl stehen. Ihre Form eines Kurzurlaubs.

In diesem Sommer wird Noah hier seinen Mittagsschlaf machen, wann immer Greta in den Diner kommt. Zunächst, um uns zu besuchen. Später dann auch während ihrer Schichten. Wir haben ihr gesagt, dass sie Noah mitbringen kann. Er wird im Diner groß werden, wie wir es getan haben, und Teil unserer Familie sein.

Jake schnippt gegen die Plastikblätter und dreht sich dann zu mir um. Er überwindet die Distanz zwischen uns und ist mir plötzlich so verdammt nah. Furchteinflößend, herzkribbelnd, verheißungsvoll nah.

Ich spüre seinen Atem auf meinem Gesicht und die Hitze seiner Haut nah an meiner.

»Ich habe mit Gavin gesprochen.« Er verzieht den Mund zu einem schiefen Grinsen. »Du hattest recht: Er hat Arbeit für die nächsten drei Jahre und eigentlich keine Zeit, uns mit Ambs Bühne zu helfen, aber ich habe ihn trotzdem dazu gebracht, uns das Material zu einem echt guten Preis zu besorgen. Und er versucht, sich ein Zeitfenster freizuschaufeln. Sobald er weiß, wann er es einrichten kann, meldet er sich.«

»Jake.« Ich bin versucht, ihm um den Hals zu fallen, lasse es aber bleiben. Alles, was ich hervorbringe, ist ein brüchiges »Danke«.

Zärtlich legt Jake seine Hände an meine Hüften. »Das ist meine Art, danke zu sagen.«

»Wofür?«, frage ich heiser.

Jake zieht die Schultern hoch, aber es ist kein »Ich weiß es nicht«-, sondern ein »Für alles«-Schulterzucken. Ganz langsam beugt er sich zu mir herunter und küsst mich zärtlich. Erst mit einiger Verzögerung geht er wieder auf Abstand und dreht sich um, als würde die Palme seine ganze Aufmerksamkeit fordern. »Wenn ich nicht so kaputt wäre, würde ich dich genau so küssen. Jeden Tag. Jede Stunde. Immer.« Er atmet tief durch. Noch immer steht er mit dem Rücken zu mir. »Du hast jemanden verdient, der dir genau das geben kann. Ich sollte dich in Ruhe lassen, solange du noch die Chance hast, unbeschadet aus der Sache rauszukommen!«

Dafür ist es längst zu spät. Und selbst wenn es der Wahrheit entspräche und es gesünder für mich wäre, mich nicht weiter auf Jake einzulassen, würde ich nicht wollen, dass er mich in Ruhe lässt. Ich überwinde die Distanz und schlüpfe in den schmalen Raum zwischen Jake und der rauen Schuppenwand, an der die Palme lehnt. Weil es unmöglich ist aufzugeben, was uns verbindet. Weil ich spüre, dass er das genaue Gegenteil von dem will, was er gesagt hat. Sonst wäre er nicht hier. Sonst hätte er sich nicht um die Bühnensache gekümmert. Außerdem gibt es seit dem Moment in der Küche der Hunter-Werft für keinen von uns auch nur den Hauch einer Chance, unbeschadet zu bleiben.

Jake versteift sich, und ich halte die Abwehr aus, die verletzend sein könnte, wenn ich ihren Ursprung nicht kennen würde. Wir stehen eine ganze Weile so da. Ich umschlinge ihn und presse mich eng an seine Brust, während Jakes Arme kraftlos an seinem Körper hinabhängen, bis er irgendwann doch die Arme um mich legt.

Kapitel 14

Es ist sieben Uhr morgens, und den Geräuschen nach zu urteilen kämpfen Grace und Amber gerade um das Badezimmer, während Liz ihre Garderobe aus den verschiedenen Zimmern zusammensucht, wohin wir Schwestern ihre Kleidungsstücke ständig entführen. Stöhnend drehe ich mich auf die Seite und presse mir ein Kissen aufs Ohr. Keine Chance. Der Streit meiner Schwestern ähnelt geräuschtechnisch einem Ausverkauf bei Bloomingdales. Seufzend rapple ich mich auf und schnappe mir mein Handy. Jake hat geschrieben. Natürlich schläft er nicht mehr, sondern arbeitet bereits. Ein Lächeln huscht über meine Lippen, als ich an gestern denke. An den Moment, als Jake seine Arme um mich gelegt hat. Ich quietsche leise ins Kopfkissen und zwinge mich, nicht zu grinsen, als ich aufsehe und Liz das Zimmer betritt.

»Hast du meinen Seehawks-Hoodie?«

Ich schüttle den Kopf, und Liz wendet sich entnervt ab, hält dann aber inne und dreht sich wieder zu mir um.

»Was ist los?«

»Nichts«, versuche ich, mich rauszureden, aber natürlich klappt das nicht. Schließlich grinse ich noch immer wie ein Streifenhörnchen auf Koks. Jetzt kommt auch noch Grace ins Zimmer gestolpert und zerrt ein Tanktop aus Liz' Armen. Sekundenlang ziehen meine Schwestern jede an einem Ende, bis Grace schließlich gewinnt.

»Das ist meins«, protestiert Liz.

»Das war deins, aber wenn es länger als drei Monate in meinem Schrank liegt, geht es damit automatisch in meinen Besitz über.« Grace nickt, um ihre Aussage zu bekräftigen. »Außerdem steht Cole nicht auf den Fummel.«

Liz pustet sich die braunen Haare aus dem Gesicht und funkelt Grace an. »Ach ja? Und woher willst du das wissen?«

»Mensch Lizzie, die Blicke, die er dir zuwirft, wenn ihm was gefällt, sind nicht gerade dezent. Überhaupt ist es zeitweise echt widerlich, wie verliebt ihr seid. Das toppen nur noch Fi und Evan, aber die stören in Sierra Shores wenigstens niemanden, wenn sie sich quer durch die einundzwanzig Schlafzimmer vögeln.«

»Grace!« Liz sieht ehrlich empört aus.

Mir ist es nur recht, wenn die beiden zanken, dann kann ich unauffällig ins Bad verschwinden. Aber bevor ich mich an ihnen vorbeidrücken kann, hält mich Liz am Arm zurück.

»Was?«, fragt Grace völlig unbeeindruckt von der Tatsache, dass Liz sich zwar mit ihr streitet, mich aber festhält.

»Wortwahl«, bemerkt Liz konsterniert.

»Bin ich sechzehn? Leb deine erzieherische Ader an Ambs aus, aber nicht an mir, und wenn du nicht übers Vögeln sprechen willst, sorg halt dafür, dass ich euch nicht erwische. Mir ist immer noch schlecht.«

Daher weht also der Wind. Grace hat Liz und Cole im Diner erwischt, vermutlich in eindeutiger Pose. Ich lache leise und ziehe damit Grace' Aufmerksamkeit auf mich.

»Und warum hält sie dich fest?«, fragt sie und fokussiert ihre gesamte detektivische Ader auf mich.

Ich zucke die Schultern und deute mit dem Kinn zum Bad. »Keine Ahnung, ich wollte nur duschen gehen.«

»Nicht, bevor du mir nicht erzählt hast, warum du grinst wie ein Honigkuchenpferd.« Liz sieht mich erwartungsvoll an, und Grace scheint genau ihrer Meinung zu sein. Denn sie legt den Kopf schief und mustert mich.

»Stimmt. Sie grinst wie du oder, noch besser, wie Fiona«, wendet sie sich an Liz. »Damit ist ja dann wohl klar, was gestern mit Jake gelaufen ist. Glückwunsch, Schwesterchen.« Sie gibt mir ein High five, das ich etwas verdattert erwidere, wendet sich ab und stapft kurz darauf die Treppe hinunter.

Liz sieht mich ungläubig an. »Du hast mit Jake geschlafen?«

Ich hatte zwar nicht vor, meinen Schwestern zwischen Tür und Angel, zwischen Badezimmerstreit und Klamottenverhandlungen, von Jake und mir zu erzählen, aber über kurz oder lang hätte ich ihnen eh sagen müssen, dass da etwas läuft. Auch wenn ich dieses Etwas noch nicht genau definieren kann. »Ja, habe ich. Wir hatten Sex.« Ich recke mein Kinn vor, aber sie sagt nichts, sondern starrt mich nur ungläubig an.

»Wir verstehen uns gut, und wir finden uns anziehend«, versuche ich mich zu erklären. »Irgendetwas ist da zwischen uns. Ich weiß, dass du denkst, er wäre kein Beziehungstyp und dass er durch den Tod seines Vaters und die Vorkommnisse in Afrika noch weniger für eine Beziehung taugt als früher. Wahrscheinlich hast du damit sogar recht, aber …« Ich verstumme, weil ich die richtigen Worte finden muss. »Wir brauchen einander gerade. Anders kann ich es nicht beschreiben. Wenn wir zusammen sind, ist es schön. Es hilft mir, und es hilft ihm. Das ist alles.« Ich atme geräuschvoll aus, und mein Atem bringt meine glatten blonden Haare zum flattern. Wie mein Herz, wenn Jakes Atem auf meine Haut trifft. Resolut streiche ich mir die blonden Strähnen hinter die Ohren und sehe Liz abwartend an.

Meine Schwester setzt sich auf die Kante meines Betts, als hätte ich ihr gerade eröffnet, dass ich an Krebs erkrankt bin, und schüttelt den Kopf. »Du wolltest immer einen Mann, der dir eine Familie schenkt und dieses perfekte Leben, auf das du im Alter zurückblicken kannst, voll von glücklichen Erinnerungen. Nie war einer gut genug, um diesen Anspruch zu erfüllen. Und ausgerechnet bei Jake denkst du, er wäre der Richtige dafür? Haze, ich glaube, du verrennst dich da in etwas.«

Ich habe das Bedürfnis, Jake zu verteidigen, obwohl das idiotisch ist. Liz ist seine beste Freundin. Sie sagt das nicht, weil sie etwas gegen ihn hat, sondern weil sie sich um mich, ihre Schwester, sorgt.

»›Es ist besser, wahrhaftig zu lieben und verletzt zu werden, als niemals richtig geliebt zu haben‹«, sage ich sanft. »Erinnerst du dich? Das hat Dad immer gesagt, wenn er sich mit Mom gestritten hat. Ich weiß nicht, was aus Jake und mir wird. Ob überhaupt etwas aus uns wird, aber im Moment macht er mich glücklich.«

Liz ist noch immer nicht überzeugt. »Wird er denn überhaupt bleiben? Ich meine, er sucht nach einer Lösung, um an Geld zu kommen, ohne Evan und Cole als Geschäftspartner für die Werft in Betracht zu ziehen. Ich sehe da nicht viele Möglichkeiten.«

Es ist, als würde Liz' Frage eine Frostwelle durch meinen Körper treiben, denn diese Frage habe ich bis jetzt erfolgreich verdrängt. Ich habe sie Jake nie gestellt, und jetzt weiß ich auch, warum. Ich habe Angst vor der Antwort. »Was hat er dir erzählt?«, frage ich schwach, weil mir klar ist, dass Liz nicht nur ins Blaue hinein gefragt hat. Jake muss ihr irgendetwas gesagt haben.

»Er hat nur Andeutungen gemacht.« Liz senkt den Blick und fummelt am Ende des Bettlakens herum. »Dass sie ihn mit Kusshand zurücknehmen würden, wenn er es hier nicht schafft, und dass er nicht bleiben würde, wenn er die Werft wirklich verliert.«

Ich muss an den Kredit denken und an seine Worte, dass er die Summe, die die Bank von ihm haben will, nicht zurückzahlen kann und dass er, selbst wenn er die Summe auftriebe, kein Geld mehr hätte, um neu anzufangen.

»Haze?« Liz steht auf, kommt zu mir herüber und schließt mich in ihre Arme. »Alles in Ordnung? Ich wollte dir keine Angst machen. Vielleicht hat er längst einen Plan B, jetzt, wo ihr zusammen seid.«

Das Problem ist, wir sind nicht zusammen. Ich weiß nicht einmal, was wir sind. Und die Möglichkeit, er könnte mich verlassen, macht mir eine Scheißangst.

Cole sitzt auf der Holzterrasse von Pinewood Meadows und arbeitet an seinem Laptop. Er ist konzentriert und allein. Ich atme erleichtert durch. Was ich mit ihm zu besprechen habe, gehört unter vier Augen. Nicht einmal Evan möchte ich bei diesem Gespräch dabeihaben, obwohl er Coles Geschäftspartner ist und es ums Geschäft gehen wird. Und um so vieles mehr.

»Hi«, sage ich und setze mich. Die Frühlingssonne brennt von einem strahlend blauen Himmel und hat bereits eine beachtliche Kraft. Hier im windstillen Bereich ist es fast schon sommerlich heiß. Ich ziehe meine Strickjacke aus und werfe sie neben mich auf einen der freien Stühle.

Cole sieht mit etwas Verzögerung von seinem Computer auf und erwidert zerstreut meine Begrüßung. Als ich ihn jedoch weiter fokussiere, wird auch ihm klar, dass ich nicht nur hier bin, um den Frühlingstag zu genießen, sondern weil ich etwas auf dem Herzen habe. Er unterbricht seine Arbeit. »Kann ich was für dich tun, Hazel?«, fragt er ruhig und nimmt einen tiefen Schluck selbstgemachter Limonade. Frische Minze und Limettenstücke schwimmen zusammen mit Eiswürfeln im Glas.

Ich nicke.

»Um was geht es?«, fragt er und klappt im selben Moment den Laptop zu.

»Ich müsste mit dir über Jake sprechen.« Ein ungutes Gefühl rumort in meinen Eingeweiden. Jake weiß nicht, was ich vorhabe. Er hält Cole für den Feind, und ich weiß, es wäre ihm nicht recht, dass ich seine Probleme mit der Gegenpartei bespreche. Andererseits ist Cole eben Cole. Ich kenne ihn, und er würde alles für uns Schwestern tun. Er ist kein halb so schlechter Kerl, wie Jake denkt.

»Jake.« Cole sieht mich zweifelnd an. »Bist du sicher, dass du das mit mir besprechen willst?« Er deutet in Richtung Auffahrt. »Liz müsste in einer Stunde kommen. Sie ist mit ihm befreundet. Ich bin in seinen Augen wohl eher der Antichrist.«

»Nein, ich wollte zu dir.«

Cole nickt. »Okay. Weiß Jake von diesem Gespräch?«

Ich schüttle den Kopf und beiße mir auf die Lippen. »Nein, und vermutlich würde er mich umbringen, wenn er wüsste, dass ich mit dir darüber rede.«

»Worum geht es?«

Ich ziehe die Beine auf die Sitzfläche und verschränke sie zum Schneidersitz. »Ich weiß, dass Evan und du die Hunter-Werft kaufen wollt, aber könntest du das für eine Sekunde vergessen und mir als mein zukünftiger Schwager und guter Freund zuhören? Nicht als potentieller Käufer des Hunter-Anwesens?«

»Du schmierst mir Honig ums Maul.« Er grinst, nickt aber. »Als Freund. Schieß los.«

»Sam hat einen hohen Kredit auf die Werft aufgenommen, von dem Jake bis vor kurzem nichts wusste. Eigentlich so lange nicht, bis Evan es ihm unter die Nase gerieben hat.«

Cole nickt. »Das wissen wir bereits. Jake dürfte Probleme haben, ihn zurückzuzahlen. Wir kriegen zwar keine Informationen über die Konditionen der Rückzahlung von der Bank, wissen aber, wie hoch der Grundbucheintrag ist.« Er wiegt den Kopf. »Ist ein Haufen Schulden, die Sam Jake da hinterlassen hat.«

»Sie wollen es auf einmal zurückhaben«, bricht es aus mir hervor. »Die ganze Summe. Weil Sam die Raten nicht bezahlt hat.« Meine Zunge klebt am Gaumen, als wollte mein Körper verhindern, dass ich Cole diese intimen Details verrate. Trotzdem fahre ich fort. »Ich weiß, dass es viel verlangt ist, weil ihr im Falle einer Zwangsversteigerung die Werft zu einem günstigen Preis haben könntet. Aber ich bitte dich darum, Jake finanziell auszuhelfen, bevor das geschieht.«

»Ich soll ihm das nötige Geld leihen?« Cole sieht mich entgeistert an.

»Ohne etwas dafür zu kriegen außer meiner ewigen Dankbarkeit«, bestätige ich.

Er nickt. »Das ist zwar verlockend, aber damit würde ich die Hunter-Werft als Projekt abschreiben. Jake hätte keine Veranlassung mehr, uns mit ins Boot zu holen.« Er verzieht das Gesicht, als würde ihm allein der Gedanke Schmerzen bereiten.

Ich muss Cole überzeugen. »Oder du siehst es als Investition in die Zukunft.« Ich ziehe eine Augenbraue hoch und bringe Cole damit zum Lachen.

»Wie das?«

»Na ja, wenn Jake erst mal verstanden hat, dass du dich im Ernstfall gegen Evan durchsetzt und auf seiner Seite stehst, stimmt er einer Zusammenarbeit vielleicht doch noch zu. Ich sage ja nicht, dass du ihm so viel leihen sollst, dass er ausgesorgt hat. Nur so viel, dass er die Bank los ist. Er wird euch brauchen, um wieder ins Geschäft zu kommen, und das wird Jake auch irgendwann klarwerden.«

»Du liebst ihn«, sagt Cole unvermittelt, und aus irgendeinem Grund streite ich es nicht ab, sondern nicke.

»Er wird nicht bleiben, wenn ihr die Werft kauft. Dann geht er zurück nach Afrika. Ich werde das überleben … irgendwie.« Ich lächle gequält und blinzle die aufkeimenden Tränen hinunter, weil ich mir da nicht halb so sicher bin, wie ich vorgebe. »Aber ob Jake noch einen Aufenthalt dort überstehen wird, wage ich stark zu bezweifeln. Die Zeit dort hat ihm schwer mitgespielt.«

Cole klopft auf dem Gehäuse des Laptops herum, und ich lasse ihm Zeit, sich die Sache zu überlegen. »Ich kann das nicht allein entscheiden, Haze. Mein Bruder und ich sind Geschäftspartner, und es war lange genug schwierig zwischen uns. Ich riskiere nicht, dass es wieder so wird, nur um Jake zu retten. Aber ich spreche mit Evan und versuche ihn zu überzeugen. Ich sage dir Bescheid, sobald wir uns entschieden haben.«

Ich stehe auf, umrunde den Tisch und schließe Cole in meine Arme. »Danke«, flüstere ich und hoffe inständig, dass er Jake das Geld leihen wird, damit wir eine Chance haben.

Kapitel 15

Jake und ich sitzen auf dem Steg der Hunter-Werft und frühstücken. Das Holz wärmt unsere Beine und die Sonne unsere Gesichter. Mac liegt eng an Jake gekuschelt und döst zufrieden.

»Was hast du heute vor?« Ich beiße von meinem Bagel ab und verdrehe genießerisch die Augen. Frischkäse, Kräuter und Tomate. Die perfekte Mischung zu dem festen, aromatischen Bagelteig.

Jake lacht und wirft eine Scheibe Gurke nach mir, die meinen Arm streift, dann über den Steg rutscht und im Wasser landet. »Den Rest der Flotte fitmachen, denke ich.« Er zuckt die Schultern und sieht wenig begeistert aus. Die alten Verleihschiffe gangbar zu machen ist wichtig, um möglichst bald Geld in die Kasse zu bekommen, aber es ist nicht das, was Jake glücklich macht oder ihm große Sprünge erlauben würde. Er will Boote bauen. Elegante, exklusive Einzelstücke, die seinen Anspruch an Perfektion befriedigen und ihn sich kreativ austoben lassen. Außerdem wäre das der einzige Weg, dem finanziellen Engpass zu entkommen.

»Henry McMillan wollte mir sein Boot heute noch bringen, damit ich es neu lackiere.« Wieder zuckt er mit den Schultern. »Der Auftrag bringt Geld rein, also …«

»… also wirst du den ganzen Tag schrecklich laute Musik hören und schleifen, bis du völlig verstaubt bist.«

Jake grinst breit und kommt mir gefährlich nah. »Sieht so aus.« Seine Lippen sind nur noch Zentimeter von meinen entfernt. »Aber McMillan ist noch nicht da, und ich bin noch nicht staubig.«

Ich schlucke und lasse die Hand mit dem Bagel sinken. »Und das heißt was?«

Jake mustert mich und ist mir dabei so nah, dass ich die feinen hellblauen Schlieren in seinen ansonsten tiefblauen Augen ausmachen kann. Ich spüre seinen Atem auf meiner Haut und beiße mir unwillkürlich auf die Lippen. Ich kann seinen Kuss bereits erahnen, aber Jake verharrt in dem luftleeren Raum zwischen Zögern und Aufgabe.

Ich schließe meine Augen. Mein Puls rast, Lust verwirbelt in meinem Inneren, als Jake zart meine Wange berührt. Ich erwarte, dass er als Nächstes seine Hände um mein Gesicht legen wird, um mich in einen verboten heißen Kuss zu ziehen, aber stattdessen lacht er leise und entfernt sich von mir. Ich öffne die Augen.

»Ich vermute, das heißt, ich könnte es schaffen, endlich mal meine Wäsche zu waschen und einkaufen zu gehen, bis McMillan kommt«, bringt er glucksend hervor und weicht reaktionsschnell aus, als ich ihm gegen die Schulter schlagen will. Ich bin fest entschlossen, ihm dafür in den Hintern zu treten, dass er mich so zappeln lässt.

»Jake Hunter«, rufe ich ihm hinterher, als er sich aufrappelt und den Steg hinunterflüchtet. Mac ist im selben Moment aufgesprungen wie sein Herrchen und springt bellend neben ihm auf und ab. Jakes Lachen weht über das Wasser zu mir, während ich den Bagel achtlos auf die Papiertüte schmeiße und hinter den beiden herjage. Jake ist verflucht schnell, aber so einfach gebe ich nicht auf.

Ich hätte öfter mit Liz laufen gehen sollen, dann wäre meine Kondition jetzt vielleicht gut genug, um Jake wenigstens ein bisschen gefährlich zu werden. Als ich um die Ecke der großen Werkshalle biege, erwartet Jake mich bereits. Er hat hinter der Halle gelauert, packt mich und fixiert mich mit einer einzigen kraftvollen Bewegung zwischen Hallenwand und sich.

Ich quietsche erschrocken, und Mac bellt und winselt, weil er unser Katz- und Mausspiel nicht einschätzen kann. Mit einer Handbewegung bringt Jake ihn zur Ruhe, und der Hund trollt sich. Schnüffelnd erforscht er das Grundstück und nimmt die Fährte der zurückgelassenen Bagels auf. Adrenalin pumpt durch meinen Körper und vermischt sich mit dem Prickeln, das Jakes Nähe in mir hervorruft, zu einem bittersüßen Cocktail.

Meine Kehle ist wie zugeschnürt, und das wird auch nicht besser, als Jake seine Dominanz aufgibt und mit seinen Händen zärtlich meine Haare berührt, von dort höher rutscht, bis er mein Gesicht umfasst und mich eindringlich ansieht. Seine Lippen streifen meine, ohne mich jedoch zu erlösen. Doch auch jeder Zentimeter seines Körpers zeigt Verlangen, das er kaum noch beherrschen kann.

Er wird mich küssen, aber ich kann nicht abwarten, bis er sich dazu durchringt. Also stelle ich mich auf die Zehenspitzen und küsse ihn. Einmal. Zweimal. Ein drittes Mal, und wir stolpern in einen wilden Kuss, den ich auslöse.

Zum ersten Mal überlässt Jake mir die Kontrolle, und ich spüre, wie viel Kraft es ihn kostet. Er tut das für mich, und das bedeutet mir mehr, als Worte es könnten. Er will das hier. Uns. Mich.

Die Wand in meinem Rücken ist warm, und das Wasser

des Lake Tahoe glitzert vor mir im Sonnenlicht. Ich vergrabe meine Finger in Jakes Haaren und bin kurz davor, mich ganz in dem Gefühl zu verlieren, das Jake in mir auslöst, als mich ein Geräusch innehalten lässt. Klang wie eine Wagentür.

Ich versuche zu lauschen, aber Jake macht es mir verdammt schwer, denn seine Lippen erobern das Ohrläppchen, meinen Hals und schließlich das Schlüsselbein. Ich schwanke, ob ich mich ihm hingeben oder nachsehen soll, wer da vielleicht gekommen ist. Widerstrebend entscheide ich mich für Letzteres. Ich will einfach nicht, dass uns jemand erwischt. Womöglich noch eine meiner Schwestern. Ich schiebe Jake ein Stück von mir.

»Was ist?«, fragt er, und ehrliche Enttäuschung liegt auf seinem Gesicht.

»Hast du das nicht gehört?«, frage ich, aber er schüttelt nur ungeduldig den Kopf und zieht mich wieder an sich.

»Nein, ernsthaft, Jake. Das klang, als wäre jemand gekommen.« Ich schiebe ihn nun entschlossen von mir und spähe um die Hallenecke. Genau in dem Moment, als Mac den Besucher ebenfalls bemerkt und bellend auf Cole zuläuft. Er ist nicht gerade der geborene Wachhund, was spätestens klar wird, als er nach einer Portion Streicheleinheiten von meinem Schwager in spe wieder abdreht und sich auf seinen Platz auf der Ladefläche des Pick-ups zurückzieht, anstatt weiter aufzupassen.

Jake zerzaust sich die Haare und lehnt sich schwer an die Hallenwand. »Haze«, sagt er mit diesem Unterton in der Stimme, der zeigt, für wie unnötig er die Unterbrechung hält. Die Erregung in seiner Stimme lässt mich fast vergessen, dass Cole nur wenige hundert Yards entfernt auf ein Lebenszeichen von uns wartet.

»Cole steht vor deiner Haustür.«

Jake stößt sich von der Wand ab und kommt langsam auf mich zu. »Dann lass ihn da stehen«, sagt er und küsst mich. Und dieses Mal ist keine Spur mehr von Zurückhaltung zu spüren. Er küsst mich nicht nur mit den Lippen, sondern mit dem ganzen Körper. Mit seinen Händen, seinem heißen Atem und dem dunklen Stöhnen, das ihm entfährt, als seine Zunge in meinen Mund eindringt.

Für einen Moment raubt es mir den Atem. Meine Gehirnzellen verweigern vorübergehend den Dienst, aber Cole, der quer über den Platz nach Jake ruft, löscht das Feuer wieder, das Jake in mir entfacht.

Jakes Hand liegt noch immer besitzergreifend auf meinem Schlüsselbein, aber er schüttelt den Kopf und sammelt sich, anstatt fortzufahren und mich um den Verstand zu küssen. »Gibt der denn nie auf?«

Ich versuche, klar zu denken, und mit einem Mal ist mir klar, wieso Cole hier ist. Er wollte mir Bescheid geben, sobald er und Evan sich entschieden haben, ob sie Jake das Geld leihen. Ich glaube kaum, dass er extra hier rausgefahren ist, nur um Jake eine Absage zu erteilen.

Freude, dass die Harris-Brüder Jakes Rettung sein wollen, kämpft mit dem unguten Gefühl, dass ich Jake vorbereiten hätte müssen. Er weiß nicht, dass ich überhaupt mit Cole gesprochen habe. Und erst recht weiß er nichts davon, dass ich seine Rivalen an seiner Stelle um Geld angepumpt und ihnen dafür brisante Details seiner Situation verraten habe.

»Bleib hier. Ich klär das eben«, knurrt Jake, und die versteckte Ankündigung, was er danach mit mir tun will, jagt mir ein Prickeln durch den Körper. Trotzdem lege ich ihm meine Hand auf die Brust und schüttle den Kopf.

»Ich weiß, warum er hier ist. Ich glaube, daran bin ich schuld.«

Jake weicht ein Stück zurück, und ich sehe, wie er versucht, sich einen Reim auf meine Worte zu machen. »Was hast du getan, Haze?«, fragt er misstrauisch. Da ist sie wieder, die Abwehr, die früher zwischen uns stand. Sie umgibt Jake wie eine zweite Haut. »Haze?«

»Ich habe ihm von dem Kredit erzählt.«

»Davon wussten sie schon«, erwidert er kühl.

»Alles.« Ich strecke die Hand nach Jake aus, aber er weicht zurück. »Ich habe ihm alles erzählt.«

Jake sieht aus, als würde er kollabieren oder mich alternativ mit einem Vierkantholz erschlagen wollen. Aber anstatt auszurasten, wird er furchtbar ruhig. »Dazu hattest du kein Recht.«

»Ich habe es ihm nicht als Geschäftskonkurrent von dir erzählt, sondern als meinem Fast-Schwager. Weil ich weiß, dass er helfen kann. Und weil ich ihm vertraue.«

Jake lacht tonlos auf. »Leider ist er nicht nur dein Fast-Schwager, sondern eben auch Cole Harris, der meine Werft haben will, nicht wahr?« Er fühlt sich von mir verraten, dabei habe ich das Gegenteil gewollt.

»Jake, er kann dir helfen. Hör dir bitte an, was er zu sagen hat, und stell nur einmal deinen Sturkopf hintenan.« Es fällt mir schwer zu atmen und meinen Herzschlag zu beruhigen. »Bitte.«

Jake rennt auf und ab wie ein Tiger im Käfig, während Cole noch einmal nach ihm ruft. Dieses Mal ist er ganz nah.

»Bitte verpass diese Chance nicht. Es könnte alles verändern, wenn du sie ausschlägst.« Ich erreiche Jake nicht, und dann rutschen mir die Worte heraus, die ich nie hätte wählen dürfen. »Mach nicht denselben Fehler wie damals bei Will, sondern hör auf deine Freunde.«

Jake hält abrupt inne und starrt mich fassungslos an, bevor sich seine Augen vor Wut verdunkeln. »Lass Will da raus!«, blafft er mich an, und die Kälte in seiner Stimme lässt mich trotz der milden Temperaturen frösteln.

Cole biegt um die Ecke und bleibt irritiert stehen, weil ihm völlig klar ist, dass er mitten in eine Auseinandersetzung geraten ist. »Ich habe gerufen«, sagt er entschuldigend und deutet hinter sich. »Ich kann auch später wiederkommen.«

Aber Jake winkt ab. »Hazel wollte sowieso gerade gehen und du …« Er reißt seinen Blick von mir los und richtet ihn auf Cole. »… und du brauchst nicht wiederzukommen. Egal, was sie dir erzählt hat: Ich brauche euer Geld nicht. Ich bin nicht interessiert. Ganz gleich, was du anzubieten hast.«

Damit lässt er uns beide einfach stehen und überquert den Platz zwischen Hallen und Wohnhaus. Mac springt von der Ladefläche und will ihm folgen, aber auch ihn beachtet Jake nicht. Die Vordertür knallt hinter Jake zu, und binnen kürzester Zeit dröhnt laute Musik durch die Fensterscheiben ins Freie. Mac legt sich in den Schatten des Dodge und fixiert mit Argusaugen das Haus, in dem sein Herrchen verschwunden ist.

»Was war denn das?« Cole sieht mich eindringlich an. »Alles okay, Haze?«

Ich nicke, obwohl mir Tränen die Wangen hinablaufen. »Ich habe eine Grenze übertreten, und Jake ist nicht besonders gut darin, so etwas zu verzeihen.« Warum habe ich nicht rechtzeitig mit ihm über mein Gespräch mit Cole geredet? Wieso nur musste ich Will erwähnen? Ich wusste, es würde Jake an den Tag erinnern, der in seinen Erinnerungen tiefschwarz gefärbt ist, und doch habe ich es getan.

»Ihr Carson-Schwestern übertretet ständig Grenzen, und genau dafür lieben wir euch.« Cole drückt mich kurz an sich und reicht mir dann ein Taschentuch. »Jake auch«, fügt er hinzu. »Aber er ist ein harter Knochen. Ich meine, da will man ihm 'ne fünfstellige Summe leihen, ohne etwas dafür zurückzukriegen, und der Typ haut einem die Tür vor der Nase zu«, fasst er Jakes Verhalten mit einem Lächeln zusammen.

»Du bist ihm nicht böse?« Ich würde verstehen, wenn Cole es wäre.

»Nicht wirklich.« Er zuckt mit den Schultern. »Ich habe mir so etwas schon gedacht. Jake ist nicht besonders gut darin, sich retten zu lassen.« Er hält einen Scheck hoch und wartet, bis ich ihm das Stück Papier abgenommen habe. »Sorg dafür, dass er ihn um Himmels willen einlöst. Ich mag den Kerl. Auch wenn ich manchmal nicht verstehe, wieso. Auf jeden Fall ist er Lizzies bester Freund, und ich habe keine Lust, sie trösten zu müssen, nur weil er zu stolz war, einen Scheck mit dem Namen Harris drauf einzulösen. Außerdem ist es echt amüsant, dass er es ohne weiteres schafft, Evan in den Wahnsinn zu treiben. Ich kann unmöglich auf ihn hier am See verzichten.« Er entfernt sich lachend ein paar Schritte, dreht sich aber noch einmal um und zwinkert mir zu. »Und natürlich hoffe ich, dass er mich durch diese großzügige Geste zum Best-Buddy macht, der uns eine tolle Werft und den besten Bootsbauer diesseits der Rockies als Partner beschert.«

Ich nicke, blinzle die Tränen weg und halte den Scheck hoch. »Ich werde es ihm ausrichten.« Immer vorausgesetzt, Jake redet noch mit mir.

Cole nickt. »Das Angebot war ernst gemeint. Wir würden ihn zum Partner machen, wenn er einverstanden ist. Evan war nicht begeistert, hat aber zugestimmt. Ich hätte das gern mit Jake selbst besprochen, aber ich fürchte, er würde mir gerade nicht zuhören. Vielleicht kannst du es ihm sagen.«

Ich warte, bis sich das Motorengeräusch von Coles Pick-up in der Ferne verliert. Erst dann gehe ich langsam zum Haupthaus hinüber. Ich weiß, die Tür ist nicht verschlossen. Ich bin schon so oft einfach ins Haus gegangen, aber jetzt erscheint es mir nicht richtig, also klopfe ich – laut genug, damit man es über die Musik hinweg hört – und warte, bis Jake nach einer gefühlten Ewigkeit die Tür öffnet.

Wortlos zieht er sie einen Spaltbreit auf und verschwindet wieder im Inneren des Hauses, ohne sie wieder zu verschließen. Mac schlüpft vor mir durch die Tür. Seufzend folge ich Jake und dem Hund in die Küche und lege den Scheck auf die Mikrowelle. Direkt neben das Bild, das ich nach Jakes Erzählungen von Afrika gezeichnet habe.

Ich mache die Musik aus. Für das folgende Gespräch brauche ich Ruhe. »Er ist wieder gefahren«, sage ich leise.

»Gut«, ist alles, was von Jake kommt. Er lehnt an der Arbeitsplatte und mauert.

»Er war nur hier, weil ich ihn darum gebeten habe, dir einen zinslosen Kredit zu geben. Du musst die Bank auszahlen, und er hat sich lediglich angeboten, zu helfen.« Ich straffe meine Schultern. »Es war nicht fair, ihn abzukanzeln. Ich verstehe, dass du überrumpelt warst, aber das war meine Schuld. Ich hätte vorher mit dir sprechen müssen.«

Noch immer schweigt Jake. Seine Lippen sind fest aufeinandergepresst.

Ich hole tief Luft. »Verstehst du nicht, dass wir alle dir nur helfen wollen? Warum kannst du Coles Angebot nicht einfach annehmen?«

Jake stößt sich von der Arbeitsplatte ab und kommt mir so nah, dass sich mein Gesäß gegen die Kante des Esstisches drückt. »Weil ich nicht abhängig von diesen Harris-Typen sein will«, sagt er knapp.

Ich verstehe nicht, woher sein Hass gegen die Brüder rührt. »Was haben sie dir denn zum Teufel nochmal getan? Evan und Cole sind keine Monster, die kleine Kinder zum Frühstück verspeisen. Wenn du mal einen Schritt auf sie zugehen würdest, wüsstest du das. Sie haben in der Vergangenheit Fehler gemacht, aber sie haben sich verändert.«

»Ach ja? Wie kommt es dann, dass sie schuld an dem Streit sind, den ich mit Dad hatte?«, fragt Jake wütend. »Unmittelbar nach meiner Rückkehr. Sie waren der Grund dafür, dass sofort alles wieder in Schräglage geriet. Und sie sind schuld, dass wir uns am Tag seines Zusammenbruchs gestritten haben. Alles nur, um die Werft zu kriegen. Sie gehen über Leichen, sonst würde Dad vielleicht noch leben. Ich werde also ganz sicher keinen Schritt auf sie zu machen.«

Ich schließe sekundenlang die Augen. »Du weißt, dass niemand schuld an Sams Tod ist. Und was den Verkauf der Werft angeht: Dein Vater wollte diesen Deal. Niemand hat ihn gezwungen.« Ich greife nach dem Scheck auf der Mikrowelle und halte ihn hoch. »Wenn du jemanden für diese Entscheidung verantwortlich machen willst, ist das Sam selbst.«

Völlig unvermittelt nimmt Jake Coles Scheck an sich und zerreißt ihn. »Als könnte ich Dad noch irgendetwas sagen.« In seinen Worten bricht sich die Verzweiflung über den Verlust seines Vaters.

Ich berühre seinen Arm, aber der Moment der Schwäche ist fort. Brüsk schiebt er meine Hand weg.

»Ich habe nicht vor, den Harris-Brüdern zu erlauben, einen Fuß in der Tür zu haben. Sie werden mir die Werft nicht wegnehmen.« Die Papierfetzen segeln lautlos zu Boden.

Resigniert seufze ich. »Kapier das doch endlich! Sie wollen dir die Werft nicht wegnehmen, sondern dir helfen. Cole hat betont, dass keine Bedingungen an den Scheck gekoppelt sind.«

»Solche Typen haben immer Bedingungen. Sie wollen die Werft, und das ist ihr Weg, um zu bekommen, was sie wollen. Auf die Art von Hilfe kann ich verzichten.«

»Cole hat Evan so weit, dass sie dir eine Partnerschaft anbieten, wenn du sie zusätzlich zu dem Scheck, den Cole dir angeboten hat, investieren lässt und dafür dein Know-how einbringst. Das wäre die Lösung all deiner Probleme.«

Er schüttelt den Kopf. »Du verstehst es nicht, Haze. Diese beiden Typen sind das Problem. Wir wären nie gleichberechtigt. Sie haben die Kohle, sie entscheiden. So will ich nicht arbeiten, und ich kann es auch nicht.«

»Dann verlierst du alles.«

»Ich verliere die Werft nicht. Bevor die Harris-Brüder sie bekommen, haue ich lieber alles klein und gehe zurück nach Afrika. Dort kann ich etwas bewirken, wenn ich es hier nicht schaffe.« Er fährt sich durch die Haare und zwingt sich zur Ruhe. »Aber so weit ist es noch nicht«, sagt er sanft, als würde das seinen Worten die Wucht nehmen.

Mir ist schlecht. Liz hatte also recht. Er spielt mit dem Gedanken, wieder zu gehen. Und er hat nicht eine Sekunde daran gedacht, wegen mir zu bleiben. »Das fühlt sich aber verdammt nochmal danach an, alles zu verlieren«, bringe ich kraftlos hervor.

Jakes Stimme klingt, als würde man sie durch einen viel zu engen Raum quetschen. »Du hast gesagt, das zwischen uns hätte nur so viel zu bedeuten, wie ich möchte. Es ist toll, Haze, aber es hat nun mal keine Zukunft. Selbst dann nicht, wenn ich bleiben würde. Ich wünschte, es wäre anders, aber …« Seine Stimme bricht, aber er fängt sich wieder.

Ich habe ihn nie gedrängt und will es auch jetzt nicht, aber ich brauche Antworten. Weil ich einfach nicht verstehe, warum er uns wegwirft. »Und warum haben wir verdammt nochmal keine Chance?«

Er hebt verzweifelt die Hände und lässt sie wieder sinken, ohne sich zu erklären.

»Weil du denkst, du wärst zu kaputt, um mich glücklich zu machen?«

»Vielleicht.« Er senkt den Blick.

»Wegen Afrika?«, wage ich mich vor. Mein Puls beschleunigt sich, als Jake die Distanz zwischen uns überwindet. Es sieht aus, als würde er mich, wenn nötig, mit Gewalt daran hindern weiterzusprechen.

»Ich werde nicht darüber reden!« Seine Stimme ist schneidend, und ich höre die Wut, die knapp unter der Oberfläche pulsiert.

»Du musst! Mir zuliebe.«

»Warum ist es dir auf einmal so scheiß wichtig, dass ich darüber rede, Hazel?«

»Weil du mir wichtig bist«, antworte ich eine Spur zu schnell und beiße mir auf die Lippen. Ich sollte ihm wohl nicht noch mein Herz präsentieren, wenn er schon dabei ist, meine restliche Gefühlswelt zu filetieren. »Und weil ich nicht will, dass du gehst.«

»Reden wird absolut nichts daran ändern. Du lebst in dieser heilen Welt.« Er dreht sich um die eigene Achse, und seine Handbewegung umfasst alles. Den See, die Häuser, die

Menschen, mich. »Und du glaubst, Reden könnte mich retten, etwas verändern. Damit ich wieder so werde wie früher und wir uns lieben können. Dann leben wir hier zusammen am See, mit einem Hund.« Er schiebt Big Mac, den die tiefen Emotionen im Raum verwirren, sanft mit dem Bein beiseite. »Mit 'ner Handvoll Kindern und 'nem weißen Gartenzaun. Wir werden glücklich und sterben nach einem erfüllten Leben zu zweit. Aber ich sage dir was.« Seine Stimme wird laut, und ich spüre die Frustration und den Schmerz in jedem Wort. »Nichts kommt in Ordnung, nur weil man darüber redet, Hazel! Dieser Traum wird allein durch Worte nicht zur Realität. Manche Dinge sind unwiderruflich kaputt. Ich bin kaputt.« Er schlägt sich gegen die Brust, und ich sehe Tränen in seinen Augen. »Ich komme nicht wieder in Ordnung. Also such dir jemanden, der dir genau das geben kann. Denn ich kann es nicht. Geh, und finde jemand anderen!« Sein Blick hingegen brüllt mir das genaue Gegenteil entgegen und hält mich gefangen. Auf dem Holzboden der Küche. Nur Zentimeter von ihm entfernt. Mein Herz fühlt sich an, als wollte es zerspringen.

»Ich gehe nicht«, sage ich fest. »Wenn das, was in Dundo passiert ist, zwischen uns steht, will ich wissen, was es ist. Ich will wissen, was uns unmöglich macht.« Meine Stimme zittert.

»Haze«, unterbricht Jake mich scharf, aber ich höre nicht auf. Ich kann nicht. Tränen rinnen über meine Wangen.

»Was ist in Dundo passiert?«, frage ich, aber Jake antwortet nicht. »Was ist in Afrika geschehen?«

Jake hebt seine Hand, als wolle er mir den Mund zuhalten, aber bevor er mich berührt, lässt er sie wieder sinken. Noch immer stumm.

»Was war mit Will?«, spiele ich meinen letzten Trumpf aus. Ich weiß, dass er das Tor zu Jakes Trauma ist.

Krachend trifft Jakes Faust auf der Tür des Küchenschranks auf. Nur Zentimeter neben mir. Es macht mir trotzdem keine Angst. Er wird mir nichts tun. Nie. Egal, wie es ihm geht. Ich stehe einfach nur da und sehe ihn an.

»Erzählst du mir, was mit Will passiert ist?« Ich kann nicht zulassen, dass er sich erneut auf diesem fremden Kontinent verlieren wird, weil er hier scheitert.

»Hör auf!«

»Ich kann nicht«, flüstere ich entschuldigend. »Ihr solltet evakuiert werden. Will wollte, dass du mit ihm gehst, aber du hast deinen Platz diesem Mann angeboten und bist geblieben, dabei hättest du auf ihn hören sollen«, fasse ich den Teil der Geschichte zusammen, den ich bereits kenne. Ich berühre seine Wange, aber Jake weicht zurück. Jegliche Kraft ist aus ihm gewichen. Leise fahre ich fort: »Es gab eine Gefährdungslage.«

»Durch Milizen aus dem Ostkongo«, bestätigt Jake dumpf. Er hat die Augen geschlossen, und ich sehe den Schmerz, der hinter seinen Lidern tobt. »Du willst, dass ich dir von diesem Tag erzähle. Na schön!« Er öffnet die Augen, und sein Blick ist wild wie der Lake Tahoe während der Herbststürme. Er kommt mir ganz nah. »Du willst hören, wie Milizen in das Flüchtlingslager eingefallen sind? Dass sie Macheten hatten, Gewehre und Messer? Dass sie sie benutzt haben?«

Es ist, als wäre eine Schleuse geöffnet worden. Die folgenden Worte brechen hervor wie eine dunkle Flutwelle.

»Sie haben die Männer, die geblieben sind und sich nicht verstecken konnten, umgebracht. Vermutlich hätte ich einige von ihnen retten können, aber ich stand einfach nur da und habe zugesehen, anstatt etwas zu tun.«

Ich kann den Horror spüren und dabei nur erahnen, wie schlimm es war, dabei gewesen zu sein. Ich berühre Jakes Arm, aber er entzieht sich mir. Er ist weit weg. Nicht am Lake Tahoe, sondern in Afrika, gefangen in einer Endlosschleife dieses Tages.

»Wen sie nicht gleich getötet haben, wurde vor dem Krankenhaus zusammengetrieben. Wir mussten uns hinknien, und dann haben sie uns einen nach dem anderen exekutiert.« Jake flüstert die Worte, und der kalte Schrecken, der seit Monaten in seinen Erinnerungen wütet, erfasst mich. Eine Gänsehaut breitet sich auf meinem Körper aus.

Jake kommt näher, berührt meinen Nacken. »Genau hier haben sie die Waffe angesetzt und einen nach dem anderen erschossen.« Die Worte sind leise, aber grausam klar. »Will hatte mir eine Schutzweste von irgendeinem Pressetypen zugeschmissen, bevor ich ihn in dem Chaos verloren habe. Der Journalist, einer der wenigen Ausländer, die wie wir geblieben waren, kniete fünf Menschen rechts von mir. Er trug keine Weste. Niemand wusste, dass er von der Presse war. Dass er die Botschaft dieser Mistkerle in die Welt hätte transportieren können. Deswegen musste er sterben. Genau wie all die anderen Männer. Und ich bin hier. Nur weil Will so geistesgegenwärtig war, mir diese bescheuerte Weste zu geben.«

Ich habe das Gefühl, unter der Wucht der Bilder zusammenzubrechen, aber trotzdem frage ich stockend. »Was ist mit Will geschehen?«

»Er hat es geschafft, einige Bewohner des Camps zu verstecken, bevor sie ihn geschnappt haben«, berichtet Jake stockend und sieht mich dann direkt an. »Zur Strafe haben sie ihn zusammengeschlagen, und als er nicht mehr konnte, haben sie ihn erschossen.«

»Jake.« Ich weine. Mit ihm. An seiner Stelle, denn Jakes Gesicht ist völlig ausdruckslos. Als hätte sich sein Geist distanziert, um die Bilder aus seinem Inneren zu überleben.

»Sie haben mir eine Waffe an den Kopf gehalten und mich angeschrien, hinzusehen. Ich wollte nicht, aber ich habe es getan. Ich habe hingesehen.« Er lacht tonlos auf. »Einer der Typen hat das Ganze gefilmt und wollte, dass ich das Video später veröffentliche. Sie meinten, ich solle der Welt ihre Botschaft übermitteln, dass der Kongo und die Grenzgebiete ihr Zuhause wäre und wir westlichen Idioten nichts dort verloren hätten. Als das Militär kam, sind sie geflüchtet. Das Handy und die Aufnahmen wurden zerstört, und der Überfall war damit nicht mehr als eine Randnotiz für die Nachrichten der westlichen Welt.« Jake streckt kämpferisch das Kinn vor. »Ich hätte bei Taio und Big Mac in dem Scheiß-Wagen bleiben und mitfahren sollen. Dann wäre Will nicht wegen mir dortgeblieben. Ich hätte dem Journalisten seine Weste zurückgeben müssen. Ich hätte wie Will wenigstens ein paar der Menschen retten können, aber stattdessen habe ich im Staub gekniet und zugesehen.« Er schlägt seine Faust erneut gegen den Schrank. »Ich hätte etwas tun müssen. Irgendetwas.«

Es tut mir weh, ihn so zu sehen. »Jake«, versuche ich, zu ihm durchzudringen. »Es ist nicht deine Schuld. Sie haben dir eine Waffe an den Kopf gehalten. Wenn du irgendetwas getan hättest, wärst du jetzt ebenfalls tot. Du hättest es nicht verhindern können.«

Er nickt, obwohl ich sehe, dass er anders darüber denkt. Trotzdem lässt er seine Faust sinken. Es ist, als hätte ihn meine Stimme zurückgeholt. Nicht vollständig, aber weit genug. Wut und Anspannung sind einer Leere gewichen, die Jake hilflos aussehen lässt. Ganz vorsichtig ergreife ich seine Hand, und Jake setzt mir nichts entgegen. Nicht, als ich ihn an mich ziehe. Nicht, als ich meine Arme um ihn schlinge und ihn an mich presse. Er vergräbt sein Gesicht in meinen Haaren und atmet tief ein. Eine Weile stehen wir so da, und ich habe das Gefühl, etwas sagen zu müssen. Etwas, das einen Unterschied macht. Etwas, das schon so lange in mir schwelt, dass ich es einfach loswerden muss. Egal, ob es mich angreifbar macht.

»Ich liebe dich«, flüstere ich. Zärtlich streiche ich Jakes Rücken entlang und spüre, wie er auf meine Berührungen reagiert. Auf meine Worte, obwohl er sie nicht erwidert.

Seine Hände, die bis eben kraftlos an seinem Körper herabhingen, schieben sich in meine Haare und umrahmen mein Gesicht, bevor seine Lippen meine suchen. Es ist ein rauer, zügelloser Kuss, der all seine Wut und all seinen Schmerz in sich trägt und die Welt um uns auslöscht. Ich nehme nichts wahr außer Jake, der all sein Denken, sein Handeln, sein Ich in immer forderndere Küsse drängt, obwohl ich die Erschöpfung spüre, die ihn umgibt.

Und auch wenn seine Küsse meine Leidenschaft entzünden, stoppe ich ihn dieses Mal und umfasse sanft sein Gesicht. Ich zwinge ihn zur Ruhe. Dazu, zu spüren. Sich. Mich. Und hoffentlich irgendwann wieder, wie schön das Leben sein kann. Aber auch, was sein Herz verdunkelt. Ich streiche ihm liebevoll durch das Haar und nehme dann seine Hand. Wortlos ziehe ich ihn hinter mir her ins Obergeschoss.

Jake folgt mir und lässt zu, dass ich ihn im Badezimmer auf den Wannenrand drücke. Ich stelle das Wasser der Dusche an, das etwas braucht, um heiß zu werden. Dann ziehe ich ihm das Shirt aus.

Er sieht mich nicht an. Auch dann nicht, als ich meine Hände von seinen Schultern zu seinem Kinn gleiten lasse und sein Gesicht anhebe, um ihn zu küssen. Sanft und innig, und er erwidert diesen Kuss das erste Mal auf die Weise, die einem das Herz stiehlt.

Jake schließt die Augen, und wir versinken in diesem Kuss, bis uns heißer Dampf umhüllt.

Ich löse meine Lippen von seinen und öffne seine Hose. Aber als ich sie ihm abstreifen will, hält er mich zurück. Stattdessen steht er auf und streift mir bestimmt die Strickjacke vom Körper. Sie fällt hinter mich und bleibt als graues Bündel am Boden liegen. Dann führt er meine Hände über dem Kopf zusammen und zieht mir mein Top aus. Nicht hastig wie sonst. Da ist keine Ungeduld, nur Vertrautheit und … Liebe.

Als wir beide nackt sind, führe ich Jake unter die Dusche und drehe ihn mit dem Rücken zu mir. Behutsam seife ich ihn ein und massiere dabei seine verspannten Muskeln. Ich weiß, dass es ihn anstrengt, diese Form der Nähe zuzulassen, aber gleichzeitig merke ich auch, wie ihn jede Berührung ein Stück weiter zurückholt. Weg von dem Horror, den er erleben musste und für den er sich die Schuld gibt. Egal, wie sehr ich ihn vom Gegenteil überzeugen will. Das Wasser wäscht die Schaumberge fort, und ich platziere winzige Küsse auf seiner breiten Schulterpartie, seiner Wirbelsäule und seinem Nacken.

Jake umfasst meine Hände und führt sie vor seinem Bauch zusammen. Es ist, als würde er mich dadurch halten. Dabei ist uns beiden klar, dass es gerade andersherum ist. Jake dreht sich um und streicht langsam meine Arme hinauf. Mit einer verrutscht lässigen Pose wirft er sich die nassen Haare aus der Stirn und sieht mich durchdringend an, nur um Sekunden später seine Lippen auf meine zu senken. Er küsst mich, während er andächtig beginnt, mich einzuseifen. Auch die Brüste und meine Scham lässt er nicht aus, und ich stöhne leise, als er mich dort berührt. Meine Haut steht in Flammen, und ich muss mich selbst ermahnen, mir Zeit zu lassen. Ihm Zeit zu lassen. Uns.

Seine Zunge gleitet zwischen meine Lippen und beginnt ein sanftes, aufreizendes Spiel, das mich fast um den Verstand bringt, während seine Hände wieder und wieder dieselben Bahnen auf meinem Körper entlangfahren.

Gerade als ich denke, ich halte es nicht mehr länger aus, und Jake stoppen will, wechselt die Temperatur der Dusche plötzlich von heiß zu eiskalt. Ich kreische erschrocken auf und versuche, dem Strahl zu entkommen, aber Jake hält mich fest und lacht. So wie er früher immer gelacht hat. Bevor so viel schiefgelaufen ist. Dieses Lachen ist ansteckend und berührt mein Herz.

»Du hast gesagt, ich soll fühlen.« Er zieht mich zurück unter den kalten Wasserstrahl. »Mitgehangen, mitgefangen.« Er lacht und hält mich unter dem eiskalten Wasserstrahl, während wir uns atemlos von Schaum befreien.

Kapitel 16

Nach einigen Minuten hat Jake Erbarmen, und wir verlassen die Dusche. Er schlingt ein übergroßes Baumwollhandtuch um mich und rubbelt mich sanft trocken. Erst als ich aufhöre zu zittern, bindet er sich selbst ein weißes Frotteetuch um die Hüften. Wassertropfen rinnen über seine nackte Brust und verlieren sich in dem Knoten über seiner Hüfte. Er sagt kein Wort, als er mich aus dem Bad und in sein Zimmer zieht. Seine Hand fühlt sich kühl an in meiner und erinnert mich an den Tanz im Coldwater Diner, als er mir das erste Mal das Gefühl gegeben hat, er würde mehr in mir sehen.

Für einen Moment stehen Jake und ich uns gegenüber. Nur unsere Hände berühren sich, bis ich mich von ihm löse und die winzige, aber hochmoderne Hi-Fi-Anlage anstelle, die im Gegensatz zu dem Plattenspieler, der unten im Wohnzimmer steht, Platz in seinem Jugendzimmer gefunden hat. Leise Countrymusik erklingt, und ein Lächeln breitet sich auf meinem Gesicht aus. Ich will mit Jake tanzen. Wie im Diner. Nur sind wir dieses Mal allein. Nichts und niemand wird uns stören.

Ich drehe mich zu ihm um und lasse langsam das Handtuch zu Boden gleiten. Ich sehe, wie er sekundenlang den Atem anhält. Sein Blick streift über meinen Körper und verursacht einen wohligen Schauer, aber anstatt seine Wirkung auf mich auszunutzen, versteht Jake, was ich ihm mit der Musik sagen will. Er hält mir auffordernd seine Hand entgegen, und ich lasse zu, dass er mich in einem weiten Bogen von sich wegdreht, nur um mich im Rhythmus der Musik zurück an seine Brust zu ziehen. Ich beiße mir auf die Lippen, um nicht allzu sehr auf die Sinnlichkeit unserer Bewegungen zu reagieren, auf die zarte Reibung unserer Haut im Takt der Musik und das Kribbeln, das dem Summen einer Hochspannungsleitung gleicht.

»Ich verstehe nicht, wie ich damals übersehen konnte, was direkt vor mir lag«, flüstert Jake mit einem Mal. »Als ich zurückkam, warst du die Einzige, die mich erreicht hat.« Er zieht mich noch näher an sich. »Deine Stimme hat das Grau weggeschoben. Da habe ich es endlich kapiert. Du solltest wissen, dass ich ziemlich verknallt in dich bin, Hazel Carson.« Er lacht leise, und seine Lippen berühren mein Ohr, als er leise weiterredet. »Ich denke zwar, dass ich dich nicht verdiene, aber ich bin es leid, gegen das hier anzukämpfen. Deine Stimme macht es leichter.« Seine Lippen liebkosen die zarte Haut meines Halses. »Und dein Lachen. Deine Berührungen. Du.« Er lacht erneut leise, als seine Hände einen wohligen Schauer in mir auslösen. »Erinnerst du dich an dieses verdammte Schlammfestival?«

Ich nicke kaum merklich.

»Wir haben getanzt. Nur du und ich. Ständig sind wir ausgerutscht. Überall war Schlamm, aber ich wollte nirgendwo anders sein. Da hätte ich es merken sollen, aber ich war wohl ziemlich blind.« Er zuckt hilflos mit den Schultern, und ich küsse ihn wortlos. Er hat diesen Tag all die Jahre in seinen Erinnerungen aufbewahrt. Denselben Tag, an dem ich mein Herz an ihn verloren habe. Warum hat er nie etwas gesagt? Alles wäre anders gekommen, hätte er sich eingestanden, dass er mich mochte. Ich ziehe ihn tiefer in den Kuss, weil ich mir keine Gedanken über das »Was wäre wenn« machen will. Wir sind jetzt hier, zusammen. Er hat sich mir anvertraut, und das ist alles, was zählt.

Er dirigiert mich noch einmal von sich und dreht mich mit einem schiefen Grinsen wieder in seine Arme und schunkelt dann weiter. Seine Finger wandern an meiner Wirbelsäule entlang, bis er meinen Hintern umfasst und ihn sanft knetet.

Ich stöhne leise auf, und ein dunkles, zufriedenes Lachen stiehlt sich auf Jakes Lippen. Ich fühle mich geborgen in seinen Armen, mit diesem Lachen, das sich in meinem Körper fortsetzt, und küsse die leichte Gänsehaut, die Jakes Oberkörper erfasst. Dann seinen Hals. Das Kinn. Und schließlich erreiche ich seine Lippen. Ganz zart beiße ich ihm in die Unterlippe, zupfe daran und löse mich schließlich von ihm. Es ist, als hätte Jake nur darauf gewartet, mir den Mund mit einem tiefen Kuss zu verschließen, sobald ich ihn freigebe.

Wir tanzen zu dem tiefromantischen Klassiker von John Denver, *Annie's Song*, und knutschen dabei atemlos wie zwei frisch verliebte Teenager.

Amber hat dieses Lied so oft am Lagerfeuer in der Halfmoon Bay gesungen, dass ich den Text auswendig kenne, ohne darüber nachdenken zu müssen. »*You fill up my senses …*« Jake füllt jeden meiner Sinne. Mit jedem Kuss. Mit jeder Berührung. Ich und mein Herz sind ihm völlig hilflos ausgeliefert. Dieses Gefühl müsste bedrohlich sein, aber das ist es nicht. Jake hat mir vertraut. Und ich vertraue ihm. Das ist eine einfache und unumstößliche Tatsache.

Der Song endet, und unsere Körper stehen ohne den Rhythmus, der sie trägt, plötzlich still. Nur unser sich überschlagender Atem durchsetzt die Stille und die Lust, die sich bei jedem weiteren Kuss auf unseren Lippen bricht.

Johnny Cashs *Walk the line* dringt als Nächstes aus der Anlage. Eines von Sams Lieblingsliedern. Ich spüre, wie Jake sich versteift, aber ich lasse nicht zu, dass er sich wieder zurückzieht. Stattdessen dränge ich ihn zum Bett hinüber, bis sich die Kante der Matratze in seine Kniekehlen drückt und er darauf sinkt. Ich schiebe mich über ihn und löse ganz langsam den Knoten seines Handtuchs.

Jake protestiert schwach, aber ich verschließe ihm zärtlich den Mund und beende den Kuss erst, als er sich entspannt und sich meinen Berührungen und dem damit einhergehenden Kontrollverlust ergibt. Während ich meine Zunge über seinen Hals zur Brust gleiten lasse, umfasse ich seine Härte und lasse meine Finger sanft auf seiner Eichel kreisen. Unwillkürlich schiebt Jake mir sein Becken entgegen und stößt mit einem dunklen Stöhnen die Luft aus seinen Lungen. Er fährt sich durch die Haare und ballt die Hände schließlich zu Fäusten, als ich meine Berührungen intensiviere und meine Zunge über die festen Muskelplatten seines Bauches abwärts gleitet.

»Haze«, bringt er brüchig hervor, aber ich lege ihm meinen Finger auf die Lippen und umschließe im selben Moment mit meinem Mund seinen Schwanz. Jake verschränkt seine Finger mit meinen, und die Verzweiflung dieser Geste zeigt, wie sehr er mir ausgeliefert ist. Nicht nur körperlich, sondern vor allem emotional.

Ich platziere winzige Küsse auf Jakes Leiste, seinem Schaft und der Spitze seines Schwanzes. Das Zittern seiner Muskeln zeigt mir, wie ungeduldig er meine Erlösung erwartet. Also nehme ich ihn wieder in den Mund und lasse ihn tief zwischen meine Lippen gleiten, sauge an ihm, knabbere und liebkose ihn, bis Jake sich nicht mehr beherrschen kann und zwischen meine Lippen stößt. Aber urplötzlich weicht er zurück und will mich zu sich hochziehen.

»Hör auf, Haze, sonst kann ich für nichts mehr garantieren.«

Ich grinse. »Gut!« Denn darum geht es. Er soll alle Garantien über Bord werfen. Er soll die scheiß Kontrolle vergessen. Ich warte nicht, bis er protestieren kann, sondern schließe meine Lippen erneut um seine Härte. Ich reize ihn und spüre, wie Jake mit sich kämpft und schließlich aufgibt. Er vergräbt seine Hände in meinen Haaren und dirigiert mich in den Rhythmus, den er braucht. Ein animalisches Knurren begleitet sein Kommen. Zuckend stößt er tief in meinen Mund und ergießt sich zwischen meinen Lippen.

»Fuck, Haze.« Er lacht leise und wartet, bis ich mich an seinem Körper zurück nach oben geküsst habe. »Du siehst verdammt nochmal unschuldiger aus, als du bist.«

Ich zucke mit den Schultern und küsse ihn so, dass es ihm ein weiteres Lachen entlockt.

Aber urplötzlich wird er ernst. Sein Lachen verstummt, und er umschließt mein Gesicht mit seinen Händen. Seine Lippen suchen meine, und er küsst mich. So, als könnte er allein mit diesem Kuss tektonische Platten verschieben.

Er berührt meine Brüste, und mir entfährt ein Stöhnen. Es sind federleichte Liebkosungen, die mich wahnsinnig machen. Sein nicht ganz erschlaffter Penis berührt meine Mitte, und Lust verwirbelt in meinem Körper. Ich konzentriere mich ganz auf Jakes Zunge, die einen prickelnden Tanz mit meiner wagt. Er streicht mir die Haare aus dem Gesicht, nur um mich dann weiter um den Verstand zu küssen und unter sich zu drehen.

Seine Hände folgen meiner Körperlinie, streichen über jeden Quadratzoll meines Körpers, und seine Zunge folgt jeder dieser Bahnen.

Ich klammere mich mit beiden Händen an seine Oberarme, weil es sich anfühlt, als würde ich mich einfach auflösen, wenn ich mich nicht an ihm festhalte.

Ich schnappe verzweifelt nach Luft, als Jakes Zunge meine Mitte streift, um mich im selben Moment wieder auf Entzug zu setzen. Zitternd atme ich aus und weiß nicht, ob mir die kurze Erholungspause gefällt oder ob ich ihn lieber anbetteln sollte, mir mehr zu geben. Jede meiner Zellen ist zum Zerreißen gespannt.

Als seine Zunge abermals meine Hitze erobert, wölbe ich mich ihm entgegen und pumpe bebende Lust durch meine Lungen.

Ich werde kommen, aber bevor ich mich der tosenden Welle ergeben kann, schiebt Jake sich über mich und küsst mich. Seine Zunge dringt in meinen Mund und seine Härte in mich. Hinter meinen geschlossenen Lidern liegt ein Sternenhimmel, als er tief in mein aufbrechendes Verlangen stößt. Verzweifelt schlinge ich meine Beine um seine Hüften, und Jake ergreift meine Hände, während er mit sanften tiefen Stößen das Feuerwerk in meinem Inneren zündet. Ein größeres als jenes, das in South Lake Tahoe am vierten Juli abgefeuert wird.

Er liebt mich so intensiv und tief, dass es weh tut, und hält erst inne, als mich der Orgasmus zitternd und schwer atmend loslässt. Ein zärtlich schiefes Grinsen liegt auf seinen Lippen. Ich streiche ihm durch die Haare, und er fährt die Konturen meines Gesichts nach, während er noch immer in mir ist. Er küsst mich, und nichts und niemand stört den Moment, in dem wir uns so nah sind wie nie zuvor. Keine Hast, die den

Sex zwischen uns bis jetzt begleitet hat. Keine Erinnerungen. Keine Sorgen.

Jake betrachtet mich und ich ihn, als er beginnt, sich erneut in mir zu bewegen. Ich spüre, wie sein Schwanz härter wird und schmecke seine Erregung in jedem einzelnen Kuss. Ein Stöhnen entschlüpft mir, und ich sehe, wie es Jake anmacht. Er beißt sich auf die Lippen, und seine Bewegungen werden rauer. Ich fühle, wie sich die Begierde zu einem gleißenden See in meinem Unterleib zusammenballt, und kann nicht aufhören, Jake anzusehen. Wir sehen uns tief in die Augen, als wir beide kommen und einander halten.

Unsere Lippen liegen aufeinander und fangen unseren stolpernden Atem. Jake hat seine Stirn gegen meine gepresst, und unsere Körper sind so eng miteinander vereint, dass ich nicht mehr weiß, wo er beginnt und ich aufhöre. Ein leiser Schrei entweicht mir, als Jake sich weiter in mir bewegt und unsere Lust voll auskostet. Erst als ich ihn atemlos küsse, dreht er sich schließlich mit mir auf die Seite, damit sein Gewicht mich nicht unter sich begräbt. Ineinander verknotet bleiben wir liegen und sehen einander unverwandt an.

Während es draußen langsam dunkel wird, reden Jake und ich leise miteinander. Über die gemeinsame Zeit, bevor er fortgegangen ist, und über die, als wir getrennt voneinander waren. Ich erzähle ihm von Fynn, meiner einzigen längeren Beziehung, die daran gescheitert ist, dass er weder genug Bezug zum Lake Tahoe hatte noch mit meinem ausgeprägten Familiensinn klarkam. Ich erzähle ihm noch einmal von der *Pinewood Dreams*. Wie sie ihr nasses Grab auf dem Boden des Lake Tahoe gefunden hat und wie traurig ich darüber war. Ich habe ihr Andenken bewahrt, indem ich ein Bruchstück des Bootsrumpfes, das später in der Halfmoon Bay angespült wurde, als Erinnerung in meinem Zimmer an die Wand gehängt habe. Und ich berichte von Sam und seinem Versuch, mir das Handwerken beizubringen, obwohl ich ihm versichert hatte, dass Dad bereits erfolglos all seine Bemühungen in dasselbe Unterfangen gesteckt hatte. Es endete damit, dass Sam motzend aufgab und ich in die Notaufnahme musste, weil ich mir einen Nagel in den Finger gehauen hatte.

Jake lacht, ohne seinen Blick von mir zu lösen, und führt meine Hand an seinen Mund. Er küsst den Finger, den noch heute eine Narbe ziert.

»Ich dachte, die Geschichte hierzu wäre etwas spektakulärer«, meint er lächelnd und streicht über die Stelle an meinem Finger. »Du solltest dir unbedingt etwas ausdenken, das mindestens einen Säbelzahntiger und 'ne Horde angriffslustiger Gartenzwerge beinhaltet.«

Ich schlage ihm halbherzig gegen die Brust. »Ich mag die Geschichte. Und ich mag die Narbe. Sie erinnert mich an Sam.«

Schweigend nickt Jake. Dann küsst er mich, zieht mich eng an sich und erzählt mir mehr von Will und Taio. Von Taios Talent, sich ständig Ärger einzuhandeln und sich dann hinter Will zu verstecken, der mehr als einmal seine liebe Mühe hatte, die Wogen zu glätten. Er erzählt mir von Wills Familie, die in Kentucky lebt und die Jake während eines Thanksgivings verköstigte, das die beiden dort gemeinsam ein Jahr vor Wills Tod verbrachten.

Ich frage nicht nach, warum er damals nicht zu uns an den See gekommen ist, als er in den Staaten war. Ich kenne die Antwort. Er war nicht bereit, sich mit seinem Vater auszusprechen und sich den Schuldgefühlen wegen Mom und Dads Tod und Fionas Flucht zu stellen.

Jakes Stimme wird mit der Zeit verwaschener. Wir sind beide völlig erschöpft, und so drifte ich schließlich mit seinem Herzschlag im Ohr und seinem Körper dicht an meinem langsam dem Schlaf entgegen.

Kapitel 17

Als ich am nächsten Morgen aufstehe, liegt Jake wie immer nicht neben mir, aber das Laken ist noch warm. Er hat die Nacht hier neben mir verbracht. Er kann noch nicht lange aufgestanden sein. Ich ziehe mir sein Shirt über, das halb auf der Kommode liegt und das nach ihm duftet. Nur in Slip und den weiten Jerseystoff gehüllt, laufe ich ins Erdgeschoss hinunter und bemerke zu spät, dass Jake nicht allein ist.

Fiona sitzt mit einem Becher Kaffee auf der Arbeitsplatte, während Jake Rührei zubereitet.

»Salut, Haze«, begrüßt sie mich höchst französisch und grinst so breit, dass es mir die Röte in die Wangen treibt. Natürlich ist bei meinem Aufzug klar, dass Jake und ich die Nacht miteinander verbracht haben.

»Morgen«, sage ich, so unbekümmert es mir möglich ist, und schnappe mir einen Kaffee, ohne Fionas bohrenden Blick zu erwidern. Unschlüssig, wie die Begrüßung unter den gegebenen Umständen zwischen mir und Jake aussehen sollte, ziehe ich mich mit dem köstlich duftenden Kaffee zurück. »Ich muss dringend duschen«, murmle ich und verlasse fluchtartig die Küche.

Auf dem Weg die Treppe hinauf höre ich Fiona lachen, und ihre Stimme lässt keinen Zweifel zu, dass sie Jake damit aufzieht, dass er etwas mit ihrer kleinen Schwester hat. Das ist einer der Gründe, warum man meinen Schwestern nichts anvertrauen kann. Sie verwenden es gnadenlos gegen einen. Ich verdrehe die Augen und sammle meine Kleidung vom Boden des Badezimmers auf. Sie liegt quer verteilt im ganzen Raum. Ich drapiere sie auf dem Toilettendeckel, damit ich sie nach dem Duschen zur Hand habe, und laufe schnell in Jakes Zimmer, um mir frische Wäsche aus meiner Umhängetasche zu holen. Als ich mich bücke, um einen Slip aus meiner Tasche zu angeln, erblicke ich einen Umschlag, der unter dem Bett liegt.

Ich kann nicht anders, als ihn aufzuheben. Das Logo der Hilfsorganisation, für die Jake schon einmal in Afrika war, prangt darauf. Ich ziehe die Papiere halb aus dem Umschlag, obwohl mir bewusst ist, dass ich damit eine Grenze übertrete. Es sind Informationen über einen weiteren Einsatz und ein noch unausgefüllter Anmeldebogen. Er hat sich also schon die Anträge zuschicken lassen, um wieder zu gehen. Mir ist übel, und mein Herz schlägt zu laut. Das war, bevor es ernst zwischen uns wurde. Er hat es nicht ausgefüllt. Weil er noch nicht dazu gekommen ist? Oder weil durch die Gefühle für mich jetzt alles anders ist? Ich hoffe Letzteres. Aber Gewissheit sieht anders aus. Ich muss mit ihm darüber sprechen und ihm klarmachen, dass es andere Wege gibt.

Entschlossen stopfe ich die Bögen zurück in den Umschlag und kicke ihn weit unter das Bett. Als würde die Möglichkeit, dass Jake trotz allem wieder gehen könnte, dadurch verschwinden. Dann eile ich ins Bad und stelle die Dusche an. Sobald das Wasser warm genug ist, schlüpfe ich unter den Strahl und lasse meine Muskeln massieren.

Gerade als ich fertig bin, schiebt Jake die Tür der Dusche auf und grinst mich an.

»Frühstück ist fertig«, sagt er ruhig und mit einer unverschämten Portion Dunkelheit in der Stimme.

»Fi ist schwer zufriedenzustellen. Vielleicht bleibe ich lieber unter der Dusche, als mir ihr vernichtendes Urteil über deine Kochkünste anzuhören«, frotzle ich und spritze eine Minifontäne Wasser in seine Richtung, aber Jake macht nicht einmal den Versuch auszuweichen. Stattdessen packt er meine Arme und steigt mitsamt seiner Kleidung zu mir unter die Dusche. Die unerwartete Nähe löst ein heißes Ziehen in meinem Unterleib aus. Das Wasser durchnässt binnen Sekunden Jakes Shirt und die Sweathose, die er trägt.

»Wie genau willst du meiner Schwester erklären, was du hier gerade tust?«, frage ich augenzwinkernd und gebe vor, dass mich seine Nähe kaltlässt.

Jake drängt mich gegen die Kacheln der Wand und verzieht keine Miene. Sein Blick ist durchdringend und wild. »Gar nicht«, sagt er knapp, ohne mich aus den Augen zu lassen. Dafür küsst er mich Sekunden später hart und fordernd.

»Fi ist also weg«, vergewissere ich mich und erzittere, als Jake nickt und mit seinen Fingern aufreizend über meine Nippel streicht.

»Sie war nur hier, um dir zu sagen, dass du heute frei hast.«

»Hat sie das?« Ich zwinkere ihm zu, weil mir klar ist, dass er das eingefädelt haben muss. Fiona ist bestimmt nicht von allein darauf gekommen, mir freizugeben. Ein leises Stöhnen entfährt mir, als Jake mich anstatt einer Antwort weiter reizt und gleichzeitig seine Shorts nach unten schiebt. Er kommt mir gefährlich nah, und ich bin so verknallt in ihn, dass mich der Anblick seiner festen Muskeln genauso aus der Bahn wirft wie das Braun seiner Haut, seine markanten Gesichtszüge und seine tiefblauen Augen. Mein Blick gleitet an seinem klatschnassen Shirt hinab zu seinem definierten Hintern und dann zu seinem harten Schwanz.

»Sie sagte, wir sollten uns einen schönen Tag machen.« Er zuckt unschuldig mit den Schultern und murmelt dicht an meinen Lippen: »Vielleicht habe ich sie auch gebeten, mir etwas Zeit mit dir zu lassen.«

Er verschließt mir den Mund mit einem dominanten Kuss und lässt keinen Zweifel daran, wie wir den freien Tag beginnen werden. Mein Rücken berührt die Wand hinter mir, als Jake mich ohne weiteres Vorspiel hochhebt und in mich eindringt. Seine Härte gleitet tief in mich, während ich meine Arme um seinen Nacken und meine Beine um seine Hüften schlinge. Gegen die Kacheln gepresst nimmt Jake mich. Es ist explosiver, harter Sex, aber nicht, weil Jake länger von der Vergangenheit getrieben ist, sondern weil wir verrückt nacheinander sind. Bereits nach weniger Stößen bricht die Lust in meinem Inneren auf. Ich komme und beiße Jake in die Schulter, um nicht laut zu schreien, als auch er sich tief in mir ergießt und meinen Orgasmus dadurch noch einmal anfeuert.

Erst als Jake sich atemlos aus mir zurückzieht und mich schief angrinst, schlage ich ihm gegen den Oberarm. »Das Rührei ist jetzt bestimmt kalt«, rüge ich seinen Überfall ohne auch nur den Hauch von Ernsthaftigkeit.

»Verdammt! Mac!«, stößt er hervor und zieht sich eilig die nasse Shorts hoch. Tropfend verlässt er die Dusche. »Der Hund liebt Rührei. Ich muss runter und es retten.«

»Warte«, sage ich lachend, weil er eine breite Wasserspur hinter sich herzieht, als er das Bad verlässt. »Du setzt das ganze Haus unter Wasser.« Aber Jake poltert bereits die Treppe hinunter. Ich schnappe mir ein Handtuch und wickle meinen noch immer bebenden Körper darin ein. Im Untergeschoss höre ich Jake mit dem Hund schimpfen, und obwohl das Schicksal unseres Rühreis damit feststeht, halte ich einen Moment inne. Ich atme tief durch, weil ich das Gefühl habe, vor Glück platzen zu müssen, lächle und folge Jake schließlich.

Er steht klatschnass vor zwei saubergeschleckten Tellern und führt ein Blickduell mit Mac. Böser Besitzer gegen herzerweichenden Hundeblick. »Tu ja nicht so unschuldig, du Eierdieb«, mahnt er den Rüden, der als Antwort mit der Rute auf den Boden klopft. »Wenn es um Rührei geht, kann er sich einfach nicht beherrschen.« Jake lacht resigniert. »Eigentlich ist er bei jeder Form von Essen machtlos gegen seinen Bärenhunger, und aus irgendeinem Grund verzeihe ich ihm jedes Mal. Als Streuner in Dundos Straßen war es wichtig, alles Essbare sofort zu vertilgen, um zu überleben. Das wird man nicht so schnell los.« Er fährt dem Hund über den Kopf und entfernt dann die Teller vom Tisch. »Aber allmählich sollte er sich daran gewöhnen, dass er regelmäßig gefüttert wird und nicht das Rührei vom Tisch stibitzen muss. Zum Glück haben wir noch Croissants, Bagels und Obst.«

Ich schmiege mich an Jake, und seine nasse Kleidung durchweicht mein Handtuch. »Ich habe keinen Hunger«, sage ich und küsse ihn. Außer auf ihn.

Und Jake versteht. Er lässt zu, dass ich ihm das nasse Shirt über den Kopf ziehe und seine Shorts folgen lasse. Sie bleiben am Boden liegen. Unter Küssen ziehe ich ihn ins Wohnzimmer und gehe zu der breiten Couch, auf der Jake immer schlafen musste, wenn er von einer Party kam und Sam beschloss, er wäre zu betrunken, um den ersten Stock zu erklimmen.

Mac will uns folgen, aber Jake versperrt ihm den Weg. »Sorry, Kumpel, aber du musst draußen bleiben«, sagt er und verschließt die Tür. Dann wandert sein Blick flackernd zurück zu mir.

Ich lasse das nasse Handtuch zu Boden gleiten und schlüpfe unter die Patchworkdecke auf dem Sofa. Jake durchquert den Raum und gleitet zu mir unter die Decke. Ich spüre seinen nackten Körper an meinem und kuschle mich in seine Arme. Wie von selbst suchen und finden sich unsere Lippen. Wir küssen uns lange, sanft und unaufgeregt. Immer wieder unterbrochen von Pausen, in denen wir reden. Über Dinge, die uns zum Lachen bringen, genauso wie über Afrika und Jakes Erlebnisse dort. Über Will. Es wühlt Jake auf, aber ich habe das Gefühl, dass jedes Wort, das er ausspricht, eines weniger ist, das seine Seele vergiftet.

Irgendwann lieben wir uns ein weiteres Mal. Langsam und ruhig, und der Höhepunkt ist wie ein warmer Sommerregen. Ich liege in Jakes Armen und spüre noch die Nachbeben unserer Lust in meinen Zellen brodeln, als Jake plötzlich die Decke zurückschlägt und in die Hände klatscht.

»Wir können nicht den ganzen Tag auf diesem Sofa liegen.« Er steht auf und zieht mich ebenfalls in die Senkrechte. »Wir hatten nicht mal ein vernünftiges Frühstück, und ich verhungere. Was hältst du davon, wenn wir uns ein paar Sandwiches kaufen und an den Strand fahren?«

Wenn wir über den Strand reden, ist damit immer der Strand der Halfmoon Bay gemeint, und auch wenn ich es liebe, dort zu sein, bin ich unsicher, ob es eine wirklich gute Idee ist, gerade jetzt auf die geballte Carson-Schwesternschaft zu treffen und uns erklären zu müssen.

»Entspann dich, Haze. Ich hatte nicht vor, mit dir vor deinen Schwestern rumzuknutschen. Der Lake Tahoe hat mehr zu bieten als eure zugegeben wunderschöne Bucht.«

Wir haben den ersten richtig schönen Frühlingstag, und Jake hat recht, das Wetter ist zu schade, um nur zu Hause rumzusitzen. Ich nicke. »Okay, aber ich kümmere mich um das Picknick.«

Jake zuckt die Achseln. »Ist nicht so, dass ich kulinarisch besonders ambitioniert wäre. Also klar, gern. Du kümmerst dich ums Essen und ich mich um den Rest.« Er überlegt kurz. »Was hältst du davon, wenn ich dich noch kurz in Pinewood Meadows vorbeifahre und du ein paar Sachen für die nächsten Tage zusammenpackst?« Er verstummt. Wahrscheinlich, weil er sich nicht sicher ist, ob er zu weit gegangen ist, indem er mich quasi dazu eingeladen hat, auch die folgenden Nächte bei ihm zu schlafen.

»Das wäre großartig«, sage ich, bevor Jake sich allzu große Gedanken machen kann. »Ich mag mein Punkteshirt zwar, aber ich brauche dringend frische Sachen.« Ich küsse ihn sanft und verschwinde dann ins Obergeschoss, um mich anzuziehen.

Jake wartet an der Tür auf mich, als ich zurückkehre. Er küsst mich, als gäbe es nichts Bedeutenderes als mich auf dieser Welt, und für einen Moment tritt die Welt in den Hintergrund. Als hätte jemand den Regler heruntergedreht.

Aber genauso plötzlich, wie er diese intensive Nähe geschaffen hat, gibt er mich auch wieder frei. Er ruft nach Mac, als hätte es den Kuss gar nicht gegeben, und nimmt vollkommen ruhig den Autoschlüssel, sobald der Hund aus der Verbannung unter dem Küchentisch hervorgesaust kommt.

Ich brauche einige Sekunden, um mich zu sammeln, bevor ich den beiden auf die Veranda folge. Jake zaubert eine Hundefrisbeescheibe von einem der Stützbalken der Veranda hervor, und Mac dreht augenblicklich durch. Er fiept und springt wie ein Flummi neben Jake auf und ab. Erst als ich schon denke, der Hund wird kollabieren, gibt Jake ihm endlich das Spielzeug. Mac überschlägt sich fast vor Freude und dreht eine Extrarunde durch den Garten, bevor er, seine Beute schüttelnd, ins Auto springt.

»Das Ding ist vermutlich das Einzige, was er noch mehr liebt als Essen.« Jake grinst und schließt die Beifahrertür, sobald ich neben Mac im Wagen sitze.

Ich lasse das Fenster etwas herunter, um die Frühlingsluft hineinzulassen, als Jake den Dodge beschleunigt und in Richtung Cooper Springs lenkt. Mac hält seine Nase in den Fahrtwind, das Frisbee noch immer fest im Maul, und ich kraule sein struppiges Fell.

Kapitel 18

Es hat nicht lange gedauert, eine Papiertüte voller Köstlichkeiten in Cooper Springs zu besorgen. Ich habe ein bisschen Knabberkram im Grocery Store gegenüber dem Diner gekauft, ebenso wie eine Flasche Rotwein und Wasser. Aus dem Diner selbst habe ich zwei Stücke Pecan-Double-Choc-Pie mitgenommen und frische Nudeln mit Frühlingsgemüse in Fionas weltbester Tomatensauce sowie Lasagne nach Hanks streng gehütetem Familienrezept. Das Aroma der verschiedenen Lebensmittel breitet sich verheißungsvoll im Inneren von Jakes Wagen aus, und ich spüre, wie verdammt hungrig ich bin. Mac scheint es ähnlich zu gehen. Obwohl er das Frisbee nicht aus dem Maul legt, arbeitet sein Hundehirn an einer Lösung, wie er an den Inhalt der Tüten kommen kann. Das zeigen zumindest die Sabberfäden, die an seinen Lefzen hängen.

Wir legen einen kleinen Zwischenstopp in Pinewood Meadows ein. In Rekordzeit werfe ich ein paar Klamotten und meinen Kulturbeutel in Dads Reisetasche – ein zerbeultes altes Ding, das bereits ein Loch an der Seite hat, durch das sich der Ärmel einer meiner Strickjacken quetscht. Dann rase ich zurück zu Jake, der im Wagen wartet. Atemlos werfe ich die Tasche auf die Ladefläche und hüpfe zurück auf den Sitz.

»Verrätst du mir jetzt endlich, wohin du mich verschleppst?«

Jake prustet verächtlich und lenkt den Wagen auf die Küstenstraße in Richtung Norden. »Verschleppen. Als müsste ich dich zu einem Picknick mit Leckereien von Fiona überreden.« Er knufft mich in die Seite und streicht dann an meinem Arm hinab, bis seine Hand auf meiner liegt. »Ich weiß doch, wie sehr du auf ihr Essen stehst.«

Ich lache und schaue dann auf unsere ineinander verschränkten Finger. »Du meinst ungefähr so sehr wie Mac auf Frisbee und Rührei?« Bei der Erwähnung seines Namens sieht Big Mac kurz auf, konzentriert sich dann aber sofort wieder auf die Tüten und den köstlich duftenden Inhalt.

Eine Weile fahren wir schweigend, bis Jake urplötzlich in einen eigentlich gesperrten Forstweg einbiegt. Er parkt den Dodge unter einer riesigen Pinie und nimmt mir die Tüten mit den Lebensmitteln ab, sobald er den Schlüssel aus dem Zündschloss gezogen hat. »Auf geht's«, sagt er und steigt aus.

Wie auf Kommando springt Mac auf den Fahrersitz und an Jake vorbei auf den Boden. Dort legt er das Frisbee ab und wartet hechelnd, ob er für dieses Kunststück bereits ein Leckerli verdient hat. Als Jake ihn ignoriert, drückt er sich gegen dessen Bein und nötigt ihn dazu, ihn zu streicheln.

»Ich glaube, er hätte lieber das Essen als Streicheleinheiten«, bemerke ich und schnappe mir eine Decke von der Ladefläche. So bepackt überqueren wir die verwaist daliegende Küstenstraße und folgen einem winzigen Trampelpfad Richtung Seeufer. Ich war noch nie hier und bin nicht sicher, ob Jake einen Plan hat, denn der Pfad endet mitten im Nirgendwo zwischen Beerentraubenbüschen, Präriegras und hohen Pinien. Wuchtige Felsen versperren uns den Weg.

»Wir könnten umkehren«, schlage ich vor, aber Jake schüttelt den Kopf.

»Wir klettern.« Die beiden Papiertüten unter einen Arm geklemmt, zieht er sich an den Felsen hoch und ist trotz seines Handicaps schneller als ich. Mac ziert sich etwas, aber als Jake ihn lockt, gibt er nach und springt zumindest so hoch hinauf, dass Jake ihn am Halsband zu fassen bekommt und ihn das restliche Stück hochhievt.

Hinter den Findlingen setzt sich der Pfad so fort, als würde keine Wand aus Stein zwischen dem Ende des ersten Teils und diesem liegen. Der Boden wird zusehend sandiger, als wir weiterlaufen, und ich streife meine Schuhe ab. Ich liebe das Gefühl von warmem Sand unter meinen Füßen und von Piniennadeln, die sich weich gegen meine Fußsohlen drücken. Die Schuhe knote ich an den Schnürsenkeln zusammen und hänge sie mir über die Schulter.

»Du siehst aus wie ein erfahrener Trapper«, witzelt Jake, aber bevor ich etwas erwidern kann, öffnet sich das Dickicht, und eine atemberaubend schöne Bucht kommt zum Vorschein. Das türkisblaue Wasser ist hier so klar, dass man genau erkennen kann, wo der sandige Boden von Steinen verschiedener Größen abgelöst wird. Etwa zehn Yards hinter der Uferlinie ragen große Gesteinsformationen aus dem Wasser. Sie bieten einen natürlichen Sichtschutz und bilden eine Art Lagune, in der das Wasser im Gegensatz zum Rest des Sees spiegelglatt ist.

»Ich war noch nie hier.« Ich drehe mich einmal um die eigene Achse und nehme alles tief in mich auf. Das Grün der Pinien. Das leise Summen der ersten Insekten dieses Jahres. Die seichte Brise, die von den Gebirgszügen der Sierra Nevada kommend über den See weht. Die Sonnenstrahlen, die mein Gesicht und den Sand unter mir erwärmen. »Wo sind wir?«, frage ich schließlich leise.

Jake stellt die Tüten neben uns ab und wirft Macs Frisbee so weit in die Lagune, dass der Hund eine Weile beschäftigt sein wird. Dann zieht er mich in seine Arme. »Du warst schon hier«, sagt er.

Ich schüttle den Kopf, weil ich sicher bin, dass das nicht stimmt. Wir müssten auf halbem Weg zwischen dem Sand Harbour Beach und Lakeridge sein. An der Westküste des Sees liegen jede Menge solch kleiner Buchten, aber ich kann mich nicht entsinnen, schon einmal hier gewesen zu sein.

»Dein Dad ist mit Grace, mir und dir zum Angeln auf den See hinausgefahren. Amber war gerade geboren und Liz total fixiert auf eure kleine Schwester. Fi hat wie immer ihr eigenes Ding gemacht, und euch beiden war schrecklich langweilig, also hat dein Dad diesen Ausflug vorgeschlagen. Ich war wie fast jeden Tag bei euch, und er hat mich gefragt, ob ich auch Lust hätte. Allerdings haben die Fische nicht angebissen, und es war furchtbar heiß. Und so wollte Grace nach zwei Stunden lieber wieder nach Hause.«

Ich kneife die Augen zusammen, und tatsächlich blitzen Bruchstücke dieses Tages in meiner Erinnerung auf: Dad auf dem Boot. Wie er Grace dazu überredet, noch ein wenig länger über den See zu fahren. Die Sonne, die so sehr von der Wasseroberfläche reflektiert wurde, dass ich die Hand über die Augen halten musste, um etwas zu sehen. Um Jake zu sehen, der neben mir auf dem Vorderdeck saß und konzentriert auf seine Angel starrte, während ich mich sonnte. Als gäbe es nichts Wichtigeres. Seine Haut war braungebrannt und seine Haare von der Sonne ausgeblichen. Er hat an diesem Tag kein Wort mit mir gewechselt. Selbst dann nicht, als Dad diese kleine Bucht fand, das Boot nah an die Felsen im Wasser brachte und Grace uns allein ließ, um mit ihm an

Land auf Entdeckungstour zu gehen. Wir schwiegen, saßen nur Zentimeter voneinander entfernt, und trotzdem war ich seltsam glücklich. Es fühlte sich gut an, mit ihm allein zu sein. Richtig. So wie es sich jetzt richtig anfühlt.

»Chimney Beach«, flüstere ich. Ein magischer Ort. Dad wollte Mom nach unserer Entdeckung immer hierherbringen, aber dann kam der Alltag dazwischen, und schließlich starben die beiden, bevor er ihr diesen Ort zeigen konnte.

»Chimney Beach«, bestätigt Jake und weicht Mac aus, der mit dem Frisbee aus dem Wasser springt und sich direkt neben uns das Wasser aus dem Fell schüttelt. »Du hast es vermutlich deshalb nicht erkannt, weil du es nur vom Boot aus gesehen hast.« Er spricht es nicht aus, aber auch er erinnert sich an die Zeit, in der wir allein auf dem Segler waren, an die Geräusche und die Stille zwischen uns.

Ich werfe meine Schuhe in den Sand und teste vorsichtig die Temperatur des Wassers. Sie ist kühl, aber nicht so kalt wie der Rest des Sees. Die Lagune ist flach und wärmt sich unter der tiefstehenden Frühlingssonne schneller auf. Ich wate bis zu den Knöcheln hinein und konzentriere mich ganz auf die schwache Strömung, die meine Haut streichelt, auf den Atem des Sees, der meinem Herzen schon immer seinen Takt gibt.

Jake tritt von hinten an mich heran und schließt mich in seine Arme. »Ich hatte gehofft, es würde dir gefallen, herzukommen.«

Ich erwidere nichts, sondern schmiege mich an seine Brust, und gemeinsam blicken wir über die Lagune und nehmen den Zauber dieses Ortes in uns auf, bis Mac den Moment abrupt beendet, indem er laut bellend darauf besteht, dass ihm jemand seine Frisbeescheibe schmeißt.

»Der Hund kennt kein Erbarmen«, sagt Jake ärgerlich, aber

ein Lachen schwingt in seinen Worten mit. Ergeben nimmt er Mac das Spielzeug ab und wirft es über den Strand. Sand spritzt auf, als der Hund einen Kickstart hinlegt und es in der Luft fängt. Aber auch nachdem Jake das Ganze mehr als ein Dutzend Mal wiederholt hat, zeigt Big Mac keine Ermüdungserscheinungen.

Jake hingegen schon. Er tätschelt dem Tier liebevoll die Flanke, lässt sich aber auch durch dessen hyperaktives Anstupsen und Bellen nicht mehr animieren. »Das reicht, Kumpel.« Mit einer Geste lässt er Mac neben unserem Lager Platz machen und wendet sich dann mir und dem Essen zu. »Ich verhungere nämlich.«

»Ich auch«, stimme ich zu, und gemeinsam packen wir all die Leckereien auf unserer Decke aus, die wir von der Ladefläche des Dodge mitgenommen haben. Die Nudeln sind zwar längst kalt, aber sie schmecken so fast noch besser. Grace behauptet immer, sie müssten eine Nacht im Kühlschrank stehen, um ihr ganzes Aroma zu entfalten. Ihre Meinung kollidiert in dieser Sache mit Fionas, die einen Tag alte, aufgeweichte Nudeln aus dem Kühlschrank als Beleidigung ihrer Berufsehre ansieht und so etwas höchstens bei Pizza durchgehen lässt.

Ich öffne die Pappschachteln und reiche Jake eine der zwei Gabeln, die ich mitgebracht habe. Er nimmt sie und probiert aus der ersten Box, die ich zwischen uns hochhalte. Die Gemüsenudeln entlocken ihm ein wohliges Seufzen. Wir probieren uns durch sämtliche Schachteln und Tüten und trinken Wein aus der Flasche. Ich fühle mich ein bisschen beschwipst, bin aber nicht sicher, ob es nur am Alkohol liegt.

Später legen wir uns direkt in den Sand, der herrlich warm unter unseren Körpern ist. Ich lasse die Körner durch meine Hände rinnen, und federleichte Zedernpollen streifen meine

Haut. Jake liegt neben mir. Er ist entspannt, und ich spüre, wie er versucht, sich nicht mit etwas anderem zu beschäftigen. Genau wie ich fühlt er den Moment. Wie selbstverständlich verflicht er seine Hand mit meiner und dreht dann sein Gesicht zu mir. Wir sehen einander an. Lange. Wortlos. Bis Jake lächelt und mit diesem Lächeln zurück in den wolkenlosen Himmel blickt.

Wir müssen eingeschlafen sein. Die Sonne stiehlt sich bereits hinter die Berge, als ich blinzelnd zu mir komme. Jakes Arm umgibt mich, und ich spüre seinen Atem und den ruhigen Herzschlag an meinem Ohr. Ich könnte ewig einfach so auf seiner Brust liegen. Für immer. Und keine Sekunde wäre verschenkt. Allerdings kann ich Mac nirgendwo entdecken, und es wird kalt werden, sobald die Sonne ganz hinter den Gipfeln der Sierra Nevada verschwunden ist.

Also richte ich mich etwas auf und küsse Jake. Seine Lippen sind warm und weich, und ich mag es, wie sein Bart meine Haut irritiert. Es jagt ein leises Prickeln durch meinen Körper. Noch immer halb im Schlaf, erwidert er meinen Kuss und lässt ihn innerhalb von Sekunden zu etwas verboten Süchtigmachendem werden.

Ich lache und löse mich von ihm. »Wir sollten langsam los, und vor allem müssen wir Mac suchen. Ich kann ihn nirgendwo sehen«, sage ich, aber Jake vergräbt, anstatt darauf einzugehen, seine Hände in meinen Haaren und zieht mich in einen weiteren Kuss.

»Ich habe geträumt«, flüstert er, und ich umfasse instinktiv sein Gesicht. Streiche über sein Kinn, um ihn zu trösten.

»Von Afrika?«, frage ich, obwohl das unnötig ist. Ich weiß, dass dieser Tag in Dundo ihn jedes Mal heimsucht, wenn er einschläft. Er hat mir erzählt, wie sehr es ihn erschöpft – körperlich und emotional.

Aber er schüttelt den Kopf, und der Anflug eines Lächelns breitet sich auf seinen Lippen aus. »Nicht von Afrika.« Er küsst mich. »Nur von dir und mir.«

Sein Mund streift meine Lippen. Es liegt Dankbarkeit in diesem Kuss.

Dabei muss er mir nicht danken. Ich habe nichts getan, außer ihn zu lieben.

Seine Hände wandern unter den Stoff meines Shirts, und ich verstehe, dass er jetzt nicht reden will. Und so lasse ich mich, anstatt Worte auszutauschen, in seine Berührungen fallen und genieße jede einzelne Reaktion meines Körpers darauf. Ich kann die Spannung fühlen, die sich in mir aufbaut, als er meine Brüste liebkost und mich zärtlich und unter Küssen entkleidet.

Erst, als ich vollkommen nackt im Sand vor ihm liege, streift auch er sich das Shirt ab, dann die Shorts. Ich schlinge meine Beine um seine Hüfte. Ich will ihn in mir spüren. Ich will mit ihm fallen. Und Jake versteht. Er streicht mit seinen Händen meine Hüfte entlang, öffnet sanft meine Schenkel und dringt schließlich in mich ein. Seine Hände liebkosen meine Brüste, und seine Lippen suchen immer wieder meine, während er mich langsam und zärtlich liebt. Er schiebt sich tief in mich, verharrt, küsst mich und zieht sich dann fast vollständig zurück, bevor er wieder in mich dringt. Ich stöhne und umschlinge ihn fester, als er von neuem mit diesem aufreizenden Spiel beginnt und ich bebend komme. Nur Sekunden später folgt Jake mir, und während er sich in mich ergießt, platziert er winzige Küsse auf meinem Gesicht, den Augenlidern, dem Rand meiner Lippen. Er hält mich fest umklammert und ich ihn.

Erst als wir wieder zu Atem kommen, richtet sich Jake auf und lacht plötzlich laut. »Ich weiß, wieso der Hund verschwunden ist.« Er deutet auf die sauber leergeschleckten Nudelboxen, die vor unserem Nickerchen noch halb gefüllt waren.

»Er hat sich mit Sicherheit irgendwo versteck. Dumm ist er nicht.« Er schüttelt den Kopf. »Also gut, ich gehe ihn suchen und tue streng, und du packst zusammen?«

Ich nicke und reiche Jake sein Shirt. Er zieht es über und schlüpft dann in seine Shorts, ehe er sich auf die Suche nach Mac macht.

Er ruft und pfeift, aber es dauert eine ganze Weile, bis der Hund hinter einem Findling hervorkommt und schuldbewusst und in völliger Unterwerfung auf Jake zurobbt. Jake sieht ihn streng an, aber ich sehe das Lachen, das bei dem Hundetheater an seinen Mundwinkeln zupft.

»Na komm, du Essensdieb.« Er wuschelt dem Hund das Fell, und Mac freut sich so sehr über die einfach erlangte Vergebung, dass er sich gar nicht mehr einkriegt.

Ich habe in der Zwischenzeit die Verpackungen, das Besteck und die Rotweinflasche zurück in die Papiertüten geräumt und die Decke zusammengelegt. Jake kommt zu mir und nimmt mir alles ab, bevor er seine Hand in meine schiebt und wir gemeinsam zum Wagen zurückgehen.

Im Wohnzimmer laufen alte Platten, während Jake und ich in der Küche kochen. Ich liebe den Klang von Vinyl und das Kratzen der Nadel auf den Platten.

Mac hat sich auf seinen Platz auf der Ladefläche des Pick-ups zurückgezogen. Entweder war es ihm zu laut oder wir waren ihm zu verliebt. Gerade schiebt Jake sich hinter mich und küsst sich meinen Nacken hinauf und wieder hinunter, während ich versuche, mich weiter auf das Tomatenschneiden zu konzentrieren. Erfolglos.

Seine Lippen auf meiner Haut lösen eine Gänsehaut aus und ein Prickeln, das mich schwach macht. Seufzend lehne ich mich gegen seine muskulöse Brust und lasse zu, dass Jake meine Brüste durch den Stoff des Shirts streichelt.

»Wenn du nicht aufhörst, brennt uns das Essen an«, gebe ich zu bedenken, aber Jake interessiert das Essen anscheinend nicht, denn er dreht mich zu sich um und küsst mich voller Leidenschaft. Mit einer Hand schiebt er das Brettchen mit den Tomaten nach hinten und hebt mich auf die Arbeitsfläche.

Ich öffne meine Schenkel, und Jake rutscht zwischen meine Beine. Ich kann seine Erregung spüren und das letzte Bisschen wackliger Beherrschung, das ihn davon abhält, mich sofort hier auf der Arbeitsplatte zu nehmen. Ich wünschte, er würde sie vergessen und genau das tun, aber stattdessen zieht er sich zurück und rührt das Ratatouille im Topf um. Nur sein Brustkorb, der sich rau hebt und senkt, zeigt, wie kurz er davor steht, es sich anders zu überlegen.

Ich grinse. Es ist atemberaubend, verschlingend und wundervoll, dass ich nur ich sein muss, um ihn dermaßen aus dem Konzept zu bringen. Dass er mich will und niemand anderen.

»Was ist?«, fragt er amüsiert und atmet tief den Geruch des Essens in seine Lunge.

Ich überlege, was ich auf die Frage erwidern soll, und entscheide mich für die Wahrheit. »Ich bin glücklich.«

Und sein Gesicht sagt mir, dass er es auch ist. Mit zwei Schritten überwindet er die eben erst zwischen uns gebrachte Distanz und küsst mich. Dieses Mal bin ich es, die unsere Standhaftigkeit in Schutt und Asche legt. Ich stemme mich auf die Arbeitsplatte hoch, ziehe Jake zwischen meine Beine und öffne seine Hose.

Er stöhnt, als ich meine Shorts an meinen Beinen hinabschiebe. Sekundenlang sieht er mir fasziniert zu, bis er aus seiner Zurückhaltung erwacht und mir hilft. Achtlos steigt er aus seiner Hose, wirft meine hinter sich und stürzt sich in einen weiteren Kuss, der Wildheit und Zärtlichkeit gleichermaßen in sich trägt.

Während das Ratatouille anbrennt, lieben wir uns atemlos, stürmisch und so heftig wie die Gewitter, die manchmal über dem Lake Tahoe toben.

Kapitel 19

Die letzten Tage fühlten sich an, als hätten Jake und ich sie in einem Kokon verbracht. Aber natürlich müssen wir irgendwann wieder arbeiten. Und ich vermisse meine Schwestern. Außerdem habe ich kaum mit Greta gesprochen, seitdem sie bei uns eingezogen ist. Ich will mich unbedingt erkundigen, wie es ihr jetzt geht. Deswegen stopfe ich am nächsten Morgen meine Kleidung in Dads Reisetasche und ziehe den Reißverschluss zu.

Jake taucht hinter mir auf und küsst mich auf den Nacken. »Muss du wirklich schon zurück nach Pinewood Meadows?«

Ich nicke, obwohl seine Lippen es mir schwermachen, standhaft zu bleiben. »Ich muss arbeiten, und ich sollte dringend meine Pflichten zu Hause erledigen, sonst dreht Liz irgendwann durch. Immerhin fällt Fi schon aus, weil sie nur noch bei Evan rumhängt, Grace, weil sie ständig wegen irgendwelcher Fotoaufträge unterwegs ist, und Amber macht das Chaos höchstens schlimmer, anstatt zu helfen.«

»Du bist zu pflichtbewusst«, murmelt Jake und knabbert dabei an meinem Ohrläppchen.

Ich streiche ihm zärtlich durchs Haar. »Du hast heute einen Termin bei der Bank und könntest eh nicht bei mir sein«, erinnere ich ihn.

Jake verdreht die Augen und lässt sich wie ein gefällter

Baum aufs Bett fallen. »Ich hatte es erfolgreich verdrängt.« Er fährt sich über die Augen, und ich sehe, wie groß seine Sorge ist, der Termin könnte erfolglos verlaufen.

»Du kennst Mike Simmons seit der Highschool.« Dass ausgerechnet er für Jakes Kredit zuständig ist, könnte ein echter Vorteil sein. »Und er kennt dich, dein Talent und die Werft. Er weiß, dass du das Geld für die Bank im Handumdrehen erarbeitest, wenn sie dir etwas finanziellen Raum zugestehen.«

Jake setzt sich auf und zieht mich zwischen seine Beine. Er schlingt die Arme um meine Mitte und lehnt seine Stirn gegen meinen Bauch. In den Stoff meines Shirts brummt er: »Hoffen wir es. Ansonsten drohe ich ihm einfach, ihn in die Mülltonne zu stecken, wie Gavin es damals immer getan hat.«

Ich lache und schlage ihm zärtlich gegen die Schulter. »Du solltest deine Strategie überdenken, Mr Hunter.«

»Das habe ich.« Jake hebt den Kopf und sieht mich lächelnd an. Er hat offenbar seine Strategie überdacht, wird bleiben und den Kampf um die Werft hier ausfechten. Ich beuge mich zu ihm herunter und küsse ihn, bevor ich mich abrupt losmache. »Ich hätte um zehn im Diner sein müssen«, bemerke ich mit einem Anflug von Panik in der Stimme und halte Jake meine Armbanduhr vors Gesicht.

»Viertel nach zehn. Das ist das akademische Viertel.«

Ich schnaube. Früher wäre ich um Viertel vor zehn dort gewesen und hätte noch einen Plausch mit Molly oder den Mädels gehalten. »Ich würde sagen, dass ist die Ich-bin-verknallt-in-einen-Hunter-Viertelstunde.«

»Verknallt also, ja?« Jake ist aufgestanden und küsst mich, so dass ich ernsthaft überlege, ob es schlimm wäre, wenn ich erst um elf in unserem Familienrestaurant erscheinen würde.

»Ja«, bringe ich leise seufzend hervor und mache mich los.

Scheiß Pflichtbewusstsein. »So verknallt, dass ich überallhin zu spät komme. Apokalyptisch zu spät.«

Jake gibt auf und bringt etwas rettenden Abstand zwischen uns. »Ich könnte dich vor meinem Termin bei der Bank zum Diner fahren, dann ist deine Verspätung vielleicht nicht ganz so Liz-Welt-verschiebend.«

Ich nicke und lasse den Funken Freude zu, der in mir aufsteigt, weil wir uns so noch etwa zehn Minuten länger sehen.

Wie kann man sich so diebisch über zehn Minuten freuen? Das ist irre.

Jake hat mich vor dem Diner rausgelassen und ist weiter zu seinem Banktermin gefahren. Er wollte noch mit reinkommen und die Schuld für meine Verspätung auf sich nehmen, aber ich habe abgelehnt. Sein Termin und dass er dort pünktlich erscheint, ist jetzt das Wichtigste.

In Gedanken gehe ich alle möglichen Szenarien durch, die sich gleich in der winzigen Filiale der California Saving Bank abspielen könnten und pralle um ein Haar gegen die Tür des Diners, die sich nicht wie erwartet aufdrücken lässt. Irritiert sehe ich auf die Uhr. Ich bin fast eine halbe Stunde zu spät, und der Diner müsste längst geöffnet sein. Ich spähe durch die Glasscheibe und entdecke einen verwaisten Gastraum, kein Licht, keine Menschenseele.

Es dauert ein wenig, bis ich das Handy unter meinen Klamotten in der Tasche ausfindig gemacht habe. Vier Anrufe in Abwesenheit von Liz. Sofort durchströmt mich ein schlechtes Gewissen und eine latente Panik, es könnte etwas passiert sein.

Bis auf den Tag, als Mom und Dad starben und Noah geboren wurde, war das Restaurant immer offen. Es muss etwas passiert sein, sonst wäre er jetzt nicht geschlossen. Ich überfliege Liz' Anrufzeiten und sehe, dass sie angerufen hat, als Jake und ich gerade …

Mit einem drückenden Gefühl in der Magengegend wähle ich ihre Nummer und schließe die Augen, als sich die Verbindung aufbaut. Nach dem dritten Klingeln geht die Mailbox dran. Ich hinterlasse Liz eine Nachricht und versuche es bei Grace. Es klingelt und klingelt. Ich fahre mir durch die Haare und versuche, meinen Puls zu beruhigen. Grace hat ihre Mailbox abschalten lassen, weil sie es hasst, sie ständig abzuhören. Ich lasse es ewig klingeln, und gerade, als ich auflegen will, geht sie doch noch ran. Ich höre Motorengeräusche und Musik im Hintergrund.

»Haze?«, sagt sie nur. Ich weiß nicht, ob es zwischen Zwillingen tatsächlich diese besondere Verbindung gibt, aber ich spüre allein an der Art, wie sie meinen Namen sagt, dass etwas nicht stimmt. »Hat Liz es dir schon gesagt?«

»Was soll sie mir gesagt haben?« Ich weiß, dass ich leicht hysterisch klinge. »Der Diner ist zu. Warum ist niemand hier? Was ist um Himmels willen passiert?«

»Atmen, Haze. Atmen und niemanden umbringen. Auch dich nicht, indem du panisch vor ein Auto rennst.«

Im letzten Moment ziehe ich meinen Fuß zurück auf den Bordstein und entgehe damit einem Chrysler, der mich um ein Haar auf die Kühlerhaube genommen hätte. Der Fahrer hupt, zeigt mir einen Vogel und beschleunigt wieder. Als hätte Grace geahnt, dass ich, ohne nachzudenken, losrennen würde …

»Pass auf, ich sitze mit Trent im Wagen, und er steht gar

nicht auf Familienzeug, Probleme oder Stress. Trotzdem ist er so nett und fährt mich nach Hause. Wir sind kurz vor Cooper Springs, und auch wenn Trent wenig begeistert ist, werden wir dich gleich einsammeln. Ansonsten hatte er nämlich das letzte Mal den besten Sex seines Lebens.« Sekundenlang ist es still. Dann höre ich eine tiefe Männerstimme, die ergeben fragt, wo er hinfahren soll.

Ich massiere mir die Schläfen und versuche, nicht durchzudrehen.

»Wir sind gleich da.« Damit legt Grace einfach auf. Ich lasse mich auf den Bordstein sinken und erhebe mich erst, als einige Minuten später ein nagelneuer, aufgemotzter Dodge Ram neben mir hält. Trents Wagen erinnert mich an einen wütenden Bullen. Grace springt vom Beifahrersitz und schiebt mich auf die Rückbank. Sie selbst rutscht neben mich.

Trent ist ein ziemlich gutaussehendes Sportlerexemplar, das jetzt den Kopf schüttelt und sich brummend über den Beifahrersitz beugt, um die Tür zuzuziehen.

»Als wäre ich ein scheiß Chauffeur.« Mit einem letzten Blick auf Grace und mich im Fond des Wagens, der deutlich netter ist als seine Aussage, fährt er an.

Grace konzentriert sich hingegen null auf das, was er sagt, oder auf seinen Blick, sondern ausschließlich auf mich. »Ambs hat wieder mal Scheiße gebaut. Die Tussi vom Jugendamt weiß Bescheid, und das ist wirklich, wirklich übel. Keine Ahnung woher, aber manchmal denke ich, diese adrette Darcy ist so etwas wie eine Geheimagentin mit Superkräften. Wahrscheinlich hat sie den Ärger erschnüffelt.«

»Verdammt«, entfährt es mir, und Trent nickt, als wolle er mir zustimmen, obwohl ich nicht mal sicher bin, ob er Grace' leise Stimme über das Dröhnen des Motors verstehen konnte.

»Die Kacke ist richtig am Dampfen«, stimmt Grace zu. »Liz war außer sich. Sie hat nicht gesagt, was genau passiert ist, nur dass Amber sich selbst übertroffen hat.«

Und ich bin sicher, dass es schlimmer ist, als Liz Grace gegenüber am Telefon zugegeben hat. Sie versucht immer, uns zu schützen und alle Sorgen von uns fernzuhalten.

Schweigend legen wir den restlichen Weg nach Pinewood Meadows zurück. Auf dem Parkplatz vor dem Haus stehen der Buick, Gretas Sirion, Evans Wagen und die Redneckschleuder.

»Alle da«, bemerke ich trocken, und mein Magen zieht sich zusammen, als meine Schwester und ich aussteigen. Wenn sogar Fiona und Evan aus ihrem Liebesversteck gekrochen sind, muss es schlimmer sein, als ich mir ausmalen kann. Dabei habe ich, was das angeht, eine ziemlich blühende Phantasie.

»Alle bis auf die Darcy«, sagt Grace hoffnungsfroh.

Grace hat recht, zum Glück ist die Jugendamtsmitarbeiterin nicht da. Und ich hoffe, sie kommt auch nicht, bevor Liz uns ins Bild gesetzt hat und wir einen Plan haben, wie wir Miss Darcy besänftigen können.

»Danke, Trent«, sagt Grace knapp und klopft gegen die Fahrertür. »Ich rufe dich an.«

Trent scheint das als Verabschiedung zu reichen. Er wendet den Wagen und jagt schotterspritzend den Weg zur Hauptstraße hinauf. Wahrscheinlich war das für die nächsten zehn Jahre genug Beziehungsdosis für ihn. Ich verstehe nicht, wieso Grace sich immer Typen aussucht, die sie so schlecht behandeln. Sie hat mehr verdient. Aber das ist derzeit nicht das, womit ich mich beschäftigen sollte. Grace zieht mich am Arm mit sich, und gemeinsam betreten wir das Haus. Drinnen ist die Anspannung greifbar. Ich höre Liz sprechen, und ihre Stimmlage verheißt nichts Gutes.

»Wir sind so schnell gekommen, wie es ging«, beteuert Grace, als wir ins Wohnzimmer treten und sie kurz verstummt. Zum Glück lässt Grace aus, dass ich durchaus eher hätte hier sein können, wenn ich nur einmal auf mein Handy gesehen hätte, anstatt mit Jake herumzumachen.

»Was ist passiert?«, frage ich und bemühe mich um einen festen Tonfall, der nicht verrät, wie nervös ich bin.

»Deine Schwester ist passiert, wie immer«, knurrt Liz und schüttelt Coles Hände auf ihren Schultern ab. Sie blitzt Amber an, die wie ein Häufchen Elend auf dem Sofa hockt. »Sie hat die Schule geschwänzt.«

Das allein wäre in der jetzigen Situation schon schlimm, aber es würde Liz nicht so aus der Fassung bringen.

»Und als würde das nicht reichen, hat sie mit irgend so einem Typen Drogen genommen und ist seinen Wagen gefahren, den er sich von seinem Vater ›geborgt‹ hatte.« Liz setzt das »geborgt« in imaginäre Anführungszeichen und lacht tonlos. »Drogen.« Dann wendet sie sich an Amber. »Wenn du unbedingt hier ausziehen willst, hättest du es nur sagen müssen. Ich hätte mit Miss Darcy sprechen können. Wir hätten sicher etwas Schönes für dich gefunden. Ein schnuckeliges Heim, wo wir dir nicht mehr auf die Nerven gehen können!« Liz ist immer lauter geworden, jetzt schreit sie: »Aber Drogen? Bist du irre?«

»Das reicht, Liz.« Cole lässt sich dieses Mal nicht abschütteln und zieht Liz gegen ihren Willen in seine Arme.

»Du hast recht«, stimmt sie ihm zu. »Es reicht. Verdammt nochmal, es reicht Amber!«

»Ich dachte, er liebt mich.« Amber flüstert die Worte nur. »Harv ist der coolste Junge der Klasse. Und seit ich nicht mehr …« Sie deutet auf ihr Gesicht, das nicht mehr von ihrem Gothic-Make-up bedeckt ist. »Er fand mich plötzlich heiß, und ich fand es krass, dass er mich gut fand. Er wollte heute nicht zu Mathe, weil er 'nen Test schreiben musste, auf den er nicht vorbereitet war. Und da hat er mich gefragt, ob ich mit ihm an den See fahren will.«

»Und dann fährt man natürlich mit, anstatt nur einmal das Richtige zu tun«, brüllt Liz und schüttelt anschließend fassungslos den Kopf. »Und was ist überhaupt mit Titus?«

»Lizzie«, flüstert Cole dicht an ihrem Ohr.

»Lizzie mich nicht«, fährt sie ihn an. »Sonst garantiere ich für nichts.«

»Titus ist eben Titus«, wiegelt Amber ab. »Außerdem sind wir schon ewig nicht mehr zusammen.«

Diese Ewigkeit kann allerhöchstens zwei Wochen betragen, aber ich hüte mich, etwas dazu zu sagen.

»Und was Harv angeht – es ist ja nicht so, dass ich mitgemacht hätte. Ich wusste nicht mal, dass er etwas dabei hatte.« Amber reckt das Kinn vor und funkelt Liz jetzt angriffslustig an. »Aber soll ich dir was sagen? Ich bin froh, dass ich da war. Dass ich geblieben bin und ihn nach Hause gebracht habe.«

»Sind wahrscheinlich die Nachwirkungen von dem Zeug«, brummt Grace und erntet einen giftigen Blick von Amber, die nach wie vor behauptet, nichts von den Drogen genommen zu haben.

»Harv war völlig zu. Hätte ich ihn in dem Zustand etwa allein lassen sollen?« Sie hebt die Schultern und lässt sie wieder fallen. »Hättet ihr es besser gefunden, wenn ich abgehauen wäre und er sich totgefahren hätte?«

Liz hat ihren Platz bei Cole verlassen und steht jetzt ganz nah vor Amber. »Ehrlich gesagt? Ja!«

Ich weiß, dass Liz es nicht so meint, aber im Moment ist sie fuchsteufelswild.

»Ich kenne Harv nicht, und er ist mir egal. Du aber nicht. Fakt ist, du hast die Schule geschwänzt – schon wieder! – und bist in einem gestohlenen Fahrzeug unterwegs gewesen. Mit einem völlig bekifften Typen. Und zu allem Überfluss waren die Drogen in deinem Rucksack.«

»Das Auto gehört Harvs Dad.«

»Der es als gestohlen gemeldet hat, nachdem sein Sohn es sich geborgt hat.« Liz rauft sich die Haare. »Das Jugendamt ist bereits unterrichtet. Während Fiona und Evan dich von der Polizeistation abgeholt haben, hatte ich ein Telefonat mit Miss Darcy. Sie hat mir deutlich zu verstehen gegeben, dass dein Ausflug heute Konsequenzen haben wird. Selbst wenn Coles Beziehungen dich strafrechtlich ein weiteres Mal retten können, was ich bezweifle, diesmal wird Miss Darcy ihre Beurteilung revidieren.« Liz lässt sich erschöpft neben Ambs auf das Sofa fallen. »Sie nehmen dich uns weg. Du hast hier kein stabiles Umfeld, sagt sie, und wir als Schwestern schaffen es nicht, dich in den Griff zu kriegen.«

Tränen rinnen über Ambers Gesicht, und ihre Augen zeigen Verzweiflung und Ungläubigkeit. »Cole wohnt hier. Ihr seid wie ein altes Ehepaar. Wie meine Eltern. Das ist total stabil«, wehrt sie sich. »Und ich habe all meine Schwestern und Greta, die sich um mich kümmern.«

Liz nickt und schüttelt dann den Kopf. »Aber ganz offensichtlich reicht das nicht.«

Kapitel 20

Wir haben stundenlang zusammengesessen und darüber diskutiert, wie wir Miss Darcy davon überzeugen können, dass wir Amber gerecht werden. Das Problem ist, dass wir keine Lösung gefunden haben. Miss Darcy wird sich nicht überzeugen lassen, nur weil wir ihr ein weiteres Mal versprechen, Amber in den Griff zu bekommen.

Cole war den ganzen Abend über sehr still und hat sich kaum eingebracht. Die anderen sind nach einer stummen Runde Travis-Pizza schlafen gegangen. Selbst Evan und Fiona sind in Pinewood Meadows geblieben, um am nächsten Morgen ausgeschlafen noch einmal alle Möglichkeiten durchzugehen. Ich hingegen habe den Buick genommen und bin auf dem Weg zu Jake. Ich muss ihm erzählen, was passiert ist. Ich weiß, er wird mich in seine Arme ziehen, und schon jetzt spüre ich, wie er dadurch meine Welt wieder etwas gerader rückt. Ich brauche ihn, damit der bevorstehende Verlust von Amber mich nicht von innen heraus auffrisst.

Die Hunter-Werft liegt still in der Dunkelheit, als ich den Buick neben Jakes Dodge parke. Ich bin kaum ausgestiegen, da kommt Mac wie ein Kugelblitz angeschossen und drängt sich in einer Intensität gegen mich, als wäre ich ein ganzes Jahrzehnt weg gewesen und nicht nur ein paar Stunden.

»Na, mein Süßer, wo ist denn Jake?«, frage ich.

Mac sieht mich an, als würde er jedes Wort verstehen, aber

anstatt einer Antwort schleckt er mir lediglich über die Hand und springt aufgeregt auf und ab.

»Okay, schon gut, mein kleiner Wachhund.« Mac wird mir keine große Hilfe sein. Er ist voll damit beschäftigt, so viel Liebe wie möglich abzugreifen. Ich richte mich auf und will gerade zum Wohnhaus hinübergehen, als ich eine Gestalt auf dem Anleger entdecke. Die Umrisse sind unverkennbar.

Aber warum sitzt Jake mitten in der Nacht auf dem Steg?

»Jake?«, rufe ich ihn, aber er reagiert nicht.

Als ich näher komme, sehe ich, dass eine Flasche neben ihm steht. Sie hat die unverkennbare Form von Sams Lieblingswhisky.

Jake hat getrunken, und ich muss kein Genie sein, um mir vorzustellen, wie sein Banktermin gelaufen ist. Ich habe ihn in all dem Chaos wegen Amber nicht einmal angerufen und gefragt, wie es ausgegangen ist. Stumm setze ich mich neben ihn. Das Holz ist kühl und lässt mich frösteln. Nachdem wir eine Weile stumm auf den See gesehen haben, lehne ich meinen Kopf gegen seine Schulter. Es dauert eine kleine Ewigkeit, bevor er seinen Arm hebt und ich in seine Umarmung krieche, und noch mal lange Minuten, bevor ich die Stille durchbreche.

»Sie werden uns Amber wegnehmen.« Ich spüre, wie sich seine Muskeln anspannen und die stumme Frage formen, was zum Henker passiert ist. »Sie hat den Bogen überspannt …« Meine Stimme bricht, und ich wische mir eine Träne aus dem Augenwinkel, als Jake mir einen Kuss auf die Schläfe gibt. Seine Hand streicht über mein Haar, und noch nie hat sich eine einzige Berührung so verdammt tröstlich angefühlt.

»Das tut mir unendlich leid, Haze. Wenn ich dir irgendwie helfen kann …«

»Danke«, flüstere ich. »Aber ich weiß selbst nicht, was wir tun könnten, um das Ruder noch rumzureißen.« Ich kuschle mich an ihn und schlinge meine Arme um seine Mitte. »Dein Banktermin war anscheinend ähnlich toll wie mein Abend?«

Jake atmet tief durch, bevor er mir antwortet. »Mike Simmons wird nichts für mich tun. Sie wollen die komplette Summe. Wenn ich sie nicht in den nächsten zwei Wochen auftreiben kann, war es das.« Seine Stimme klingt schleppend, und ich rieche den runden, holzigen Whisky in seinem Atem. Ohne etwas zu sagen, greife ich nach der Flasche und trinke ebenfalls einen Schluck. Die Flüssigkeit brennt meine Kehle hinab. Ich lasse zwei weitere Schlucke folgen und reiche sie weiter an Jake. Er stellt sie hinter sich und beachtet nicht, dass sie umkippt. Nach einem perfekten Halbkreis kommt sie mittig auf dem Steg zum Liegen. Der teure Inhalt läuft heraus, ohne dass es ihn zu kümmern scheint.

Er hält mich einfach. Und ich ihn, während wir beide hoffen, dass sich eine Lösung für unsere ausweglosen Probleme finden wird.

Ich habe bei Jake übernachtet. Das ist längst nichts Neues mehr, aber an das Gefühl, morgens neben ihm aufzuwachen, werde ich mich wohl nie gewöhnen.

Er dreht sich zu mir und blinzelt verschlafen, während er mir eine Haarsträhne aus dem Gesicht streift und mich dann küsst.

»Morgen«, murmelt er mit einer verschlafen rauen Stimme in den Raum zwischen unsere Lippen. Ich streiche über seinen Bart und genieße das Prickeln, das unsere Küsse durch meinen Körper schicken.

»Morgen«, erwidere ich zärtlich und sehe Jake dabei zu, wie er aufsteht und von der Bettkante rutscht. Nackt durchquert er das Zimmer und angelt frische Kleidung aus der Kommode.

Ich setze mich auf und schlinge das Bettlaken um meine angezogenen Beine. Ich wünschte, es gäbe nur uns, dieses Zimmer und das Glück, das ich in seiner Nähe empfinde. Keine selbstzerstörerischen kleinen Schwestern, kein Jugendamt, das unsere Familie auseinanderreißen will, keine Geldprobleme. Nichts, was unser Zusammensein belastet. Aber Fakt ist, sie werden uns Amber wegnehmen, wenn kein Wunder geschieht. Ein Wunder, das ebenso groß sein müsste wie das, das Jake dazu bringen würde, mit den Harris-Brüdern zusammenzuarbeiten und dadurch seine Existenz hier am Lake Tahoe zu retten. Es dauert einige Sekunden, bis mir klar wird, dass meine Gedanken rein zufällig über eine mögliche Lösung für uns alle gestolpert sind.

Quietschend lasse ich mich nach hinten fallen und strample mit den Beinen das Laken ab. Jake taucht in meinem Blickfeld auf. Er trägt mittlerweile eine Jeans, aber sein Oberkörper ist noch immer unbekleidet, und ich spüre die Wärme seiner Haut, als er sich über mich beugt.

»Sollte ich besser einen Arzt rufen?«, fragt er und deutet mit einer rotierenden Bewegung seiner Hand auf mich und mein irres Gekicher. »Nicht, dass du einen Nervenzusammenbruch hast wegen der Sache mit Ambs.«

»Hab ich nicht.« Ich strecke meine Beine aus, umfasse sein Gesicht und küsse ihn übermütig. »Im Gegenteil, ich habe die Lösung!«

»Dann hoffe ich, dass die Lösung nicht die Ermordung einer Staatsangestellten beinhaltet«, sagt er so ernst, dass es mich zum Lachen bringt.

Ich schlage ihm gegen den Oberarm. »Kein Mord. Versprochen.« Ich küsse ihn erneut, und Jake lässt sich ergeben neben mich auf die Matratze sinken.

»Also schieß schon los, bevor du platzt. Was ist das für eine Wahnsinnsidee?«

Ich setze mich auf und stoppe Jakes Hand, die wilde Muster auf meinen Oberschenkel malt, weil er mich dadurch aus dem Konzept bringt. »Nach allem, was Ambs angestellt hat, wird uns Miss Darcy niemals abkaufen, dass wir sie urplötzlich unter Kontrolle haben und ab jetzt alles normal verläuft. Aber wir können ihr zeigen, wie sehr wir Ambs lieben. Dass wir sogar bereit sind, alle an einem Strang zu ziehen, um ihr ihren Wunsch zu erfüllen.«

Jake hat seinen Kopf aufgestützt und sieht mich zweifelnd an. »Du meinst die Bühne«, sagt er dann nickend. »Könnte klappen. Wenn ihr dieser Mary Poppins zeigt, dass ihr alles für Ambs tun würdet, erweicht das vielleicht ihr Herz.«

»Wir müssten alles tun, um die Sache schnell und effektiv durchzuziehen. Um Ambs zu überraschen. Für den dramatischen Effekt. Und dafür müssten alle mitmachen!«

Vor allem das Letztere ist wichtig, denn sonst wäre höchstens die Hälfte meiner Probleme gelöst. Was ich Jake allerdings nicht sage – es geht hier nicht nur darum, Ambs Auszug aus der Familie abzuwenden, sondern auch darum, die Harris-Brüder und Jake bei diesem Projekt miteinander zu versöhnen. Wenn das gelingt, wird Jake vielleicht über seinen Schatten springen und Coles Angebot annehmen. Er wird die Werft nicht verlieren, und das würde bedeuten, er könnte bleiben.

»Du müsstest mit Evan zusammen in einem Raum voller potentiell tödlicher Werkzeuge arbeiten«, gebe ich also zu bedenken.

Jake lacht leise und platziert eine Spur winziger, heißer Küsse mein Bein hinauf. »Dann musst du mich wohl ablenken, damit dem Harris-Idioten kein schrecklicher Unfall passiert.« Er setzt sich auf und sieht mich ernst an. »Ich habe dir gesagt, wenn ich dir irgendwie helfen kann, dann tue ich das.«

»Okay«, murmle ich, Jakes Lippen an meinen. Ich schiebe ihn sacht von mir, ohne allzu erfolgreich zu sein. »Es gibt so viel zu organisieren. Wir müssen Gavin Bescheid geben und ihn fragen, bis wann er das Material besorgen kann. Ambs muss dann bei einer ihrer Freundinnen übernachten, und wir brauchen ein Frühwarnsystem, falls sie trotzdem auftaucht. Und ich muss mit meinen Schwestern sprechen. Liz wird ausflippen … Als Erstes sollte ich aber mit Evan und Cole reden. Wenn sie nicht mitziehen, sind wir erledigt.«

»Du wirst sie schon überzeugen.« Ein breites Grinsen überzieht Jakes Gesicht. »Hauptsache, du hörst jetzt auf, dir Sorgen zu machen, und küsst mich, anstatt weiter Pläne zu schmieden.«

Bevor ich antworten kann, verschließt er mir mit einem heißen Kuss den Mund, und tatsächlich vergesse ich für die nächsten Minuten alles um mich herum, spüre nur Jakes und meinen Körper, die in Leidenschaft verglühen. Aber sobald wir atemlos und erschöpft nebeneinander liegen, beginne ich von neuem mit der Planung.

»Wie stellen wir es nur an, die Gäste auf die Schließung vorzubereiten, ohne dass Ambs davon Wind bekommt?« Ich fahre mir über das Gesicht. »Das wird schwerer als gedacht, sie zu überraschen.«

Jake wirft mit einem der Zierkissen nach mir. »Ich gehe duschen. Wenn du genug vom Planen hast, kannst du mir ja Gesellschaft leisten.«

Leise lachend trollt er sich in Richtung Badezimmer, und ich bin versucht, seiner Einladung zu folgen, entscheide mich aber dagegen. Es ist Zeit, Liz und die anderen einzuweihen.

Kapitel 21

Manchmal hat das Schicksal ein Einsehen. Nicht nur, dass Gavin das Material für den Umbau schneller als erwartet bekam. Nur zwei Tage nachdem alle bis auf Amber eingeweiht waren und zugestimmt hatten mitzuhelfen, kam meine kleine Schwester stöhnend von der Schule nach Hause, schmiss ihren Rucksack in die Ecke und verfluchte Gott, die Welt und vor allem ihre Lehrer, weil ihre Klasse einen zweitägigen Ausflug nach Helena geplant hatte. Das war ein Geschenk des Himmels.

Während Amber mit allen Mitteln versuchte, Gnade bei Liz zu finden und sich um den Ausflug zu drücken, organisierte ich mit Hilfe von Jake und den anderen den bevorstehenden Umbau für genau diesen Zeitraum.

Und jetzt ist es endlich so weit. Amber sitzt in einem Bus nach Helena. Und wir haben achtundvierzig Stunden Zeit bis zu ihrer Rückkehr, um alles fertigzustellen. Das ist in der knappen Zeit ein verdammt ambitionierter Plan, aber wir sind hoch motiviert.

Grace und ich räumen den Abstell- und den Gastraum leer, während Liz und Fiona den Schuppen neu organisieren, um Platz für den Kram zu schaffen, den Grace und ich in den Hof transportieren. Cole und Jake machen sich derweil schon daran, die Wand zum Abstellraum wegzureißen, während Evan das Material, das Gavin am Morgen auf dem Parkplatz neben dem Diner abgeladen hatte, auf die Terrasse schleppt, von wo aus wir es später leichter in den Gastraum bugsieren können. Musik flutet die Räume und hilft über die bestehenden Spannungen zwischen Jake und den Harris-Brüdern hinweg, aber es ist sicher kein Zufall, dass Evan freiwillig die körperlich am anstrengendste Aufgabe gewählt hat. So kann er Jake aus dem Weg gehen, der verbissen die Trockenbauwände einreißt und Cole knappe Anweisungen gibt, es ihm gleichzutun.

Fiona taucht neben mir auf. »Und, gibt es schon Tote?«

»Musst du nicht irgendetwas stapeln?«, erwidere ich genervt. Fis direkte Art kann manchmal echt nerven.

»Liz kommt prima allein zurecht. Außerdem ist es Verschwendung, die einzige Frau mit handwerklichen Fähigkeiten im Schuppen schmoren zu lassen.« Sie zuckt mit den Achseln, nimmt sich einen Hammer und scherzt mit Cole herum, der nicht halb so effektiv arbeitet wie sie, nachdem sie erst einmal losgelegt hat.

»Das war's.« Evan klopft sich die Hände an der Hose ab und sieht sich unschlüssig um. »Was muss noch erledigt werden?«

Jake sieht kaum von seiner Arbeit auf, als er erklärt: »Der Bauschutt muss draußen in den Container gebracht werden.« Er bemüht sich nicht einmal, diese wenig reizvolle Aufgabe freundlich vorzubringen. Ich würde verstehen, wenn Evan etwas Entsprechendes erwidern würde. Zum Glück hält er aber den Mund.

Da Grace und ich fertig sind, helfe ich ihm, die Eimer mit Bauschutt zu befüllen und nach draußen zum Container zu bringen. Es ist warm, und der Wind kühlt meine verschwitzte Haut. Bei Runde drei machen wir eine kurze Pause.

»Danke, dass du nicht auf Jakes schlechte Laune eingegangen bist«, sage ich und deute zum Diner, wo Jake die letzten Überreste der Wände beseitigt.

»Ich bin oft ein Arschloch, aber das hier ist für Amber, nicht wahr? Für sie sollten wir es schaffen, uns zwei Tage lang zusammenzureißen.« Evan leert die Eimer und fährt sich dann durch die Haare. »Außerdem erkenne ich an, wenn jemand über seinen Schatten springt, auch wenn ich Jake nicht besonders mag.«

Ich brauche einen Moment, um zu verarbeiten, was Evan da gerade gesagt hat. »Er hat dich gefragt, ob ihr hierbei mitmacht?«

»Kam einfach reinspaziert, als Cole und ich gerade zu Mittag aßen. Noch bevor du uns gefragt hast. Er hat uns erklärt, was du vorhast, um Miss Darcy umzustimmen, und dass er bereit wäre, mit uns zusammenzuarbeiten bei dieser Sache, um Ambs zu helfen. Hat ihn sicher einiges an Überwindung gekostet.« Er nickt mir leicht zu. »Deswegen werde ich mich zurückhalten. Und weil Cole mir einen Maulkorb verpasst hat. Wir waren zu lange im Streit miteinander, als dass ich mich wegen eines Typen wie Jake erneut mit meinem kleinen Bruder anlege.«

Am Abend sitzen wir an dem einzigen verbliebenen Tisch in dem ansonsten vollkommen leeren Diner und essen Pizza, die Grace von Travis Pizza geholt hat. Die Kartons stehen mittig auf dem Tisch, und jeder kann sich nehmen, worauf er Lust hat. Ich knabbere an einem Stück mit Parmesan, Parmaschinken und Rucola. Es schmeckt köstlich, und ich bin hungrig nach all der schweren körperlichen Arbeit, aber trotzdem kriege ich kaum etwas herunter. Außer mir scheint niemand den negativen Schwingungen zwischen den Harris-Brüdern und Jake allzu viel Bedeutung beizumessen, mir aber schnüren sie die Kehle zu.

Jake sitzt neben Liz, viel zu weit von mir entfernt, und nippt an seinem Bier. Sie sprechen über die Bühne. Er beharrt darauf, dass sie eine gewisse Größe nicht unterschreiten darf, während Liz um jeden Millimeter kämpft, den sie von ihrem Gastraum abgeben muss. Sie kann mit Veränderungen schlecht umgehen und ist von dem Konzept, der Außenbereich könnte ihr mehr Platz verschaffen als früher, noch nicht überzeugt.

Gavin mischt sich ab und an ein. Er ist nach Feierabend vorbeigekommen und hat Jake und Fiona geholfen, die Leisten für die neue Trockenbauwand zu setzen. Er ist der Einzige, der vollkommen unbeschwert ist und offenbar nicht mitbekommt, dass mindestens drei der hier Anwesenden sich am liebsten gegenseitig an den Kragen gehen würden. Vielleicht hat er es aber auch sehr wohl bemerkt und fegt diesen Umstand einfach mit einer Portion guter Laune weg. So ist Gavin.

Mit seinen Witzen und seinen lustigen Anekdoten bringt er Greta, die vor einer Weile dazugekommen ist, zum Lachen, so dass Noah auf ihrem Schoß durchgeschüttelt wird und vor Vergnügen kräht.

Greta ist wieder ganz die Alte. Verrückt, lustig, wunderschön, die beste Freundin, die man sich wünschen kann, und eine liebevolle Mutter für Noah. Nichts erinnert mehr an den Schlafentzug und die Verzweiflung von vor ein paar Wochen. Es geht ihr gut, und ich habe ein wenig Sorge, sie könnte sich jetzt, wo es ihr wieder bessergeht, entschließen, wieder auszuziehen, um unsere Gastfreundschaft nicht überzustrapazieren.

Ich bin mir zwar sicher, sie würde ihr Leben zu diesem Zeitpunkt allein mit Noah meistern können, aber wir würden die beiden unendlich vermissen. So schwer der Schritt zunächst war, ihnen Moms und Dads Zimmer zu geben, mittlerweile fühlt es sich an, als wären die beiden schon immer ein Teil von Pinewood Meadows gewesen.

Ich lasse meinen Blick zu den beiden Harris-Brüdern schweifen, die neben Fiona, Grace und mir am anderen Ende des Tisches sitzen. Evan ist ungewöhnlich ruhig und konzentriert sich darauf, Fionas Hand zu halten und zärtlich über die Furche zwischen Daumen und Zeigefinger zu streichen. Vielleicht fällt es ihm so leichter, Jake zu ignorieren. Cole unterhält sich mit Grace über ihre Fotoarbeiten und zeigt sich ehrlich interessiert, was mir bewusstmacht, dass ich mich schon viel zu lange nicht mehr mit Grace' Kunst beschäftigt habe. Früher haben wir stundenlang zusammen ihre Fotografien gesichtet und gemeinsam entschieden, welche in die engere Auswahl kommen. Derzeit weiß ich nicht einmal, an was sie gerade arbeitet. Wenn ich die Gesprächsfetzen richtig deute, irgendein Bullriding-Event, bei dem einer der Sponsoren sie für eine Fotostrecke beauftragt hat.

Ich nehme mir vor, mich wieder mehr um Grace und meine anderen Schwestern zu kümmern, sobald die Sache mit Ambs durchgestanden ist und Jake seine Werft nicht mehr zu verlieren droht.

Wir sollten mal wieder alle zusammen etwas unternehmen. Doch alle zusammen würde bedeuten, in derselben Konstellation loszuziehen wie die, die jetzt am Tisch sitzt und sich für dieses Projekt mehr schlecht als recht zusammengerauft hat. Mutlos lege ich das Pizzastück auf meinen Teller. Das wird nie passieren. Sosehr ich auch gehofft hatte, dieses Projekt würde Jake und die Hunter-Brüder einander näher bringen, der heutige Tag hat mir überdeutlich vor Augen geführt, dass Cole, Evan und Jake sich nicht ausstehen können. Sie sitzen nur an einem Tisch, weil es um Amber geht. Sie werden nie zusammenarbeiten, damit Jake die Werft behält und eine Chance bekommt, am Lake Tahoe zu bleiben.

Ich rücke meinen Stuhl nach hinten. »Ich muss kurz ins Bad.« Ich schmeiße meine Serviette auf das erkaltete Stück Pizza und gehe zu den Toiletten. Im Vorraum, den Grace mit ausgewählten Dekorationselementen wunderschön gestaltet hat, bleibe ich stehen und lasse mir eine Weile kaltes Wasser über die Arme laufen. So lange, bis ich denke, mich wieder unter Kontrolle zu haben. Dann trockne ich mich ab und gehe zurück zu den anderen.

Wir starten bereits früh am nächsten Morgen, denn es gibt noch so viel zu tun, dass es fast illusorisch erscheint, bis zum Abend fertig zu werden. Fiona ist ein Nachtmensch und schimpft übellaunig in ihren Kaffeebecher. Sie hasst es, früh aufzustehen, und wehrt sogar Evans Liebesbekundungen ab, der ihr viel zu wach für diese Uhrzeit ist.

Jake lacht schadenfroh und hebt nach einem giftigen Blick von Fiona abwehrend die Arme. »Habe nichts gesagt«, murmelt er und macht sich noch immer grinsend daran, die Wand zur Seeseite herauszuschlagen, während Fiona und Gavin die Trockenwand zu Ende bauen, die später die Rückwand der Bühne sein wird.

Wortlos nimmt auch Evan sich einen Hammer und geht Jake zur Hand. Sie arbeiten zusammen, kämpfen Hand in

Hand gegen widerspenstige Verleimungen, aber vermeiden es tunlichst, miteinander zu reden oder sich anzusehen. Schon bald flutet Licht den Gastraum des Diners. Ich sammle wie tags zuvor den Schutt ein und trage ihn nach draußen. Dabei bin ich wesentlich langsamer als die Männer mit dem Rückbau der Wand, weswegen sie von Zeit zu Zeit pausieren und mir mit dem Schutt helfen.

Gegen Mittag ist die komplette Wand zur Seeseite verschwunden und gibt den Blick auf ein atemberaubendes Panorama frei.

»Das hat sich mal gelohnt«, stößt Evan hervor, und es sieht fast aus, als wollte er Jake freundschaftlich auf die Schulter klopfen, aber dann besinnt er sich wohl, wer da neben ihm steht, und wischt sich stattdessen den Schweiß von der Stirn.

»Ja, hat sich gelohnt«, erwidert Jake kühl, nickt und geht durch den Durchbruch nach draußen. »Als Nächstes sind die Fenster dran.«

Evan sieht nicht gerade begeistert aus, weitere Stunden an Jakes Seite zu arbeiten, aber er reißt sich zusammen, schnappt sich ein Paar Handschuhe und folgt ihm.

Ich beobachte, wie Jake Evan eingehend betrachtet und den Kopf schüttelt. »Hey, Evan«, meint er dann. »Vielleicht solltet Cole und du die Fensterelemente reinholen? Gav und ich bauen sie ein. Das geht schneller und …« Er spricht nicht aus, dass es ihnen außerdem ermöglicht, mehr Abstand zu halten. Stattdessen lächelt er matt und zuckt die Schultern.

»Gute Idee«, sagt Evan erleichtert und unterstreicht damit, wie sehr es ihm gegen den Strich gegangen ist, so eng mit Jake zusammenzuarbeiten. »Ich suche meinen Bruder und schicke Gavin zu dir.«

Zumindest darin, sich nicht zu mögen, sind die zwei sich

einig. Wenig später taucht Gavin auf, und er und Jake bereiten zusammen die Fensterleibungen vor. Sie unterhalten sich und ziehen sich immer wieder gegenseitig auf, wie sie es schon zu Schulzeiten getan haben.

Ich fege gerade den letzten Rest Bauschutt zusammen, als Liz hinter mir auftaucht.

»Wir müssen los. Grace und Fiona warten schon im Wagen. Wir sind hier so weit durch.« Sie zeigt auf die eher unspektakulär erscheinende Bühne und zuckt mit den Schultern. »Sind nur noch die Fenster, und wir müssen Amber aus South Lake Tahoe abholen.«

»Wir müssen ja nicht alle mit, um sie abzuholen. Ich sollte bleiben und noch helfen.« Und vor allem aufpassen, dass der wacklige Waffenstillstand zwischen Evan und Jake nicht direkt wieder zerbricht.

Liz runzelt die Stirn. »Cole wollte, dass wir alle gehen. Er hat irgendetwas von einer Überraschung gesagt.«

»Jetzt hau schon ab«, meldet sich Jake zu Wort. »Ich werde dem Harris-Idioten schon nicht auf seine Schickimicki-Nase hauen, sobald du aus der Tür bist.«

Natürlich hieven im selben Moment Cole und Evan das erste Fensterelement durch die Wandöffnung. Evan muss Jake gehört haben, ignoriert die Beleidigung aber geflissentlich.

»Ihr solltet alle gehen«, bestätigt er. »Cole hat Großes vor, und so etwas braucht Platz und Raum und keinen Carson-Schwestern-Pulk. Also verschwindet endlich.« Er sieht Jake an und nickt ihm kaum merklich zu. Sie sind sich also nicht nur einig, einander nicht zu mögen, sondern auch darin, alles für uns Carson-Schwestern zu tun.

Als wir vom Busbahnhof in South Lake Tahoe zurückkommen, ist es bereits dunkel. Ambers Bus hatte volle zwei Stunden Verspätung, und wir sind alle hundemüde und kaputt, allen voran Amber, die nie zugeben würde, dass sie das Wochenende genossen hat, obwohl ihr Schlafmangel und die innigen Verabschiedungen von ihren Freundinnen auf dem Parkplatz es nahelegen.

Trotzdem fährt Liz nicht nach Pinewood Meadows, sondern parkt den Buick vor dem Diner und erklärt beim Aussteigen: »Ich muss dringend noch Papiere aus dem Büro holen, damit ich zu Hause ein bisschen Arbeit nachholen kann.« Sie pustet sich die Haare aus der Stirn und grinst Amber so breit an, wie es die Aussicht auf einen Stapel Papiere nicht rechtfertigt. »Los, ihr kommt alle mit, ich brauche euch zum Tragen.«

»Wohl kaum uns alle«, mault Ambs und spielt ungerührt an ihrem Handy weiter, während wir anderen schon aussteigen.

»Euch alle.« Liz' Stimme duldet keinen Widerspruch, und Amber ist anscheinend zu müde, um es auf eine Konfrontation ankommen zu lassen. Sie klettert leise vor sich hin motzend aus dem Auto. Liz ist schon vorausgegangen und schließt bereits die Eingangstür des Diners auf.

»Macht ihre gute Laune euch auch Angst?«, fragt Amber so leise, dass Liz uns nicht hören kann, und ich stimme ihr nickend zu, um die Überraschung nicht zu zerstören. »Ist mit ihr und Cole alles in Ordnung?«

»Bei uns ist alles super!«, erklärt Liz fröhlich an Amber gewandt. Dann hält sie die Tür auf und wartet, bis wir alle im Gastraum stehen.

Es ist so dunkel, dass ich sogar Probleme habe, den massiven Tresen als dunklen Berg an der gegenüberliegenden Wand auszumachen.

»Jetzt«, ruft Liz plötzlich, und im nächsten Moment schaltet Cole die Lichter im Gastraum an.

Er, Gavin, Jake und Evan stehen wie fleischgewordene Wunscherfüller vor der nicht mehr existierenden Wand zum Abstellraum. Die Wand zur Seeseite ist nicht mehr das klaffende Loch von vor ein paar Stunden. Mehrere Glasschiebetüren geben den Blick auf den Lake Tahoe frei und erzeugen Weite im Diner. So hatten wir es geplant, aber es ist noch schöner geworden als in meiner Vorstellung. Das liegt vor allem an dem, was hinter den Glastüren auf der Terrasse liegt und was auf keinem unserer Pläne skizziert war.

Bäume mit breitgefächerten Kronen stoßen gegen ein helles Dach, das vor Sonne und Witterung schützt. Durch das Netz aus Ästen ziehen sich leuchtende Lichterketten und sprenkeln die Holzbohlen mit hellen Lichtpunkten. Es sieht aus wie in einem Feengarten. *Unserem* Feengarten, und mir ist klar, dass die Terrasse nicht Coles Überraschung, sondern die von Jake ist. Das war der Grund, warum wir alle aus dem Diner verschwinden sollten, nicht nur Liz! Und warum Evan Jake bedeutungsvoll zugenickt hat!

Drei Wärmepilze sorgen dafür, dass draußen niemand frieren wird. Runde Tische, deren Platten aus ganzen Baumstämmen geschnitten sind, lösen sich mit filigranen Metalltischchen ab, wie Jake und ich sie im Cold Water Diner gesehen haben. Vereinzelt stehen Windlichter zwischen den Möbeln. Es ist wunderschön und entspricht uns Schwestern so sehr, dass ich aus dem Lächeln gar nicht mehr herauskomme, dabei liegt das Herzstück der Veränderung hinter den Männern.

Cole tritt vor und nimmt Ambers Hand. »Nur am Wochenende und nur bis Mitternacht«, sagt er streng und gibt durch einen Schritt zur Seite den Blick auf die kleine Bühne frei.

Vorhin sah sie noch so unscheinbar aus, aber die Männer haben von irgendwoher eine nicht neue, aber solide aussehende Bühnentechnik besorgt. Bunte Lichtpunkte einer Lichterkette sprenkeln die Holzbohlen, und ein Scheinwerfer erhellt ein verlassenes Mikrophon.

Normalerweise lässt Amber uns an jeder ihrer Launen lautstark teilhaben, aber jetzt gibt sie keinen Ton von sich. Sie hat die Hände vor den Mund geschlagen, und ich sehe Tränen ihre Wangen hinablaufen.

Liz schließt sie in ihre Arme und flüstert: »Du hast erst in einem Monat Geburtstag, aber Hazel hat Jake von deinem Wunsch erzählt, und er hat Cole, Gavin, uns und ...« – sie wirft einen schnellen Blick auf Coles Bruder – »... und sogar Evan davon überzeugt, dir in einer Hauruckaktion ein verfrühtes Geburtstagsgeschenk zu machen. Auch um Miss Darcy davon zu überzeugen, dass wir wirklich alles tun würden, um dich bei uns zu behalten.«

Sie bedeutet Jake, näher zu kommen, damit Amber sich bei ihm bedanken kann, aber er schüttelt nur leicht den Kopf. Er erwartet keinen Kniefall oder Worte für das, was er getan hat. Trotzdem forme ich mit den Lippen ein lautloses »Danke« und spüre, wie Miniexplosionen in meinem Magen zünden, als er nickt und dabei meinen Blick festhält.

»Ich glaube, mir wurde versprochen, dass ich ein Amber-Minikonzert bekomme, wenn ich hier mithelfe«, sagt Evan und tut so, als hätte er andernfalls gar nicht in Erwägung gezogen, zu helfen.

Fiona lacht und gibt ihm einen Kuss. »Er hat ja selten recht, aber in diesem Fall schon«, erklärt sie grinsend. Kurzerhand packt sie Amber an ihrem Jackenärmel und zieht sie auf die Bühne.

»Meine Damen und Herren, ich präsentiere voller Stolz meine kleine terroristisch veranlagte Schwester Amber Carson, heute Abend live im Lakeshore Diner!«, kündigt Fi sie liebevoll an, obwohl wir nur unter uns sind. Sie gibt Ambs einen Kuss auf die Wange und hüpft dann von der Bühne, nur um sich im selben Moment in Evans Arme zu kuscheln.

Amber steht etwas verloren vor dem Mikro und kann offenbar nicht fassen, dass ihr Traum in Erfüllung gegangen ist. Dass Jake nicht nur uns Schwestern überzeugt hat, sondern auch Cole und Evan. Dass die Männer trotz all der Spannungen zusammengearbeitet haben, um ihr diesen Wunsch zu erfüllen. Und dass wir Schwestern unsere Handwerksphobie überwunden haben, um das hier möglich zu machen.

Jake beugt sich über den Tresen und löscht das Licht im Gastraum. Nur die Lichterkette über der Bühne sowie die draußen streuen warmes Licht, und ein einzelner Spot beleuchtet Amber oben auf der Bühne. Wir anderen stehen im Dunkeln und sehen ihr zu, wie sie die Augen schließt und mit ihrer unverwechselbaren Stimme einen ihrer Lieblingssongs anstimmt.

Jake tritt neben mich und streicht ganz leicht mit dem Daumen über die Gänsehaut, die sich auf meinem Unterarm gebildet hat. Ich sehe ihn an und er mich, während wir wie die anderen der Geschichte des Songs lauschen.

»Sie ist gut«, flüstert er, und ich nicke.

»Verdammt gut.« Ich schiebe meine Hand in seine, weil ich ihm zeigen will, wie viel es mir bedeutet, dass er das für Amber getan hat. Für uns Schwestern und den Diner. Aber vor allem für mich.

Er lässt es zu, und für einen Moment umschließt seine Hand meine, bevor Jake die Nähe zerbricht. Vorsichtig entzieht er sich mir und verlässt von den anderen unbemerkt den Diner.

Ich kann noch immer nicht fassen, dass wir es an zwei Tagen geschafft haben, dem Diner ein komplettes Facelift zu verpassen und nicht nur Amber damit ihren Traum zu erfüllen. Liz wollte immer mehr Platz für die Gäste haben und hat ihn bekommen. Grace liebt den Blick über den See mehr als jede andere von uns und hat sich den ganzen Abend nicht sattsehen können an dem Panorama, das die Glastüren nun ganz uneingeschränkt offenbaren. Die Bäume mit den Lichterketten waren eine Idee von Jake, und ich weiß, dass er das für mich getan hat. Ich habe die alten Geschichten über Feen und verwunschene Orte schon immer geliebt. Jake weiß das und hat unsere Terrasse zu einem dieser märchenartigen Orte aus Liz' Büchern gemacht.

Gemächlich schlendere ich die Auffahrt zur Hunter-Werft hinauf. Liz hat mir angeboten, mich rüberzufahren, aber ich wollte lieber laufen. Leise summe ich die Melodie des letzten Liedes, das Amber zum Besten gegeben hat, und kicke dabei einen Stein vor mir her. Das Haus liegt dunkel vor den mächtigen Bäumen und dem See, auf dem sich das Mondlicht bricht. In der Werkshalle brennt hingegen noch Licht. Big Mac hebt träge seinen Kopf von dem Deckenhaufen auf der Ladefläche des Pick-ups, und sein Schwanz klopft, als ich mich ihm nähere und ihn mit ein paar Streicheleinheiten begrüße. Dann lasse ich ihn auf der Ladefläche zurück und gehe zu den Hallen hinüber. Das Tor der großen Werkshalle schiebe ich einen Spaltbreit auf und schlüpfe leise hindurch.

Der Bootsrumpf, den Jake in den letzten Tagen abgeschliffen hat, ist fertig. Jake selbst steht mit dem Rücken zu mir an der Werkbank.

»Hi«, sage ich leise.

Er sieht sich um, und ein flüchtiges Lächeln huscht über sein Gesicht, als er mich erblickt. »Hi, was machst du denn hier?«

»Ich wollte mich bei dir bedanken.« Ich deute über meine Schulter, wo in mehreren Meilen Entfernung der Diner liegt.

Jake guckt auf seine Armbanduhr, lässt das Holz in seiner Hand sinken und zerfurcht sich die Haare. »Ist schon verdammt spät für ein Dankeschön, das im Übrigen nicht nötig ist.«

»Ambs hat sich wirklich gefreut.« Ich trete näher an ihn heran. »Ich habe mich gefreut. Wann habt ihr das alles geplant, und vor allem, wie habt ihr das in den paar Stunden fertigbekommen?«

»Du hast eben keine Ahnung, wie gut wir sind«, scherzt er, wird aber sofort wieder ernst. Er räuspert sich, als könnte er so ungeschehen machen, sich und die Harris-Brüder als gut funktionierendes Wir zu bezeichnen. »Hätten wir eher damit begonnen, wäre es keine Überraschung für dich gewesen.« Er legt den Kopf schief. »Oder für Liz. Cole liebt sie echt. Er wollte ihr unbedingt mehr Platz für die Gäste schaffen. In den nächsten Tagen wird noch eine Plane geliefert, die den Blick nicht einschränkt, mit der ihr aber jederzeit die Terrasse komplett verschließen könnt. Mit den Heizpilzen dürfte es dann selbst im tiefsten Winter kein Problem sein, draußen zu sitzen.« Irgendetwas in Jakes Stimme sagt mir, dass Coles

Überraschung trotzdem noch nicht alles war, was er vorbereitet hat.

»Ihr habt das zusammen ausgeheckt?«

Jake nickt widerstrebend. »Ich muss Cole und den anderen Harris-Idioten nicht mögen, aber wir wollten in dem Fall das Gleiche. Euch glücklich machen. Dafür mache ich sogar gemeinsame Sache mit den beiden.« Er lächelt mich an und beschwört damit eine Horde Schmetterlinge herauf, die in meinem Magen im Kreis flattern. »Ich hatte eigentlich vor, den alten Kahn für die Terrasse wiederherzurichten, um dich an den verwunschenen Tümpel und unsere Kindheitsabenteuer zu erinnern. Aber das Ding ist so morsch, dass es nicht mehr zu gebrauchen ist. Deswegen habe ich mich für die Bäume entschieden.« Er tippt gegen einen der Punkte, die mein Shirt zieren. »Ich dachte, Lichtpunkte würden dich ganz gut charakterisieren und dich trotzdem ein bisschen an unsere Zeit am See erinnern.«

»Es ist wunderschön.«

Er nickt und berührt einen weiteren Punkt auf meinem Oberteil. Sein Blick zeigt, dass er schon längst nicht mehr an die Dekoration denkt. Er sieht mich an, als würde ich heller leuchten als die Lichterketten in den Baumkronen des Diners. Ein heißes Kribbeln durchzieht mich, nur weil er mich auf genau diese Art ansieht.

Sein Finger wandert von Punkt zu Punkt über mein Shirt. Ich schließe die Augen, stelle mich auf die Zehenspitzen und lege meine Lippen auf seine. Es fühlt sich gut an, ihn zu küssen. Es fühlt sich vertraut an, wie Jake meine Lippen teilt und Leidenschaft zwischen uns hochlodert. Wie seine Zunge meinen Mund erobert. Sonst ist er es, der uns keine Zeit lässt, heute kann ich mich kaum zurückhalten.

Hastig dränge ich ihn gegen die Werkbank und öffne seine Jeans.

Jakes Stöhnen bricht sich an meinem Hals, als er mich hochhebt und mich auf dem Holz absetzt. Atemlose Küsse begleiten seine Bewegung. Seine Lippen lösen sich auch dann nicht von meinen, als er meine Jeans öffnet. Mit einem Ruck zieht er sie mir hinunter, umfasst dann meine Taille und zieht mich näher an sich. Mit der noch freien Hand schiebt er seine Boxershorts nach unten. Dann gleitet er zwischen meine Schenkel und versenkt sich mit einem tiefen Stöhnen in mir. Mein Innerstes zieht sich lustvoll zusammen, als er beginnt, sich in mir zu bewegen. Seine Stöße sind tief und wild.

Ich umfasse seinen Hintern und spüre, wie Jake noch härter wird. Seine Muskeln spannen sich an, als er kurz darauf kommt und mich mit sich reißt. In einen Strudel aus Lust und gleißend hellen Lichtpunkten.

Kapitel 22

Es kommt selten vor, dass wir alle zusammen im Diner sind. Unsere Schichten liegen versetzt, und es muss schon ein besonderer Anlass vorliegen, damit wir alle, einschließlich Jake, Gavin, Greta, Noah, Evan und Cole, im Familienrestaurant sind.

Ambers erster Auftritt vor einem vollbesetzten Diner ist ein solcher Anlass. Liz hat Miss Darcy dazu eingeladen, die jetzt in der ersten Reihe sitzt, an einer Cola nippt und sich aufmerksam umsieht.

Vielleicht hat diese Aktion rein gar nichts verändert, und Ambers Ausflug mit Harvey wird trotz all der Anstrengungen dazu führen, dass wir sie verlieren. Aber heute sind wir hier. Alle zusammen, und ich will diesen Moment genießen. Und wer weiß, vielleicht hat Miss Darcy ja doch ein Einsehen?

Jake steht dicht hinter mir und hat seine Hände vorn in meine Hosentaschen geschoben. Wir haben nie darüber gesprochen, ob wir das zwischen uns offiziell machen, aber allem Anschein nach ist es Jake gerade herzlich egal, was meine Schwestern, die Harris-Brüder oder die Gäste im Diner dazu sagen. Er lehnt sein Kinn auf meine Schulter und gibt mir einen zarten Kuss aufs Ohr.

»Sie ist total aufgeregt.« Er lacht. »Die immer unbeeindruckte Ambs ist tatsächlich ein Nervenbündel.«

Ich nicke und schmiege mich an ihn, als die ersten Takte

von *Be Scared With Me* ertönen. Es ist eines von Liz' absoluten Lieblingsliedern von Canyon City. Cole ruft ein »Go, Ambs!« zwischen die Gitarrenklänge und fordert Liz zum Tanzen auf. Sie schunkeln unter den Lichterketten und sind ganz in ihrer Zweisamkeit gefangen. Liz hat ihr Gesicht an Coles Brust gelehnt und lässt sich von ihm führen. Es ist ein friedlicher Moment in all dem Chaos der letzten Zeit.

»Sie ist wirklich glücklich mit ihm, oder?«, fragt Jake leise.

Ich nicke. Ich habe Liz noch nie glücklicher gesehen. Cole ist ihr *perfect match*, ihr Fels, ihre fehlende Hälfte. Cole liebt den Diner, den See und Pinewood Meadows. Und er liebt sogar Amber, obwohl sie sein Auto mit Steinen beworfen hat. »Er ist das Beste, was Liz je passiert ist. Das Beste, was uns passieren konnte«, fasse ich zusammen und linse vorsichtig zu Jake. Er sieht den beiden nachdenklich zu, wie sie langsame Kreise unter den Lichtern drehen. Fiona und Evan gesellen sich zu ihnen auf die Tanzfläche. Und dann folgen weitere Paare.

Ambers nächster Song ist ein schnelles, tanzbares Lied, das die restlichen Gäste von den Stühlen holt. Nur Miss Darcy sitzt noch auf immer auf ihrem Stuhl und nippt an ihrer Cola.

Auch Jake zieht mich mit sich auf die Tanzfläche. Er wirbelt mich über das Parkett, und um ein Haar prallen wir mit Liz und Cole zusammen. Aber heute Abend ist es, als wären alle Unstimmigkeiten und Probleme, die sonst zwischen den Harris-Brüdern und Jake schwelen, ausgesetzt. Er und Cole nicken einander zu, und noch bevor die beiden im Getümmel der Menschen wieder verschwunden sind, konzentriert sich Jake wieder voll auf mich.

Nach sechs Liedern ist für Amber Schluss. Sie hat ihren Auftritt gehabt und ist vollkommen überdreht, als sie zu Titus und ihren übrigen Freunden hinüberläuft. Liz, die neben mir steht, blickt ihr nach und vergewissert sich, dass Harvey Davenport nicht Teil der Gruppe ist. Ein Lächeln überfliegt ihr Gesicht, als sie Titus entdeckt, der Amber wie immer anhimmelt, als wäre sie das achte Weltwunder.

»Warum kann sie sich nicht für solche Jungs begeistern?«, fragt sie mich seufzend.

»Wo die Liebe hinfällt.« Ich zucke mit den Schultern, weil ich davon ein Lied singen kann.

Liz stößt mich verschwörerisch an, während sie Jake eingehend mustert. Er steht vor der Bühne und ist voll auf den neuen Sänger konzentriert, der soeben sein Set mit einer Ballade eröffnet. »Also ist es jetzt offiziell?«, fragt sie erwartungsvoll, aber ich zucke erneut nur mit den Schultern.

»Wir sind hier. Und wir verstecken uns nicht, falls du das meinst, aber mehr kann ich dir nicht sagen.«

»Kannst oder willst du nicht?« Sie prustet leise los und zieht mich in ihre Arme, als Jake zu uns herübersieht. »Hätte nicht gedacht, Jake jemals in aller Öffentlichkeit kuscheln zu sehen.«

»Wir haben doch nicht gekuschelt«, insistiere ich schwach, aber das warme Gefühl, das mich bei dem Gedanken, dass wir genau das tun, durchläuft, mildert meinen Protest.

»Er sieht besser aus. Du tust ihm gut.« Noch immer umarmt mich Liz fest, und unsere Unterhaltung bleibt dadurch trotz der vielen Menschen im Diner unter uns. Sie zögert. »Und er scheint dir gutzutun. Ich habe das lange angezweifelt, aber du siehst glücklich aus.«

Ich nicke. Das bin ich. Ich bin glücklich. So glücklich, wie man es unter den chaotischen Umständen nur sein kann.

»Meinst du, ich könnte Haze wiederhaben«, ertönt plötzlich Jakes Stimme. Er ist zu uns gekommen und blickt Liz auffordernd an. Erst als sie mich freigibt, wendet er sich mir zu. »Lust zu tanzen?«

Ich nicke und lasse Liz kurzerhand stehen, denn, verdammt, ja, ich habe Lust zu tanzen! Ich hätte sogar Lust, mit Jake in unserem Gefrierraum zu hocken, in dem es arktisch kalt ist, solange wir nur zusammen sind.

Eine halbe Stunde später lehne ich am Tresen und warte darauf, dass Liz mir die Getränke für Molly und ihre Freundinnen fertigmacht. Evan hat freiwillig mit Fiona die Küche übernommen, während wir anderen uns um die Gäste kümmern. Cole sorgt dabei allem voran für Miss Darcys Wohl und wird nicht müde, ihr davon zu erzählen, wie toll und harmonisch wir alle zusammengearbeitet haben, um Amber diesen Wunsch zu erfüllen. Aber Miss Darcy sendet keine Zeichen aus, als würde das etwas an der Situation ändern. Auch Cole scheint das zu bemerken und zieht sich hinter den Tresen zurück, um Liz bei der Zubereitung der Getränke zu helfen.

Ich sehe zu Jake, der sich um die Technik kümmert und dabei die Harris-Brüder genau beobachtet. Es arbeitet eindeutig in seinem Kopf, wahrscheinlich weil das Bild, das er von ihnen hat, nicht zu dem passt, wie er die beiden beim Umbau und heute Abend kennengelernt hat.

Als Liz mir das Tablett mit den fertigen Bestellungen rüberschiebt, nehme ich es entgegen und drehe mich mit dem guten Gefühl, dass gerade alles so ist, wie es sein soll, um und bringe Molly Nachschub.

Nachdem der zweite Sänger des Abends eine Stunde später sein Set beendet hat, erklimmt Cole plötzlich die Bühne und nickt Jake zu, der das Hauptlicht ausschaltet. Es ist zwar tiefromantisch, wenn nur die Lichterketten brennen, aber eigentlich ist es zu dunkel.

»Was wird das denn jetzt?«, schnauft Amber. Sie knotet sich die Haare zu einem wirren Zopf zusammen und stellt sich neben mich an den Tresen. Ihre Freunde sind bereits gegangen, und auch Amber muss dringend nach Hause und ins Bett. Grace wird sie gleich fahren, damit Miss Darcy keinen weiteren Kritikpunkt findet.

»Welcher Idiot hat denn jetzt das Licht ausgeschaltet?«, beschwert sich nun auch Fiona, die zusammen mit Evan aus der stockdunklen Küche kommt.

»Das war ich.« Cole steht mittig im Raum und fixiert Liz, die noch immer hinterm Tresen steht. »Könntest du mal für eine Sekunde herkommen«, fordert er sie auf und winkt sie zu sich.

»Cole, wir müssen uns um die Gäste kümmern. Wir haben noch jede Menge Bestellungen abzuarbeiten, und Amber muss nach Hause. Grace fährt sie und fällt dann als Hilfe weg«, sagt sie und deutet auf den Berg Bestellungen und auf Miss Darcy.

»Aber erst, wenn ich dir den zweiten Teil meiner Überraschung gezeigt habe. Miss Darcy ist ganz sicher einverstanden, dass Amber noch bleibt, bis ich das losgeworden bin.«

Miss Darcy nickt wohlwollend, und ich sehe ein verzücktes Grinsen auf ihrem Gesicht. Weiß sie etwa, was Cole vorhat?

Der zieht Liz gerade auf die Bühne und wartet dann, bis wir alle etwas näher an die beiden herangetreten sind. Selbst Molly und ihre Freundinnen erheben sich und kommen vor die Bühne.

»Ich habe gestern mit Miss Darcy gesprochen und ihr erklärt, warum wir das alles hier getan haben«, beginnt Cole.

»Weil wir Amber lieben und sie bei uns aufwachsen sollte. Sie findet es toll und unser Engagement beeindruckend, aber es wird nicht reichen.«

Ein Raunen geht durch die Reihen der Gäste, und ich halte den Atem an. Wie kann Cole so ruhig über den Untergang unserer Hoffnung reden?

»Aber es gibt eine andere Möglichkeit, um Amber bei uns zu behalten«, fährt er fort.

Liz sieht ihn ungläubig an. »Wir sind alle Möglichkeiten durchgegangen«, widerspricht sie.

»Nicht alle. Miss Darcy möchte ein stabiles Umfeld für Amber. Das ist ihre einzige Bedingung, und ich bin bereit, diese zu erfüllen.« Cole zieht eine kleine, samtene Schatulle aus seiner Hosentasche und geht plötzlich vor Liz auf die Knie.

Meine Schwester sieht aus, als würde sie jeden Moment umkippen. Sie hat die Hände vor den Mund geschlagen, und Tränen glitzern in ihren Augen.

»Elizabeth Carson, ich liebe dich aufrichtig, unwiderruflich und mit meinem ganzen Herzen. Ich will mein Leben mit dir und deiner chaotischen kleinen Schwester verbringen, und deswegen frage ich dich jetzt hier und vor allen Menschen, die uns wichtig sind: Willst du mich heiraten?«

Sekundenlang ist es totenstill. Alle warten auf Liz' zart gehauchtes »Ja«, aber stattdessen schüttelt sie den Kopf und schluchzt leise auf.

»Du kannst mich nicht heiraten, nur weil Amber Mist gebaut hat«, bringt sie erstickt hervor. »Das ist nicht richtig. Das sollte nicht der Grund sein.«

Anstatt jedoch sauer zu sein, weil Liz ihm vor versammelter Mannschaft einen Korb gegeben hat, lacht Cole. Er lacht, richtet sich auf und umfasst Liz' Gesicht mit seinen Händen.

»Du verrückte, was meine Gefühle für dich angeht unfassbar dumme, geliebte Liz. Du glaubst ernsthaft, ich würde dich nur wegen deiner terroristisch veranlagten kleinen Schwester heiraten? Das ist nicht wahr, und das weißt du auch. Ich schleppe diesen verfluchten Ring jetzt seit einer Ewigkeit mit mir rum und warte auf den perfekten Moment. Ich wollte dich in San Francisco fragen, als Hanks Unfall dazwischenkam. Ich wollte dich an meinem Geburtstag fragen, aber es erschien mir nicht richtig, eure Wiedervereinigung mit Fiona dadurch zu stören. Ich wollte dich in diesem wunderschönen kleinen Restaurant fragen, in dem wir neulich waren, als du dringend zurück zu Amber wolltest, weil Hazel zu Jake aufgebrochen war. Ich hatte gefühlte zwanzigmal den absolut perfekten Plan, dich zu bitten, meine Frau zu werden, aber wenn ich inmitten dieses verrückten Haufens auf einen Moment warte, der nicht im Chaos versinkt, wird es nie dazu kommen. Perfekter als jetzt wird es nicht. Also frage ich dich noch einmal: Liz, willst du mich heiraten?«

Amber wischt sich verstohlen eine Träne aus dem Augenwinkel und lächelt schief. Sie tritt unbeholfen von einem Bein aufs andere, bis Grace, die inzwischen zu uns getreten ist, sie in ihre Arme zieht.

Fiona ruft Liz zu, sie solle endlich ja sagen. Weißer würde der Schimmel nicht werden, auf dem der Prinz angeritten kommt, und Evan lacht leise, während er ihr einen zärtlichen Kuss gibt. Er scheint nicht allzu überrascht. Wahrscheinlich hat Cole die Aktion mit ihm besprochen.

Greta steht rechts von mir und erzählt Noah, dass genau so das Disney-Happy-End aussieht, das sie sich für Cole und Liz erträumt hat, und der Kleine kräht, als hätte er jedes Wort verstanden.

Von seinem Platz an der Technik wirft Jake mir einen unergründlichen Blick zu.

»Heirate mich!«, wiederholt Cole nun. Er küsst Liz zärtlich. Und endlich schlüpft ein »Ja« über ihre Lippen. Immer wieder sagt sie es, nur unterbrochen von Coles Küssen, während wir anderen applaudieren und Fiona eine Flasche Prosecco köpft.

Ich will diese Nacht mit Jake genießen. Über eine Lösung für die finanziellen Probleme der Werft können wir an einem anderen Tag sprechen.

Bisher hat er mir nicht erzählt, wie es weitergehen soll, nachdem die Verhandlungen mit der Bank gescheitert sind. Aber ich weiß, dass er nicht viele Optionen hat. Bei der einzig sinnvollen müsste er seinen Stolz hinunterschlucken und Coles Hilfe annehmen. Und wie ich Jake kenne, wird er stur bleiben, und ich will nicht nachdenken, was das für uns bedeutet. Nicht jetzt.

»Liz wird also heiraten.« Jake bricht unser Schweigen und stochert in der Glut herum. »Das kam überraschend.«

Eigentlich nicht. Wenn ich ehrlich bin, war mir immer klar, dass Cole Liz irgendwann einen Antrag machen würde. Ich hätte schon eher damit gerechnet. »Sie sind glücklich«, sage ich deshalb schlicht.

»Scheint so«, gibt Jake zu und wirft noch einen Scheit Holz ins Feuer.

Ich genieße die Flammen, die knackend Funken in den Nachthimmel entlassen. Der Geruch nach Marshmallows erfüllt die Luft. Wir sitzen am schmalen Strand der Hunter-

Werft und vertilgen als Mitternachtssnack geschmolzene Marshmallows zwischen zwei Kekshälften. Es schmeckt köstlich – nach Kindheit und so vielen positiven Erinnerungen. Jake zerquetscht gerade eine weitere zähflüssige, klebrige Masse und reicht mir dann das Gebilde.

»Und lass es dir nicht wieder von Mac klauen«, sagt er und wirft dem Hund einen warnenden Blick zu. Mac malt mit seinem Schwanz wilde Muster in den Sand, als er unschuldig damit wedelt.

»Wir teilen«, nehme ich Mac in Schutz. »Das muss so sein.«

Jake verdreht die Augen. »Ihr seid beide gleich schlimm.« Er rutscht näher zu mir und küsst mich sanft. An meinen Lippen murmelt er: »Und trotzdem kann ich euch beiden nicht böse sein.«

»Weil du uns einfach zu gern hast«, sage ich schmunzelnd, lege den Marshmallowkeks zur Seite und schlinge meine Arme um seine Hals. Ich rutsche auf seinen Schoß, währende Jack seine Hände unter mein Shirt gleiten lässt und mich küsst.

»Ich würde sagen, ich bin euch hoffnungslos verfallen«, murmelt er und intensiviert seinen Kuss. Seine Zunge dringt zwischen meine Lippen und stürzt sich in ein wildes Spiel mit meiner. Ich fahre ihm zärtlich durch die Haare, während wir wild knutschen wie die Teenager. Aus dem Augenwinkel sehe ich, dass Mac meinen Marshmallowkeks stibitzt, und ich muss grinsen. Dann schließe ich die Augen und konzentriere mich ganz auf Jake. Seinen Geschmack und seine Berührungen.

Erst, als es plötzlich verkokelt riecht, lassen wir für einen Moment voneinander ab. Jake zieht den letzten Marshmallow-Stock, der noch ins Feuer ragte, aus dem Sand und wirft ihn in den See, während ich mich aufrichte und nach dem Hund Ausschau halte. Er ist nirgends zu sehen. Jake zieht mich lachend zurück in seine Arme.

»Wo willst du hin?«, fragt er und verschließt mir den Mund mit einem Kuss.

»Ich wollte nur nach Mac sehen.« Ich deute auf den verlassenen Platz am Feuer.

»Der Wachhund hat Feierabend. Hat mich schon gewundert, wieso er so lange durchgehalten hat. Normalerweise verzieht er sich schon deutlich früher auf die Ladefläche des Dodge.« Jake legt sein Kinn auf meinen Scheitel und lässt seine Hände wieder unter mein Shirt wandern. Er streicht meinen Rücken auf und ab und löst damit winzige Minibeben auf meiner Haut aus. Es ist eine stetige Bewegung, die nichts fordert.

Ich schmiege mich an ihn, und erst als das Feuer langsam erlischt, richte ich mich wieder auf. Aber Jake löst seine Hände nicht von mir. Er lässt sie von meinem Rücken nach vorn wandern, wo er meine Brüste umschließt und sanft meine Nippel reibt.

»Jake, wir sollten dringend schlafen gehen«, flüstere ich leise, aber im Grunde will ich nicht, dass er aufhört.

Anstelle einer Antwort küsst Jake mich und intensiviert das Spiel seiner Finger. Ich lege den Kopf in den Nacken und stöhne leise. Das Wasser des Lake Tahoe stößt nur wenige Meter weiter an den Sandstrand und gluckst leise um die Pfeiler der Werfthalle. Ich liebe die Geräusche – das sanfte Rauschen des Windes in den Pinien um uns herum –, und ich liebe das pure Gefühl von Verlangen und Liebe, das Jake in mir auslöst.

Ungestüm erwidere ich seine Küsse und öffne gleichzeitig seine Hose. Früher war Jake es, der uns keine Zeit ließ. Heute bin ich es, die es nicht abwarten kann, Jake in mir zu spüren. Ich löse mich kurz von ihm, um meine Hose abzustreifen. Dann den Slip. Jake hält meine Hand, was es ungleich schwerer macht, aber er scheint nicht bereit, mich loszulassen. Er platziert sanfte Küsse auf meinem Handrücken und sieht mir schmunzelnd zu, wie ich versuche, mich auszuziehen. Um ein Haar falle ich auf die Nase und kriege einen Lachanfall, als Jake den Fall beschleunigt, statt mich zu stützen, indem er mich zu sich herunterzieht. Mein Slip hängt noch an meinem Bein, und ich will ihn hinunterschieben, aber bevor ich das tun kann, küsst Jake mich. Er küsst mich auf diese einzigartige Weise, die meine komplette Welt aus den Angeln hebt und mich alles vergessen lässt.

Nur wenige Augenblicke später zieht Jake mich auf seinen Schoß. Seine Hose hat er ein Stück heruntergeschoben, so dass sein Schwanz freiliegt. Ich schiebe mich darüber und seufze, als er, ohne zu zögern, in mich eindringt. Atemlos verharren wir. Die Lippen nur Millimeter voneinander entfernt. Bebend. Gefangen.

Und dann beginne ich, mich auf ihm zu bewegen, lasse ihn aus mir gleiten, nur um mich im nächsten Moment wieder auf ihn hinabzusenken. Meine Hände suchen Halt, indem ich seinen Nacken umschlinge, meine Finger in seinen Haaren vergrabe. Aber ich finde keinen Halt. Jake bringt mich dazu loszulassen. Er legt seine Hände an meinen Rücken, und seine Lippen umschließen meine Nippel. Sein Bart elektrisiert meine Haut, und seine Haare streifen meine Lippen, als ich komme.

Ich klammere mich an ihn, halte inne, genieße die Wellen aus Lust, die Jake tief in mir auslöst. Er stöhnt, und ich spüre, wie er härter wird, wie sehr er sich beherrschen muss, um sich nicht zu bewegen, sondern einfach tief in mir zu bleiben.

»Haze«, stößt er atemlos hervor, und dann kommt er und ergießt sich mitten in den Wirbel aus Lust, der noch immer in mir aufbricht. Er umfasst meinen Po und sucht meine Lippen. Ein tiefes, animalisches Stöhnen begleitet seinen Kuss, während ihn die Lust erschüttert.

Kapitel 23

Alles ist gut. Ich sollte glücklich sein. Miss Darcy hat uns noch eine Chance gegeben. Unser Engagement, die Bühne gemeinsam für Amber zu bauen, hat sie tief beeindruckt, und nachdem sie Erkundigungen über Cole eingeholt hat und nun feststeht, dass Liz und er heiraten werden, brachte sie uns eine Woche nach Ambers Konzert im Diner die freudige Nachricht, dass Ambs vorerst bleiben dürfe. Sie setzt große Hoffnung in Cole, der versprochen hat, für Liz, Amber und den Rest der Familie da zu sein.

Amber scheint begriffen zu haben, wie verdammt knapp das Ganze war, und benimmt sich derzeit vorbildlich. Das sagte Principal Miller zumindest in seinem letzten Gespräch mit Liz. Im Zwei-Wochen-Rhythmus werden die beiden sich nun treffen und sich über Ambers Verhalten und ihre Noten austauschen. Amber findet das zwar hochgradig nervig und ist der Meinung, Principal Miller und diese Auflage würden ihren sozialen Tod bedeuten, weil man sie vermutlich für eine Streberin halten wird, aber sie fügt sich.

Alles ist gut. Alles, bis auf die Sache mit Jake und mir. Ich kaue auf meinem Bleistift herum. Auf dem Block vor mir winden sich Ornamente, und mittig prangt ein detaillierter American Bluebird auf dem Zettel. Jake liebt diese Vögel und ihre Schreie, wenn sie sich frühmorgens über dem Lake Tahoe zanken. Ich sollte bei ihm sein, in seinen Armen liegen und genau diesen Schreien zuhören, während wir lachen, uns unterhalten, uns küssen und in Kauf nehmen, dass wir beide zu spät zur Arbeit kommen.

Stattdessen stehe ich allein in seinem Haus und schiebe düstere Gedanken hin und her, während Jake bereits frühmorgens drüben in den Hallen arbeitet.

Ich sollte glücklich sein, aber ich kann nur daran denken, dass es mir nicht gelungen ist, die Kluft zwischen den Harris-Brüdern und Jake während der Umbauarbeiten zu schließen. Sie haben sich für Amber zusammengerissen, aber ihre Abneigung keine Sekunde beiseitegelegt. Sie hassen sich, was Jakes einzige Chance, die Werft zu halten, unmöglich macht. Er wird Coles Angebot einer Partnerschaft nicht annehmen, sein Geld ignorieren und alles verlieren. Ich beiße mir auf die Lippe. Ich werde ihn verlieren.

Er wird gehen. Keiner von uns hat es ausgesprochen, aber Jake entfernt sich von mir. Ich spüre es. Es ist eine unaufhaltsame, aber stete Bewegung in die falsche Richtung. Und er blockt ab, wenn ich mit ihm darüber reden will.

Um mich abzulenken, beziehe ich unser Bett neu und suche die schmutzige Wäsche zusammen, um eine Maschine anzustellen. Ich angle gerade eines meiner Shirts unter dem Bett hervor und will mich wieder aufrappeln, als ich innehalte. Der Umschlag mit dem Arbeitsangebot der Hilfsorganisation, den ich vor einer Weile unter das Bett gekickt habe, ist fort. Ich weiß genau, dass ich ihn in die Ecke unter dem Fenster geschleudert habe, aber da ist nur blankpoliertes Parkett, das durch winzige Schrammen einen Teil von Jakes Leben erzählt. Ansonsten herrscht unter dem Bett gähnende Leere.

Ich atme tief durch. Was hat das schon zu bedeuten? Wahrscheinlich hat Jake ihn einfach entsorgt, weil Weggehen keine Option mehr ist.

Aber ein Gedanke krallt sich in meinem Kopf fest: Was, wenn das nicht der Fall ist? Was, wenn Jake die Unterlagen unter dem Bett hervorgeholt hat, weil er darin seine einzige Option sieht? Was, wenn er deswegen so distanziert ist?

Wie betäubt laufe ich die Treppe hinunter und betrete die Küche. Alle wichtigen Dinge liegen bei den Hunters auf der Mikrowelle. Wenn die Papiere noch irgendeine Relevanz haben, sind sie hier. Ich durchwühle den ersten Stapel. Nur Bankunterlagen und Nachlassdinge. Auf dem Stapel daneben liegen weitere Briefe, die Sams Nachlass betreffen, meine Zeichnung von Afrika und darunter ... der Umschlag.

Wichtig. Das hier sind die wichtigen Unterlagen. Dieser Umschlag ist von Bedeutung für Jake. Dabei sollte er es nicht mehr sein.

Ich ziehe die Papiere aus dem Kuvert, und mir wird übel. Sie sind ausgefüllt. Beim letzten Mal waren sie es noch nicht, was bedeutet, er hat es getan, während ich dachte, wir wären glücklich. Er hat konkrete Pläne, zu gehen. Mir treten Tränen in die Augen. Warum hat er nicht mit mir darüber gesprochen? Wir wären mindestens ein Jahr getrennt, vielleicht länger. In einer Beziehung bespricht man solche existentiellen Entscheidungen. Man verlässt den anderen nicht, um in ein Land zu gehen, wo man schon einmal fast gestorben wäre.

Und dann fällt es mir wie Schuppen von den Augen. *Es bedeutet nur so viel, wie du willst.* Das waren meine Worte, die unsere vermeintliche Beziehung zu etwas degradierten, das ich wollte. Jake nicht. Er hat mir nie Versprechungen gemacht. Nie verschwiegen, dass er keine Beziehung wollte. Ein Schluchzen bahnt sich einen Weg durch meine Brust.

Ich habe ihm geholfen, über seine Albträume und die Schuldgefühle wegen Wills Tod hinwegzukommen. Ich war seine Medizin, seine Zuflucht. *Es bedeutet nur so viel, wie du willst.* Das habe ich gesagt und dann mein Herz an Jake verschenkt. Es erscheint mir plötzlich wie der schlimmste Fehler meines Lebens.

Jake sieht keine Beziehung, wenn er uns ansieht. Keine gemeinsame Zukunft. Ich erinnere mich an Liz' Worte, er wäre kein Beziehungstyp und könne mir nicht geben, was ich suche. Hätte ich doch nur auf sie gehört. Er hatte nicht einmal den Mumm, mir in die Augen zu sehen und mir zu sagen, dass sein Stolz und die Werft ihm mehr wert sind als ich.

Ich weiß, ich müsste mit ihm über meine Entdeckung reden. Ich müsste mit ihm sprechen, nicht kampflos aufgeben, ihn überreden, es sich anders zu überlegen. Aber zum ersten Mal will ich genau das nicht.

Ich will nicht die wogenglättende Hazel sein, die für alles Verständnis hat. Ich will der Mensch für Jake sein, der es wert ist, dass man um ihn kämpft. Ich will, dass Jake seinen Stolz hinunterschluckt und das Angebot der Harris-Brüder annimmt, um mit mir zusammen zu sein. Und ich wünschte, er würde mich genug lieben, um genau das zu sehen, ohne dass ich ihn darauf stoßen muss. Denn selbst wenn ich es täte, denke ich, dass Jakes Entscheidung nicht zu meinen Gunsten ausfallen würde.

Vielleicht werfe ich mir deswegen die Strickjacke über. Die Papiere lege ich zurück auf die Mikrowelle, die schmutzigen Laken jedoch lasse ich am Fuß der Treppe zurück und verlasse das Haus. Ich ziehe einfach die Tür hinter mir zu, ignoriere Big Mac und laufe die Auffahrt der Hunter-Werft hinunter, während Tränen mich fast blind machen und ich das Gefühl habe, innerlich zu zerbrechen.

Ich habe mich auf den Steg von Pinewood Meadows zurückgezogen und lasse lustlos meinen Kohlestift über das Papier vor mir gleiten. Das Handy in meiner Gesäßtasche vibriert. Ich weiß, es ist Jake, der anruft. Aber ich habe nicht vor, ranzugehen. Genauso wenig wie bei den letzten fünf Malen.

Andererseits wird er so nicht aufgeben, und mir fehlt die Kraft dafür, ihn ständig wegzudrücken. Deswegen schreibe ich eine knappe Nachricht, dass wir einen Engpass haben und ich im Diner einspringen musste. Das verschafft mir zumindest vorerst die Ruhe, die ich brauche, um zu entscheiden, wie ich ihm in Zukunft begegnen will. Hinter mir höre ich die Geräusche des langsam erwachenden Hauses.

Cole hantiert in der Küche mit Pfannen. Ich weiß, ohne hinzusehen, dass er es ist. Keine meiner Schwestern würde freiwillig kochen, auch wenn Grace sich wirklich gut anstellt, seit Fiona sie dazu zwingt, sich in der Küche des Diners einzubringen. Grace und Liz decken den Tisch. Amber liegt sicher noch im Bett. Mit der gleichen Vehemenz, mit der sie sich abends weigert, schlafen zu gehen, zelebriert sie das Ausschlafen am Morgen.

Als ich Schritte hinter mir höre, wische ich mir die verräterischen Tränen von den Wangen. Dann drehe ich mich um und blinzle Grace entgegen.

»Wir wollen gleich zusammen essen. Du weißt schon: stabiles Umfeld, geregelte Essenszeiten und so ein Kram für unser Küken.« Sie grinst mich an und setzt sich im Schneidersitz neben mich, als ich nur stumm den Kopf schüttle. Sie streicht mir eine Haarsträhne aus dem Gesicht und mustert mich prüfend. »Was hat er getan?«

Natürlich kann Grace eins und eins zusammenzählen und weiß, dass ich wegen Jake verheult auf unserem Steg sitze und keinen Appetit habe. Obwohl das von Cole zubereitete Essen himmlisch duftet.

»Gar nichts, und das ist das Problem. Ihr habt es mir prophezeit. Er ist eben einfach kein Beziehungstyp.« Ich zucke die Schultern und kann die neuen Tränen nicht länger zurückhalten.

Wie selbstverständlich zieht Grace mich in ihre Arme. Es ist wie immer, wenn wir uns ganz eng halten, so, als würden wir eine unzerstörbare Einheit bilden. Und Unzerstörbarkeit ist genau das, was ich jetzt brauche, denn es fühlt sich verdammt danach an, als würden mich meine Gefühle für Jake zerstören.

»Er hat mir nie etwas versprochen, mir keine Hoffnungen gemacht. Im Gegenteil, er hat mich – so wie ihr auch – sogar vor sich gewarnt. Aber es hat sich verflucht nochmal so angefühlt, als hätten wir eine echte Chance. Ich liebe ihn«, flüstere ich in Grace' Haare. Sie versperren mir die Sicht auf den See. Ich schließe die Augen. Heftige Schluchzer schütteln mich, aber Grace' Nähe gibt mir zumindest die Zuversicht, dass ich über Jake hinwegkommen kann. Irgendwie. Vermutlich werde ich ein halbes Leben dafür brauchen, und es wird hart werden, aber ich werde das schaffen.

Erst, als ich aufhöre zu weinen, schiebt Grace mich vorsichtig von sich und sieht mich mit diesem Grace-Labrador-Lächeln an, das Eisberge zum Schmelzen bringen kann und mir selbst in dieser Situation ein schiefes Grinsen entlockt.

»Das sieht wirklich furchtbar aus«, kommentiert sie meinen Versuch eines Lächelns. Dann gibt sie mir einen Kuss und verwuschelt meine Haare, wie Dad es früher immer getan hat. »Weißt du, was das Beste gegen Liebeskummer ist?«

Ich wage einen Rateversuch: »Sich die Bettdecke über den Kopf ziehen und schlafen, bis es nicht mehr weh tut?«

Sie schüttelt den Kopf und lacht, während sie mich vom Steg hochzieht. »Einen Lovesick-Becher zum Frühstück, ein Tag am Strand mit deinem Lieblingszwilling, und heute Abend gehen wir Mädels mal wieder aus. Cole kann auf Noah und Amber aufpassen, und wir gehen tanzen.« Sie wischt mir die verlaufende Wimperntusche unter den Augen fort und verbessert sich. »Und trinken. Auf jeden Fall trinken wir. So viel, bis du dich nicht mehr daran erinnerst, dass es überhaupt einen Mann namens Jake gibt.«

Ich bin nicht sicher, ob das ein ausgeklügelter Plan ist. Wenn ich trinke, werde ich melancholisch, und das ist in meiner Situation bestimmt nicht förderlich. Andererseits kann ein Versuch nicht schaden. Schlimmer kann es schließlich nicht werden.

Also sage ich »Okay« und raffe meine Zeichensachen zusammen.

Grace schnappt sich meine Hand, und gemeinsam laufen wir zum Haus hinauf. Bevor die anderen einen Blick auf mein verheultes Gesicht erhaschen können, schiebt sie mich um die Terrasse herum und erklärt: »Setz dich schon mal ins Auto, ich komme gleich.«

»Wo wollt ihr denn hin?«, fragt Cole von drinnen entgeistert. »Ich habe Frühstück für eine ganze Kompanie gemacht.«

Grace lacht, und ich höre, wie sie mit vollem Mund weiterspricht. Vermutlich hat sie ihm ein Stück Speck geklaut. »Amber ist hier. Die isst für drei, also keine Sorge. Sie wird das schon alles vernichten.« Dann senkt sie ihre Stimme. »Aber wir müssen los. Ein Lovesick-Cup-Notfall.«

Ich schließe die Augen. Die anderen werden es eh erfahren, und ich habe Grace nicht gebeten, es für sich zu behalten, aber trotzdem wünschte ich, die anderen würden erst von dem Aus zwischen mir und Jake erfahren, wenn ich besser damit umgehen kann.

Cole erwidert nichts, und ich gehe seufzend zu dem klapprigen Buick. Ich fahre mit dem Zeigefinger die Chromleiste entlang, die das Erscheinungsbild des Wagens nicht entscheidend verbessert. Es ist eine hässliche Familienkutsche, aber es ist unsere Familienkutsche und mit all den Erinnerungen, die sie birgt, unendlich wertvoll.

Ich schiebe mich auf den Beifahrersitz und muss nicht lange warten, bis Grace aus dem Haus kommt und ebenfalls einsteigt.

»Auf geht es.« Sie ist betont fröhlich. Ausgelassen für zwei sozusagen, und das ist wohl auch notwendig, denn ich bin kurz davor, wieder in Tränen auszubrechen.

Der Tag am Strand im Zuckerkoma, weil ich den Lovesick-Cup fast allein vernichtet habe, hat mir gutgetan. Ich habe mich gesonnt und mit Grace über Trent und ein gutes Dutzend anderer ihrer schrägen Eroberungen gesprochen, ohne auch nur ein Wort über Jake zu verlieren. Wir waren schwimmen und haben uns gegen Mittag einen Mountain-Apple-Pie aus dem Diner geholt und ihn ebenfalls am Strand vertilgt.

Gegen Abend kamen Fiona, Greta und Liz dazu. Wir haben ein Lagerfeuer gemacht und Würstchen über dem offenen Feuer gegrillt. Die meisten fanden ein jähes Aschegrab, weil wir uns nicht gerade kompetent anstellten, und so fehlte mir die Grundlage für den Rum, der herumgereicht wurde.

Als wir gegen zehn abends im Crosbys ankamen, hatte ich das Gefühl, sturzbetrunken zu sein. Die Welt erschien wunderbar weich, genau wie der Schmerz in meiner Brust. Grace' Idee schien aufzugehen. Wir tanzten die halbe Nacht, bis Greta erschöpft aufgab und meinte, Noah würde sie um sechs Uhr wieder wecken, und sie bräuchte mindestens drei Stunden Schlaf, um den Tag zu überstehen.

Zurück in Pinewood Meadows wollte Grace mich noch überreden, mich mit ihr auf den Steg zu setzen und zu reden, aber ich wollte nicht. Der angenehme Alkoholnebel begann bereits, sich zu lichten, und ich wollte schlafen gehen, bevor er sich ganz auflöste.

Das ist mir nicht gelungen. Ich liege seit zwei Stunden wach in meinem Bett und bin vermutlich nicht halb so nüchtern, wie ich mich fühle. Aber eben leider auch nicht mehr betrunken genug, um zu vergessen, dass Jake nur wenige Meilen entfernt liegt, schläft und uns beide weggeworfen hat.

Ich setze mich auf, und mit einem Mal erscheint es mir absolut überlebenswichtig, meine Sachen aus seinem Haus zu holen. In meinem alkoholumnebelten Hirn kann ich den Gedanken nicht ertragen, dass mein Punkte-Shirt in seinem Badezimmer liegt, Grace' Strickjacke im Wohnzimmer auf der Couch und der Rest meiner Kleidung in Dads Reisetasche auf dem Boden des Gästezimmers. Nein, Dads Tasche sollte wirklich nicht im Haus eines Mannes stehen, der mein Herz gebrochen hat!

Hastig schlüpfe ich in eine Jeans und Liz' Seehawks-Pullover, den Grace in meinem Zimmer vergessen hat. Die Kapuze ziehe ich mir ganz gangster-style tief in die Augen und stehle mich aus dem Haus. Ich werde meine Sachen zusammensuchen und verschwinden, bevor Jake aufwacht. Klingt nach einem Plan.

Ich manövriere mein Fahrrad aus dem Schuppen und habe das Gefühl, man könnte die Geräusche, die ich dabei erzeuge, noch auf der anderen Seeseite hören. Im Haus bleibt jedoch alles still und dunkel.

Ich schiebe das Rad bis zur Hauptstraße, weil ich mir die Steigung mit dem Restalkohol im Blut nicht zutraue, und radle dann nach Cooper Springs.

Der Ort wirkt um diese Uhrzeit wie ausgestorben. Ich folge der Hauptstraße, die sich durch den Ort und dann am Wasser entlang bis zur Einfahrt der Hunter-Werft schlängelt. Der Kies knirscht unter meinen Rädern, als ich die unbefestigte Auffahrt hinauffahre und das Rad schließlich an die Wand des Wohnhauses lehne. Mac erhebt sich gähnend von seinem Schlaflager auf der Ladefläche des Dodge, und ich bete, er möge nicht bellen. Und zum Glück erfüllt er die Rolle des schlechten Wachhunds zur Gänze. Anstatt sein Herrchen zu warnen, weil jemand mitten in der Nacht auf dessen Grundstück herumirrt, kommt er mir schwanzwedelnd entgegen und streift noch immer nicht ganz wach um meine Beine. Ich streichle sein struppiges Fell und knie mich vor ihn. Dann umfasse ich das einzigartig süße Gesicht des Rüden und vergrabe mein Gesicht in seinem Fell. Er stinkt nach nassem Hund und Freiheit, die ihm vor einigen Tagen einen Zusammenstoß mit einem Stinktier eingebracht hat. Noch immer ist der Geruch nicht ganz aus seinem Fell gewichen, und obwohl er alles andere als angenehm riecht, treten mir Tränen in die Augen. Ich habe Mac liebgewonnen, und das hier ist ein Abschied nicht nur von der Werft und Jake, sondern auch von ihm.

Mac leckt mir über das Gesicht und winselt leise, als ich schluchze. Ich rapple mich auf, bevor ihn mein Gefühlsausbruch noch so sehr verunsichert, dass er Jake weckt.

Mit einer Handbewegung bedeute ich ihm, wieder auf seinen Platz zu gehen, und zu meiner Überraschung gehorcht er. Ich hatte immer angenommen, dass dieses Ding nur zwischen ihm und Jake funktioniert, aber er folgt meiner Handbewegung, springt auf die Ladefläche und rollt sich in seine Decken.

Sein Blick folgt mir, als ich zum Haus gehe, die Verandastufen überwinde und die Tür öffne. Wie immer hat Jake nicht abgeschlossen. Das tut kaum jemand am Lake Tahoe. Viele würden das als leichtsinnig bezeichnen – für uns *Lakies* ist diese Politik einer immer offenen Haustür eine Lebenseinstellung. Ich fahre über das Muster im Messing des Türknaufes und schlüpfe dann ins Innere.

Es ist nachtstill im Haus. Totenstill. Weil unsere Liebe tot ist, denke ich trotzig und presse mir die Hand auf den Mund, um nicht schon wieder zu weinen.

Ich wollte nur meine Sachen holen und wieder verschwinden. Aber die Küche zieht mich magisch an. Ich betrete den Raum, der sich gleich links von mir befindet, und atme tief durch. Mit der Hand berühre ich den Tisch, auf dem wir uns das erste Mal geliebt haben. Scheiß Alkohol. Ich wusste, er würde mich melancholisch machen. Das hier war keine Liebe. *Ich bin total in dich verknallt, Hazel Carson.* Das hat er gesagt, und ich wollte glauben, dass es mehr war als bloßes Verknalltsein, mehr als eine rein körperliche Anziehung. Aber das war es nicht. Nicht für Jake. Zu keinem Zeitpunkt.

Ich beiße die Zähne zusammen und husche durch den Raum zur Mikrowelle. Ich sollte schleunigst meine Sachen packen und wieder verschwinden, aber ich muss die Papiere noch einmal sehen. Vielleicht um sicherzugehen, dass er sie noch nicht abgeschickt hat. Dass er vorerst noch in Sicherheit ist. Ich schüttle über mich selbst den Kopf. Das geht mich gar nichts mehr an! Trotzdem ertaste ich den rechten Stapel Papiere und suchen nach dem Umschlag. Da sind die Unterlagen über Sams Nachlass, meine Zeichnung, aber der große, dicke Umschlag fehlt.

Mein Magen krampft sich zusammen. Das kann nur eins bedeuten: Jake hat die Papiere eingereicht. Es gibt kein Zurück mehr. Keinen Aufschub. Nicht, dass das etwas zwischen uns geändert hätte. Aber …

»Melancholisch«, schimpfe ich mich selbst aus. »Sei nicht so scheiß melancholisch.« Was geht es mich an, ob sein Verstand dabei draufgeht, wenn er an den Ort zurückkehrt, an dem er Will verloren hat.

Wem mache ich etwas vor? Egal, wie sauer ich bin, es ist mir nicht egal. Und das wird es auch nie sein. Trotzdem muss ich mich jetzt auf meine eigentliche Mission konzentrieren. Ich hole die Strickjacke aus dem Wohnzimmer und haste dann die Treppe hoch, während ich wenig erfolgreich Bilder von Jake mit einer Waffe am Kopf, kniend im Staub, verscheuche. Ich erreiche das Gästezimmer und stopfe meine Kleidung in Dads Reisetasche, ohne mir die Mühe zu machen, das Licht anzuschalten.

Ich bin fast fertig und will Richtung Badezimmer, als ich eine Bewegung aus den Augenwinkeln wahrnehme. Shit. Jake hat einen leichten Schlaf, und er steht immer früh auf. Noch bevor die Bluebirds über den See gleiten. Ich habe nie darauf geachtet, wie früh genau. Jetzt weiß ich es.

»Haze?«, fragt er schlaftrunken und reibt sich über die Augen. Er kommt auf mich zu und will mich in seine Arme schließen, aber ich bringe die Tasche zwischen uns, um ihn aufzuhalten.

Er starrt die fertig gepackte Tasche an, und seine Muskeln versteifen sich. Die Freude, mich zu sehen, weicht Sorge und Unglauben. »Was machst du da?«

»Ich hole meine Sachen«, antworte ich kühl.

Jake verlagert sein Gewicht, und seine Kiefer mahlen. »Du hast heute nicht gearbeitet. Ich war im Diner, um dich zu besuchen.« Er schluckt. »Ich wusste, es stimmt etwas nicht, dachte aber, es ginge um Amber. Nicht um uns.«

Als gäbe es ein uns. Ich will ihm genau das ins Gesicht schreien, aber ich bleibe stumm.

»Was ist los?« Er streckt seinen Arm nach mir aus, lässt ihn aber sinken, als ich keinen Schritt auf ihn zumache.

Ich antworte nicht, stehe einfach nur da.

»Rede mit mir, Haze! Verfluchte Scheiße, was ist los?«

»Das zwischen uns bedeutet nur so viel, wie du es willst.« Ich hebe den Kopf und sehe ihn an. Es kostet mich alle Kraft, die ich habe. »Oder so viel, wie ich bereit bin, zu geben. Wir wissen beide, warum ich hier war, Jake.« Ich kann nicht glauben, wie distanziert ich mich anhöre. Da ist der Restalkohol doch tatsächlich mal hilfreich. Unter normalen Umständen wäre ich hierzu nicht in der Lage. »Du hast jemanden gebraucht, um dich besser zu fühlen, und ich war gern dieser jemand. Eine Zeitlang. Aber jetzt brauchst du mich nicht mehr. Das ist uns, glaube ich, beiden klar. Mehr ist da einfach nicht zwischen uns. Deswegen gehe ich.« Ich zucke mit den Schultern und wünschte, meine Worte wären die Wahrheit. Ich wünschte, ich könnte so empfinden und Jake einfach zurücklassen, ohne dass mein Herz bricht.

Jakes Gesichtszüge verfinstern sich, seine Augen sind mit einem Mal dunkel vor Zorn. »Ich war also nur eines deiner Hilfsprojekte?«

»Nenn es, wie du willst.« Ich zucke innerlich zusammen, und Tränen brennen in meinen Augen.

Jake funkelt mich an. »Du hast recht, du solltest gehen, Hazel. Ich brauche keinen Mitleidsfick. Ich brauche dich nicht. Hab ich nie. Du bist ständig hier aufgekreuzt. Ich habe dich nicht darum gebeten.«

Es stimmt, er wollte all das hier nie. Es war mein bescheuertes Herz, das mich vom ersten Tag immer wieder hierhergetrieben hat. Da ich nicht will, dass er mich weinen sieht, quetsche ich mich eilig an ihm vorbei und renne die Treppe hinunter. Die Sachen im Badezimmer lasse ich zurück. Das ist jetzt unwichtig.

Jake hält mich nicht auf. Ruft mir nichts nach, das auch nur den Hauch eines Gefühls andeuten würde, das er für mich empfindet. Da ist nichts. Und außer meinem unvernünftigen Herz war da vermutlich auch nie etwas.

Ich werfe mir die Tasche über die Schulter, schnappe mir mein Fahrrad und verlasse fluchtartig die Werft.

Kapitel 24

Ich hätte nicht gedacht, dass ich so gut funktionieren würde, obwohl mein Herz seit drei Wochen eine Geisterstadt ist. Innerlich fühle ich mich ausgebrannt, aber es gelingt mir trotzdem, nicht in Tränen auszubrechen. Vielleicht, weil ich in den ersten Tagen bereits alle vergossen habe. Es ist einfach nichts mehr übrig, was ich noch an Jake verlieren könnte. Jetzt heißt es, die Scherben aufzusammeln und mich neu zusammenzusetzen.

Ich sitze Molly gegenüber im Diner an einem der Fenstertische und höre mit halbem Ohr einem Bericht über ihre neue Flamme, Gus aus Tahoe City, zu, einen verwitweten Prokuristen, der laut Molly nicht nur interessant, sondern auch überaus sexy ist. Dass ich bei über sechzigjährigem, schnauzbarttragendem Rentner und dem Wort sexy in einem Satz so meine Probleme habe, hat rein gar nichts damit zu tun, dass ich unter der Trennung zu Jake leide.

Ich nicke von Zeit zu Zeit und verberge meine Traurigkeit ansonsten hinter einem Lächeln. Ich mag Molly, und es ist schön, dass sie mich auf andere Gedanken bringt, auch wenn sich die Bilder von ihr und Gus vermutlich für immer in meinem Hirn festsetzen werden.

Liz ruft nach mir, und ich unterbreche Molly sanft. »Ich muss leider was tun, Molly, aber Gus hört sich nach einem echten Fang an, also schnapp ihn dir.«

Molly kichert und ahmt eine Angel nach, an der ein fetter Fisch zappelt. Ich gebe ihr einen Kuss auf die Wange und gehe dann zu Liz an die Theke.

»Na, alles okay?« Sie legt mir ihre Hand auf den Unterarm. »Ich wusste nicht, ob Erzählungen vom dritten Frühling derzeit das Richtige für dich sind, und dachte, ich rette dich.«

»Ist schon in Ordnung«, erwidere ich automatisch und lächle.

»Du weißt, dass das nicht stimmt, und es macht mir Angst, dass du uns dieses Theater vorspielst. Du weißt, das ist nicht nötig.«

Ich nicke. »Aber es hilft mir, wenigstens so zu tun, als wäre alles normal.«

»Das wird es auch wieder sein«, sagt Liz, und ich liebe den Brustton der Überzeugung, mit dem sie das sagt.

Ich ergreife ihre Hand und gebe ihr einen Kuss darauf. »Das weiß ich. Irgendwann. Immerhin habe ich die besten Schwestern der Welt.«

Liz erwidert die Geste und drückt mir ebenfalls einen Kuss auf den Handrücken, bevor sie sich die Haare aus der Stirn pustet und drei Schachteln mit Essen vor mich hinstellt. »Könntest du das nach Sierra Shores bringen?«

Ich blinzle sie argwöhnisch an. »Seit wann liefern wir unser Essen?«

»Seit es das Mittagessen für deinen liebsten Schwager in spe ist.« Sie zuckt die Schultern. »Ich hatte Cole versprochen, dass wir gemeinsam zu Mittag essen und ich alles mitbringe, weil er mit Evan in einem Haufen Arbeit feststeckt. Aber ich schaffe es nicht. Der Steuerberater kommt gleich vorbei, und der Termin ließ sich nicht verschieben. Außerdem habe ich vorher noch Telefonate mit dem Getränkelieferanten und dem Vertreter für das Speiseeis zu führen.«

»Schon gut«, winke ich ab. »Ich will gar nicht wissen, was du alles zu tun hast. Ich bringe Cole das Essen vorbei.«

»Cole und Evan. Sie brüten zusammen über irgendwelchen Angeboten.«

»Also gut, Cole und Evan. Wie auch immer. Aber sag mal, hat nicht zumindest einer der beiden Brüder einen Sportwagen, mit dem er quasi hierherfliegen könnte?«

»Schon möglich«, sie grinst und scheucht mich dann mitsamt den Schachteln aus dem Diner.

»Ist ja gut. Ich fahre schon«, sage ich und trolle mich. Die Sonne, die von einem tiefblauen Himmel brennt, wärmt meine Haut, als ich auf die Straße trete, und zaubert mir das erste echte Lächeln des Tages auf die Lippen. Ich verfrachte das Essen auf den Beifahrersitz des Buick und rutsche hinters Lenkrad. Dann öffne ich das Fenster und starte den Motor.

Der Weg nach Sierra Shores führt mich direkt am See entlang. Ich lasse die Emerald Bay hinter mir und lenke den Wagen die Straße zum Upper Eagle Point hinauf. Rechterhand liegt glitzernd der Cascade Lake, unter mir im Schatten des Bergrückens die Bucht, in deren Mitte Fannette Island thront. Der Wind trägt Frühlingsgerüche in sich und verwirbelt meine Haare. Ich streiche sie mir hinters Ohr und biege wenig später in die Zufahrt zum Anwesen der Harris-Brüder ein.

Sowohl Coles Redneckschleuder als auch Evans Mercedes stehen da. Und ein weiteres Fahrzeug. Jakes Dodge. Alles in mir versteift sich. Ich hätte nicht vermutet, ihm ausgerechnet hier über den Weg zu laufen, und frage mich unwillkürlich, ob Liz wusste, dass er hier sein würde. Ich weigere mich, das zu glauben. Das würde sie nicht tun.

Ich straffe die Schultern und steige aus, weil mich darüber nachzugrübeln nirgendwo hinführen wird und es albern wäre, den Jungs das Essen nicht vorbeizubringen, nur weil ich ein Problem mit Jake habe. Ich werde einfach reingehen, die Schachteln abstellen und wieder verschwinden. Ich nicke, wie um mich selbst zu überzeugen, und umrunde das Gebäude.

Die fast vollständig verglaste Rückseite des Hauses wird von zwei weit aufgeschobenen Glastüren dominiert. Helle Vorhänge blähen sich im Wind. Im Inneren höre ich Stimmen. Ich atme noch einmal tief durch und klopfe dann pro forma gegen die Scheibe.

»Hi, der Lieferservice ist da«, sage ich betont fröhlich und verstumme, als Jake plötzlich direkt vor mir steht. Er sieht schlecht aus. Blass und so, als hätte er seit Wochen nicht mehr vernünftig geschlafen. Seine Augen flackern unruhig, aber er wendet den Blick nicht ab, sondern hält mich mit seinen verdammten Lake-Tahoe-blauen Augen an genau dem Punkt fest, an dem ich das Wohnzimmer betreten habe. Nach ein paar Sekunden drückenden Schweigens fährt er sich durch die Haare und sagt: »Haze.« Mehr nicht, und ich habe das Gefühl, jeden Moment in Tränen auszubrechen, weil er es schafft, jeden Fortschritt in Liebeskummerbelangen der letzten Wochen zunichtezumachen, nur weil er meinen Namen ausspricht.

Cole steht von dem riesigen Schreibtisch auf, der direkt vor den Fenstern steht, und nimmt mir die Schachteln mit dem Essen ab. »Danke, dass du uns nicht verhungern lässt.« Er nimmt mich vorsichtig in den Arm und flüstert mir ins Ohr: »Du weißt, warum er hier ist?« Ich blicke von ihm zu Evan und Jake und dann zu dem Stapel an Papieren auf der

Tischplatte. »Das tut er nämlich nicht, weil er Evan so klasse findet.« Mit einem breiten Lächeln wendet er sich ab und trägt die Schachteln in die Küche.

»Du wirst ihr Partner?«, frage ich Jake ungläubig. Das kann nicht sein. Was ist mit Afrika? Fast wäre mir die Frage herausgerutscht, aber ich beiße mir im letzten Moment auf die Lippen. Das geht mich nichts an. Erleichtert bin ich trotzdem, dass er sich nicht wieder in Gefahr bringen wird.

Jake nickt. »Sieht so aus.«

Trotzdem ändert es rein gar nichts an der Situation zwischen uns. Jake hat sich nicht wegen mir entschieden zu bleiben. Er hat uns aufgegeben, als er die Papiere unterschrieb, während ich an eine gemeinsame Zukunft glaubte. Er wollte wieder nach Afrika. Er hätte mich, ohne mit der Wimper zu zucken, zurückgelassen. Warum auch immer er nicht gefahren ist – ich bin nicht der Grund. Sonst hätte er mit mir geredet, um uns gekämpft.

Wie Jake gesagt hat, er braucht mich nicht. Das zwischen uns war immer nur ein Mittel zum Zweck. Sex, um die Albträume wegzuschieben. Ungezügelte Lust, um die Trauer um seinen Vater zu vergessen. Gespräche, um über mich Sam kennenzulernen und ihn dann gehen zu lassen und um die Ereignisse aus Afrika zu verarbeiten. Jetzt, wo er wieder einigermaßen okay ist, bindet ihn nichts mehr an mich.

Noch immer stehen wir voreinander. Es sieht aus, als wollte Jake einen Schritt auf mich zu machen und die Distanz überwinden, aber er tut es nicht. Er sieht mich einfach nur an, und seine nächsten Worte richten sich an Evan. »Wir haben dann so weit alles geklärt?«

»Jepp.« Evan steht nun ebenfalls auf und umrundet den Tisch. Er legt Jake seine Hand auf die Schulter. »Ab sofort sind wir ganz offiziell Partner«, sagt er, und zu meinem Erstaunen ist da keine Genugtuung in seiner Stimme, kein Sarkasmus. Er scheint zufrieden und glücklich, dass Jake endlich eingewilligt hat. Die beiden scheinen das Kriegsbeil begraben zu haben, und ich frage mich, ob die Hölle zugefroren ist, oder wie der Friede zwischen ihnen sonst so plötzlich zustanden gekommen ist. Nach dem Umbau waren sie sich doch immer noch spinnefeind?

»Okay.« Noch immer ruht Jakes Blick auf mir. »Dann hau ich jetzt ab. Wir sehen uns morgen auf der Werft.«

»Wir haben Essen für dich mitbestellt«, protestiert Cole und zeigt in Richtung Küche.

»Keinen Hunger, aber trotzdem danke.« Jake nickt mir zu. »Haze.« Einen Moment noch betrachtet er mich, als würde er darauf warten, dass ich etwas sage, und schiebt sich dann an mir vorbei und aus dem Haus hinaus.

»Hättest du den armen Kerl nicht erlösen können?«, fragt Evan und grinst mich schief an. »Immerhin bleibt er wegen dir hier am See und hat mich deswegen an der Backe.«

»Du hast keinen blassen Schimmer, was die Sache zwischen Jake und mir betrifft, Evan. Und ich werde das auch ganz sicher nicht mit dir diskutieren«, stelle ich klar und nicke den beiden Brüdern zu. »Ich wollte euch nur das Essen vorbeibringen. Liz wartet im Diner auf mich.«

Ich warte keine Antwort ab und verlasse Sierra Shores auf demselben Weg wie nur Minuten zuvor Jake. Sein Dodge steht nicht mehr auf dem Parkplatz. Zwischen meinem Wagen und dem von Cole klafft eine breite Lücke. Genau wie in meinem Herzen.

Die Arbeiten an der Werft sind im vollen Gange. Die Gebäude werden von Grund auf saniert und die Gerätschaften ausgetauscht. Die Investitionen betragen den Wert eines Cottages. Jake hätte das allein nie bezahlen können. Zum Erstaunen aller verstehen sich Jake und Evan gut. Es hilft, dass der ältere Harris-Bruder ein ehrliches Interesse fürs Bootbauen hat und lernfähig zu sein scheint. Seine neue Leidenschaft bringt er nicht nur in den wirtschaftlichen Verhandlungen mit Zulieferern und potentiellen Kunden ein. Evan hat tatsächlich gute Ideen für den Ablauf der Arbeiten. Und Jake, der zunächst eher widerwillig Informationen preisgab, öffnet sich immer mehr. Das erzählen zumindest Liz und Cole.

Jake geht es besser. Die Arbeit hat ihn schon immer glücklich gemacht. Und die Sorge um die Werft ist ausgestanden, die Sache zwischen uns kein Thema mehr. Seit neuestem kommt er sogar wieder in den Diner. Meistens zusammen mit Cole und Evan, verstaubt von den Bauarbeiten und vertieft in Gespräche über Rippen, Malvengerüste, den seitlichen Abdrift und die Möglichkeit, die Kursstabilität durch Verstärkungen des Kiels zu erhöhen. Ich versuche dann, ihm aus dem Weg zu gehen und mich auf die übrigen Gäste zu konzentrieren.

Heute sitzen nur Evan und Cole in einer der seitlichen Nischen, die Laptops vor der Nase und zwei Teller von Fionas Tagesgericht neben sich.

Nach einer Weile steht Evan auf und kommt zu mir herüber, während Cole konzentriert weiterarbeitet.

»Was gibt es?«, frage ich ihn. »Brauchst du noch was?«

Er schiebt sich auf einen der Barhocker. »Einen nicht liebeskranken Bootsbauer?« Er zwinkert mir zu. »Du weißt, dass Jake nicht über dich hinweg ist, oder?«

»Er war nie mit mir zusammen«, widerspreche ich. »Und

ich möchte auch nicht darüber reden, Evan. Außerdem, seit wann seid ihr so dicke miteinander, dass du seinen Flügelmann gibst?«

»Das sah aber ganz anders aus, bevor du plötzlich deine Taschen gepackt hast. Wir waren kurz davor, euch den Pokal für das süßeste Paar des Jahres zu verleihen. Und nur um das klarzustellen, ich bin nicht sein Flügelmann. Wenn er wüsste, dass ich mit dir über ihn spreche, würde er mir vermutlich nachträglich die Partnerschaft kündigen. Aber ihr steht euch so sehr selbst im Weg, dass ich das nicht mehr mitansehen kann. Jake liebt dich. Das erkenne selbst ich, und ich bin ein echter Trottel, was die Liebe angeht. Frag Fi.«

Ich verstehe nicht, wieso, aber ich versuche, es Evan zu erklären. Wahrscheinlich, damit er mich ein für alle Mal mit dieser Jake-Geschichte in Ruhe lässt. »Ich war für ihn da, als er Hilfe brauchte. Mehr war da nicht. Zumindest nicht von seiner Seite. Das hat er sehr deutlich gemacht.«

»Ach ja?« Evan zieht eine Augenbraue in die Höhe.

»Er wollte nach Afrika gehen, und er hätte mich dafür verlassen«, schiebe ich hinterher und verstehe nicht, wieso ich Evan so etwas anvertraue.

»Er ist hier.« Evan zuckt die Schultern, als würde das alles, was war, relativieren.

»Um die Werft zu retten«, erwidere ich schwach. »Nicht wegen uns.«

Evan nickt und klopft auf die Theke. »Wenn du meinst. Ich kenne die Vertragsbedingung, die nötig war, um ihn zum Unterzeichnen zu kriegen. Und ich kann dir verraten, sie hat nichts mit den Rechten und Pflichten zu tun oder mit Geld. Noch nicht einmal mit der Höhe der Anteile, die er uns für unsere Partnerschaft an der Werft übereignet.«

Mein Herz schlägt hart gegen meinen Brustkorb, und mein Mund ist staubtrocken. »Was war seine Bedingung?

Evan lacht und schüttelt dann den Kopf. »Fahr hin, und sieh es dir selbst an. Er arbeitet Tag und Nacht daran. Es wird dir gefallen.« Er wendet sich ab, hält jedoch inne und dreht sich noch einmal zu mir um. »Und bitte, Haze, sag ihm, dass er kein Mutter-Teresa-Projekt für dich war. Das nimmt dir außer seinem verletzten Ego sowieso niemand ab.«

Kapitel 25

Ich habe es genau drei Tage geschafft, Evans Worten zu widerstehen. Es waren verdammt schwere und lange drei Tage, bevor ich aufgegeben habe, gegen meine Neugier anzukämpfen.

Ich muss wissen, was Jakes Bedingung war, um die Partnerschaft mit den Harris-Brüdern einzugehen. Evan hat angedeutet, dass es mir zeigen würde, wie sehr Jake mich liebt. Und ich bin unvorsichtig genug, mein Herz hoffen zu lassen, Evan könnte recht haben. Ich wünsche es mir so sehr. Mehr als alles andere. Nur deswegen lenke ich den Buick jetzt langsam die Auffahrt der Hunter-Werft hinauf.

Als die Gebäude in Sicht kommen, bremse ich ab und beuge mich ungläubig über das Lenkrad. Es ist, als wäre ich in einem anderen Leben hier gewesen. Das Wohnhaus ist kaum wiederzuerkennen. Es ist frisch gestrichen und erglänzt in strahlendem Weiß und sanftem Grau. Das Dach wurde mit neuen Schieferschindeln gedeckt und die Fenster ausgewechselt. Ein vollkommen neuer und definitiv repräsentativer Anblick, wenn man die Hunter-Werft besucht, und dennoch ist der alte Charme des Gebäudes nicht verschwunden.

Ich schlage eine Hand vor den Mund und rolle weiter bis zum Parkplatz. An der großen Werkshalle wurden offensichtlich nur kleinere Schönheitsarbeiten verrichtet. Aber auch sie ist neu gestrichen worden, und an der Seite prangt ein riesiges Firmenschild. Bei diesem wurde ebenfalls Wert auf Tradition gelegt. Das alte Logo der Hunter-Werft wurde generalüberholt und wiederverwendet, genau wie die Farbgebung. Was mich allerdings wirklich erstaunt, ist, dass die Werft noch immer den Namen Hunter trägt. Lediglich der klein gehaltene Schriftzug unter dem Logo zeigt, dass die Firma eine Hunter-Harris-Corporation ist. Ich hätte nicht gedacht, dass Evans Ego ein solches Ungleichgewicht der Namen mitmacht, aber ich habe mich wohl geirrt, und es freut mich, dass die Brüder Jake damit die Chance geben, Sams Erbe aufrechtzuerhalten.

Ich steige aus dem Wagen, und sofort hallt der Lärm schwerer Maschinen zu mir herüber. Die zweite Halle hat ein ganz anderes Schicksal ereilt. Sie ist komplett abgerissen worden, und den Begrenzungspfeilern nach zu urteilen, wird das neue Gebäude, dessen Bau gerade vorbereitet wird, deutlich größer werden. Ich überquere den durch schwere Baumaschinen aufgewühlten Platz und halte nach Jake Ausschau.

Das Tor der Werkshalle ist ein Stück aufgeschoben, und Mac schlüpft heraus, um mich stürmisch zu begrüßen. Er winselt, schmeißt sich auf den Boden, nur um im nächsten Moment wieder um mich herumzuhüpfen. »Ist ja gut, mein Junge«, beruhige ich ihn und kraule ihn ausgiebig. »Ist Herrchen da drin?« Ich deute auf die Halle, erreiche aber nur, dass Mac sich bellend im Kreis dreht. Natürlich, er ist ja nicht Lassie.

Nervös vergrabe ich die Hände in den Ärmeln meines Pullovers und sehe selbst nach. Mac kapiert schnell, dass von mir erst mal keine Zuneigung mehr zu erwarten ist, und versucht sein Glück bei den Bauarbeitern am anderen Ende des Platzes, während ich aus der Sonne ins Halbdunkeln der Halle schlüpfe.

Ich bleibe einen Augenblick stehen, um meine Augen an

die veränderten Lichtverhältnisse zu gewöhnen. Der Geruch nach Lack, Holz und Wasser ruft Erinnerungen wach. Erinnerungen an Jake und mich und wie sehr ich ihn geliebt habe.

Ich blinzle sie weg. Genau wie die schmerzende Erkenntnis, dass ich es noch immer tue. Ich liebe ihn.

Die Halle, die Jake bereits vor seiner Kooperation mit Evan und Cole so gut wie leer geräumt hatte, steht voll neuem Material. Die Maschinen sind größtenteils neu und vermutlich der Traum jedes Bootsbauers. Was allerdings meinen Blick auf sich zieht, ist ein halbfertiges Boot, das mittig in der Halle steht.

Ich hatte nicht angenommen, dass Jake und die Harris-Brüder zu diesem Zeitpunkt überhaupt schon Boote herstellen würden. Ich dachte, sie würden erst einmal den kompletten Umbau zu Ende bringen und dann starten.

Ich gehe näher an das Schiff heran und lege meine Hand auf den Rumpf. Hellblau. Das gleiche Hellblau, in dem die *Pinewood Dreams* gestrichen war. Ich schlucke und umrunde das Schiff. Es ist genauso groß, ein kleines, leichtes Segelboot. Das Holz an Deck hat dieselbe seltene dunkle Farbe. Es ist, als würde ich den Herzschlag des Bootes spüren, das vor Jahren auf den Grund des Lake Tahoe sank. Dads Boot.

Mein Verstand weigert sich zu glauben, dass Jakes Vertragsbedingung war, als Erstes dieses Schiff für mich nachzubauen. Als ich das Heck erreiche, sinke ich langsam in die Knie und schlage die Hände vor das Gesicht. Tränen strömen meine Wangen hinab. Das einzige Stück der *Pinewood Dreams*, das ich retten konnte, ist dort befestigt. *Pinewood Dreams II* steht nun auf dem Wrackteil, das so viele Jahre in meinem Zimmer hing.

Jake muss irgendwie da rangekommen sein. Wieso ist mir nicht einmal aufgefallen, dass es fehlte? Ich kenne die Antwort. Weil ich zu sehr damit beschäftigt war, den Mann zu vergessen, der dieses Schiff hier extra für mich gebaut hat.

Ein Schatten taucht über mir auf. Es ist Jake, der mit seinem Werkzeuggürtel aus dem Inneren des Boots an die Reling tritt. Er steigt auf eine Leiter und landet wenig später mit einem Sprung auf dem Boden. Er kniet sich neben mich und legt seine Hand auf meinen Rücken.

»Haze«, sagt er wie vor einigen Tagen in Sierra Shores. Und wieder stiehlt er mir allein damit das Herz.

»Du hast die *Pinewood Dreams* nachgebaut«, bringe ich, noch immer weinend, hervor.

»Halb. Du bist ein bisschen zu früh.« Er grinst schief. »Eigentlich hatte ich vor, dich an eurem Steg damit zu überraschen, wenn die Lady bereits gewassert und bereit für den ersten Segeltörn ist. Aber das wird noch ein paar Monate dauern.« Er wird ganz ernst. »Ich dachte, es könnte dich so sehr beeindrucken, dass du mir zumindest zuhörst.« Er atmet tief durch, als ich nicke und ihm damit bedeute, dass ich ihn anhören werde. »Ich hätte viel eher mit dir sprechen müssen und deiner Meinung, was die Harris-Brüder angeht, vertrauen sollen. Der Bühnenbau für Ambs hat mir bewusstgemacht, dass ich die beiden wohl nie lieben werde, aber dass sie auch nicht so übel sind, wie ich dachte. Ich meine, sie haben mit angepackt und echt was weggeschafft. Du hast mir die ganze Zeit ins Gewissen geredet, dass ich meinen Stolz runterschlucken soll, damit wir, die Werft als auch wir beide, eine Chance haben, aber ich bin da wie Dad. Ich stehe mir selbst im Weg. Die Entscheidung hat mich wirklich fertiggemacht.« Er atmet tief durch. »Ich hätte mit dir darüber sprechen müssen, dass ich ernsthaft in Erwägung gezogen habe, zurück nach Afrika zu gehen, um sie nicht fällen zu müssen. Und ich hätte dir sagen müssen, dass ich es nicht konnte und bleiben will. Ich hätte dich in dieser Nacht, als du deine Sachen geholt hast, nicht gehen lassen dürfen. Dann hätte ich dich vielleicht nicht verloren.« Er streicht mir eine Haarsträhne aus dem Gesicht. »Ich werde nicht weggehen.«

»Warum nicht?« Auch wenn ich die Antwort bereits in meinem Herzen spüre, muss ich sie dieses Mal hören.

»Weil ich hierhergehöre«, sagt Jake leise. »An den See. In die Nähe meiner Freunde. Auf die Werft.« Er küsst die Tränen unter meinen Augen fort. »Zu der einzigen Frau, die ich je geliebt habe und mit der ich es apokalyptisch versaut habe.«

Ich schluchze auf und lege meine Arme um seinen Hals. Ich will ihn küssen. Ihm zeigen, dass er es nicht versaut hat. Na gut, vielleicht ein bisschen, aber ich hatte ihm bereits in dem Moment vergeben, als ich die *Pinewood Dreams II* sah. Trotzdem beiße ich mir auf die Lippen und halte mich zurück. Ich muss ihm vorher dringend etwas sagen.

»Du warst nie nur ein Hilfsprojekt für mich«, flüstere ich erstickt. »Als ich dachte, du würdest mich verlassen, um wieder nach Afrika zu gehen, war ich so verletzt. Ich habe gelogen, um es dir heimzuzahlen, aber du warst immer mehr für mich.«

»Ich bin deswegen schon lange nicht mehr sauer.« Er schmunzelt. »Immerhin stimmt es. Ich brauchte Hilfe. Und zwar dringend. Und du hast mich gerettet. Wenn du mich fragst, war das eine ziemlich erfolgreiche Rettungsmission.« Er deutet auf die Werft, die sich verändert hat und es noch weiter tut. Dann senkt er den Blick, nur um ihn im nächsten Moment wieder auf mich zu richten. »Ich habe aufgegeben, mir einzureden, ich bräuchte dich nicht, denn das tue ich. Ich brauche dich, Haze. Mehr als alles andere. Mehr als das Geld der Harris-Brüder. Mehr als die Werft oder das Bootbauen. Ich liebe dich, und ich würde all das aufgeben, wenn ich dich dafür nur wiederbekomme.«

»Ich liebe dich auch, du Holzkopf.« Ich vergrabe meine Hände in seinen Haaren und küsse Jake. An seinen Lippen murmle ich: »Und gib ja die Werft nicht auf. Wer baut mir sonst mein Boot zu Ende?« Ein Grinsen legt sich auf seine Lippen und versiegt, als er mich küsst. Sanft und so zärtlich, dass kein Zweifel mehr besteht: Er liebt mich. Und ich ihn.

Epilog

Das Wasser umspielt plätschernd und glucksend den Rumpf der *Pinewood Meadows II*. Ich liege mit Jake auf dem warmen Teakholzdeck. Meine Schwestern, Greta und Noah sind über die Steine zum Chimney Beach geklettert. Ich höre ihr Lachen und Quietschen über den breiten Gürtel aus Findlingen bis hierher zum Boot, und ein Lächeln legt sich auf meine Lippen. Wie damals sind Jake und ich lieber auf dem Boot geblieben und genießen die Nähe des anderen. Ich drehe mich auf die Seite und betrachte gegen die Sonne anblinzelnd seinen braungebrannten Körper. Er trägt nur Badeshorts. Seine Augen hat er hinter einer verspiegelten Sonnenbrille verborgen, und obwohl er heute viel mehr Mann ist, erinnert er mich in diesem Moment an den Jungen, der während unseres Trips nach Tahoe Pines neben Dad saß und mit ihm sprach. Ich wollte diesen Jungen küssen und habe mich nie getraut. Es hätte uns vielleicht all die Jahre getrennt voneinander erspart, wäre ich dafür mutig genug gewesen.

Ich rutsche näher an Jake heran, und er dreht sich ebenfalls auf die Seite. Sein Grinsen trifft mitten in den Schwarm aus Schmetterlingen, die in meinem Inneren aufstieben.

»Was ist?«, fragt er und schiebt die Brille in seine Haare, um mir in die Augen sehen zu können.

»Nichts.« Ich bin einfach glücklich. So glücklich, dass ich

denke, ich müsste platzen. Ich gebe ihm einen sanften Kuss und wiederhole: »Nichts.«

»Für nichts grinst du aber ziemlich breit.« Er schlingt seine Arme um mich, und wie immer reagiere ich augenblicklich auf seine starken Arme, die mich umgeben, und auf seinen anbetungswürdigen Körper, der meinem so nah ist. Seine Lippen suchen meine und verschließen mir den Mund mit einem absolut nicht jugendfreien Kuss.

»Jake, wir sind nicht allein«, weise ich ihn lachend zurecht und schlage ihm leicht gegen die Schulter.

Er stützt sich auf seinen Unterarm und äugt betont angestrengt zu den anderen hinüber. »Ich kann sie nicht sehen, was wohl bedeutet, das Sonnensegel bietet uns einen hervorragenden Sichtschutz.« Seine letzten Worte gehen in einem ungezügelten Kuss unter, der mich jede Vorsicht vergessen lässt. Ich umklammere Jakes Körper und spüre, wie seine Rückenmuskeln arbeiten, als er mich so tief und innig küsst, dass ich automatisch nach mehr lechze. Er lässt sich Zeit, als er meine Brüste erobert und schließlich den Rest von mir.

Ungeduldig schiebe ich seine Badeshorts hinunter und stöhne, als er meinen Bikini beiseiteschiebt und in mich eindringt. Die *Pinewood Dreams II* bewegt sich leicht mit den Wellen des Lake Tahoe, und der Rhythmus, in dem Jake mich liebt, befindet sich im perfekten Einklang zu dem sanften Schaukeln des Bootes. Der Schrei mehrerer Bluebirds über dem See begleitet unseren Höhepunkt. Jake lacht atemlos an meinem Ohr und verteilt winzige Küsse darauf. Ich streiche ihm durch die Haare, aber er löst sich von mir und zieht sich seine Hose wieder an. Dann lässt er sich wieder auf das Deck neben mich fallen und dreht sich auf den Rücken. Sein Blick verliert sich im tiefen Blau des Himmels.

»Ich liebe dich, Hazel Carson.« Er ergreift meine Hand und verflicht seine Finger mit meinen.

Und ich liebe Jake. Mein ganzes Leben schon. Genau wie ich ihn den Rest davon lieben werde.

Mia Williams

Pure Desire – Nur bei dir
(Eine Pure-Desire-Story)

Liz und Cole erleben nach dem Trubel der letzten Monate einen Moment der Zweisamkeit in San Francisco. Aber während sie die Atmosphäre der Küstenmetropole genießen, braut sich über dem Lake Tahoe eine Katastrophe zusammen. Hank, Koch und gute Seele des familieneigenen Diners am See, verletzt sich schwer. Liz muss nicht nur um sein Leben fürchten, sondern auch um die Existenz des Restaurants. Zusammen mit ihren Schwestern und ihrer großen Liebe Cole muss sie schnell eine Lösung finden…

Eine prickelnde E-Novella für alle Fans der Pure-Desire-Serie

E-Book

Weitere Informationen finden Sie auf
www.fischerverlage.de

AZ 10-490997/1